ANNE TÖPFER ist das Pseudonym der Autorin Andrea Russo. Sie schreibt auch als Anne Barns. Vor einigen Jahren hat sie ihren Beruf als Lehrerin aufgegeben, um sich ganz auf ihre Bücher konzentrieren zu können. Wenn Andrea Russo mal nicht schreibt, findet man sie in der Küche, wo sie an neuen Backrezepten für ihre Bücher arbeitet.

Von Anne Töpfer ist in unserem Hause bereits erschienen:
Das Brombeerzimmer

ANNE
TÖPFER
Wildblüten zauber

Roman

Ullstein

Besuchen Sie uns im Internet:
www.ullstein.de

Wir verpflichten uns zu Nachhaltigkeit
- Klimaneutrales Produkt
- Papiere aus nachhaltiger Waldwirtschaft
- ullstein.de/nachhaltigkeit

Originalausgabe im Ullstein Taschenbuch
1. Auflage Juli 2021
© Ullstein Buchverlage GmbH, Berlin 2021
Umschlaggestaltung: bürosüd° GmbH, München
Titelabbildung: © www.buerosued.de
Gesetzt aus der Quadraat Pro powered by pepyrus.com
Druck und Bindearbeiten: CPI books GmbH, Leck
ISBN 978-3-548-29065-2

1

Sie ist hier, denke ich.

Gänsehaut kriecht an meinen Knöcheln hoch und breitet sich über meinen ganzen Körper aus, ein warmes Gefühl durchströmt mich. Mein Blick geht zum Himmel. Den ganzen Morgen schon steht die Luft. Doch jetzt, genau in diesem Moment, kommt Wind auf, streicht über meine Arme und auch über die Äste der Winterlinde. Unzählige kleine weiße Blüten rieseln herab, tanzen durch die Luft und funkeln wie magisch in der Sonne. Ich atme tief den intensiv süßen Duft ein, den sie verströmen, und schließe für einen Moment die Augen. Dabei schleicht sich die Stimme meiner Mutter in meinen Kopf.

Dreihundert Jahre kommt, dreihundert Jahre steht, dreihundert Jahre vergeht sie. Linden können stolze tausend Jahre alt werden.

Sie selbst hat gerade mal achtundsechzig geschafft – und war der festen Überzeugung, dass es nach dem Tod irgendwie weitergehen würde. Obwohl ich daran bisher nicht geglaubt habe, hoffe ich nun, dass sie recht hat. Und dass sie es ist, die lächelnd alle Hebel da oben in Bewegung setzt, um die Blüten rieseln zu lassen.

Ich öffne die Augen und beobachte, wie eine davon auf dem dunklen Haar meiner Freundin landet.

Doreen greift nach meiner Hand. Erst vor ein paar Tagen habe ich ihr eine Papiertüte voll Heilkräutertee überreicht, den meine Mutter extra für sie zusammengemischt hatte. Er bestand zum großen Teil aus den Blüten der alten Linde im Park. Den Baum hat meine Mutter besonders geliebt. Sie hat oft auf der Bank darunter gesessen, vertieft in ein gutes Buch. Neben ihr stand immer eine Thermoskanne mit warmem Tee, auch im Sommer. Ich kann sie bildlich vor mir sehen, ihren Kopf mit dem kurz geschnittenen blonden Haar über die Lektüre gebeugt.

Bücher haben eine große Rolle im Leben meiner Mutter gespielt. Als ich noch ein Kind war, hat sie mir jeden Abend etwas vorgelesen. Die halbe Stunde vor dem Zubettgehen habe ich immer geliebt. Ihre warme Stimme, dazu der Geruch ihres blumigen Parfüms, nach dem sie immer duftete, gaben mir das Gefühl von Geborgenheit. Aber am schönsten waren die Geschichten, wenn sie sie selbst erfunden hatte und ich mir aussuchen durfte, welche Rolle ich darin spielte. Dann habe ich mich als Prinzessin Sarah mit einem fliegenden Teppich auf eine Reise durch das Morgenland begeben. Ich habe als Tierretterin gleich ein ganzes Rudel Hunde gerettet. Oder als Detektivin einen schwierigen Fall aufgeklärt. Meine Mutter hat mir immer das Gefühl gegeben, tapfer und etwas ganz Besonderes zu sein.

Du bist klug, du bist nett, und du bist mutig. Du schaffst das, Sarah. Und wenn du mal nicht weiterweißt, bin ich immer für dich da.

Wie auf Kommando streicht Doreen mit dem Daumen über meinen Handrücken. Meine Mutter ist zwar nicht mehr bei mir, aber sie hat dafür gesorgt, dass ich eine gute Freundin habe, die nun für mich da ist. Ich bin nicht allein.

Mein Blick schweift über die Trauergemeinde, die sich hier versammelt hat. Fast alle tragen Schwarz, die Farbe, die meine Mutter am wenigsten von allen mochte. Sie liebte fröhliche Töne, Gelb, Orange und Türkis – wie das geblümte Kleid, das ich trage, zum Andenken an meine Mutter, die es so gewollt hätte. Auch Doreen hat sich für ein farbenfrohes Outfit entschieden. Gemeinsam leuchten wir in den Farben des Regenbogens. Meine Freundin hält noch immer meine Hand. Ohne sie würde ich das alles heute hier nicht meistern – ohne sie hätte ich die letzten Tage nicht überstanden, die die bisher schlimmsten meines Lebens waren.

An die dreißig Personen haben sich hier zusammengefunden, fast alle davon weiblich. Obwohl ich die Beisetzung nicht öffentlich gemacht habe, sind einige Trauergäste hier im Ruheforst zusammengekommen. Ich habe darum gebeten, von Beileidsbekundungen und großen Blumengestecken Abstand zu nehmen. Es sollte ein stiller Abschied werden. Nun löst sich die Gruppe nach und nach auf. Einzelne Blumen werden um das kleine Urnengrab herum abgelegt. Sie wirken wie fröhliche Farbtupfer zwischen dem Meer aus weißen Lindenblüten.

Als ich aus den Augenwinkeln einen der wenigen Männer auf uns zukommen sehe, atme ich tief ein und wieder aus. Auch Doreen hat ihn bemerkt. Sie rückt etwas näher an mich ran und legt ihren Arm um mich.

»Jetzt nicht!«, sagt sie in strengem Tonfall. Doch es ist zu spät, er steht schon direkt vor mir.

»Sarah, es tut mir so leid.« Kai streicht sich durch das dunkle volle Haar. »Du weißt, wie gern ich Barbara hatte. Wenn ich irgendwas für dich tun kann …«

Das ist zu viel für mich. Erst hat er mich verlassen, und jetzt meine Mutter. Allerdings war ihre Entscheidung keine freiwillige. Tränen schießen mir in die Augen, und ich schluchze laut auf.

»Verschwinde, Kai. Geh!«, zischt Doreen, zieht mich in ihre Arme und hält mich ganz fest.

So bleiben wir eine gefühlte Ewigkeit stehen. Erst als Doreen »Er ist weg« flüstert, löse ich mich von ihr.

»Danke.«

Meine Freundin streicht eine Haarsträhne aus meinem tränenfeuchten Gesicht. »Alles wird wieder gut, auch wenn es sich jetzt im Moment noch nicht so anfühlt.«

»Ich weiß.« Wieder atme ich tief ein. »Ich wünschte nur, ich könnte die Zeit ein bisschen nach vorne drehen. Vielleicht so um ein bis eineinhalb Jahre. Dann werde ich sie noch immer schmerzlich vermissen. Aber vielleicht tut es dann schon nicht mehr so weh.«

Wie auf Kommando kommt erneut Wind auf. Die Äste und Zweige der Linde bewegen sich, kleine weiße Blüten tanzen wieder durch die Luft.

Doreen zupft eine von ihnen aus meinem Haar. »Ich habe die ganze Zeit über das Gefühl gehabt, dass deine Mutter hier ist.«

Ich halte meine Hand an mein Herz, blinzele die Tränen weg und sage: »Sie wird immer bei mir sein.«

Nun laufen auch Doreen die Tränen über das Gesicht, und wir liegen uns wieder in den Armen.

Da sehe ich plötzlich eine grauhaarige Frau am Grab meiner Mutter knien. Sie steckt einen kleinen grünen Zweig in die Erde und bekreuzigt sich.

Auch Doreen hat sie bemerkt. »Wer ist das denn?«, fragt sie leise.

»Keine Ahnung.« Die Frau trägt einen dunklen langen Rock und darüber eine weite, mit gelben Ornamenten bestickte petrolfarbene Tunika. Um ihre Hüfte hat sie eine dunkelrote Bauchtasche gebunden. Ihre Haut ist gebräunt, das Haar hat sie zu einem losen Dutt hochgesteckt. »Vielleicht eine ehemalige Kollegin, eine Nachbarin oder Freundin ist es auf jeden Fall nicht. Das wüsste ich.«

Sie bleibt noch einen Moment knien, bevor sie sich aufrichtet, sich zu uns dreht und mir dabei direkt in die Augen sieht.

Die kenne ich irgendwoher, schießt es mir durch den Kopf.

Die zierliche Frau stützt sich an einem Stock ab. Trotzdem ist ihre Haltung erstaunlich aufrecht, fast erhaben, wie ich feststelle, als sie auf uns zukommt. Alles an ihr wirkt elegant, beinahe aristokratisch. Nur die weißen Turnschuhe, mit denen sie eindeutig kurz vorher noch durch feuchte Erde spaziert sein muss, passen so gar nicht zum Rest ihrer Erscheinung.

Gespannt warte ich, bis sie vor uns steht.

»Du solltest dir einen Tee daraus kochen, wenn du wieder zu Hause bist, Liebes«, sagt sie und hält mir ein Bündel Kräuter hin. Der würzige Duft steigt sofort in meine Nase. »Das wird dir helfen.«

Einen Moment vergesse ich fast, weswegen wir heute hier sind. »Danke.« Ich greife zu, zupfe eins der kleinen ovalen Blättchen ab und zerreibe es zwischen Daumen und Zeigefinger. »Thymian.«

»Der wilde Bruder, Quendel«, erklärt die Frau. »Er wirkt beruhigend. Trink abends eine Tasse Tee, das lässt dich leichter einschlafen.« Sie mustert mich. »Du siehst deiner Mutter erstaunlich ähnlich.«

Das stimmt so nicht, ich komme eher nach meinem Vater. Bis auf das blonde Haar habe ich von meiner Mutter nichts geerbt. Und auch vom Typ her unterscheiden wir uns sehr. Während ich eher abgeklärt bin und nach logischen Erklärungen suche, hatte meine Mutter einen Hang zu esoterischen Themen. *Hatte ...* Prompt kämpfe ich dagegen an, nicht wieder loszuheulen, aber es sammeln sich trotzdem Tränen in meinen Augen.

Die Frau greift in ihre Bauchtasche, reicht mir ein weißes Stofftaschentuch und wendet sich nun an Doreen. »Es gibt Zeiten im Leben, da braucht man jemanden an der Seite, der mehr an einen glaubt als man selbst. Gut, dass Sarah dich hat. Rühr einen Löffel Honig in den Tee, und besteh darauf, dass sie ihn trinkt.«

»Das mache ich, versprochen.« Doreen drückt ganz leicht meinen Arm. Ich weiß, was sie mir damit klarmachen will. Der Spruch hätte auch von meiner Mutter kommen können.

»Ich möchte nicht unhöflich wirken«, sage ich. »Aber darf ich fragen, wer Sie sind?«

»Deine Großtante«, sagt die Frau und runzelt die Stirn. »Barbara hat dir tatsächlich nie von mir erzählt ...«

Mir fehlen für einen Moment die Worte. Aber ich glaube ihr sofort. Deswegen kam sie mir so bekannt vor. Sie sieht meiner Mutter ähnlich! Und zwar wesentlich mehr als ich. Die beiden haben die gleichen hellen grauen Augen. Auch die fein geschnittenen Gesichtszüge und die von Natur aus immer ein wenig edel wirkende Ausstrahlung haben die beiden gemeinsam. Meine Mutter sah sogar in ihrer abgewetzten braunen Cordhose, roten Gummistiefeln und ihrer in die Jahre gekommenen lilafarbenen Lieblingsstrickjacke gut angezogen aus. Und auch an ihren Schuhen klebte häufig Matsch. Die Ähnlichkeit ist mir nur nicht aufgefallen, weil ich nicht damit gerechnet habe. Und weil meine Mutter ihre Haare bis zum Schluss kurz geschnitten und blond gefärbt trug.

»Nein«, bringe ich schließlich heraus, »hat sie nicht.«

»Nun, dann haben wir viel zu besprechen, wenn wir uns das nächste Mal sehen.« Meine wie aus dem Nichts aufgetauchte Großtante lächelt mich an. »Sag mir Bescheid, wenn du nach Nürnberg kommst.«

»Nürnberg?«, hake ich nach.

»Die Stadt deiner Vorfahren, Liebes. Kannst du dir gut Nummern merken?«

»Normalerweise schon, aber heute …«

Neben mir fängt Doreen an, in ihrer Tasche zu kramen. »Wir haben die Handys im Auto gelassen, aber irgendwo müsste doch …« Sie findet tatsächlich einen alten Einkaufszettel und einen Kugelschreiber und reicht mir beides.

Meine Großtante teilt mir ihre Festnetznummer mit und deutet schließlich mit dem Kopf an uns vorbei zum Weg. »Mein Fahrer wartet. Ich muss jetzt los.« Sie seufzt leise und hebt kurz ihren Stock an. »Der Fuß schmerzt, und eigentlich dürfte ich noch gar nicht so lang stehen. Ich habe mir auf einer Wanderung das Band gerissen und gleichzeitig den Knöchel gebrochen.«

»Oh, das klingt aber gar nicht gut«, sage ich. »Gute Besserung.«

Sie sieht mich mit ernstem Blick an. »Es ist ganz egal, zu welchem Zeitpunkt man einen Menschen verliert. Es ist immer zu früh. Und es tut immer weh.« Ihre Stimme klingt nun brüchig. Und in ihren Augen sammeln sich Tränen. »Ich fühle mit dir, Liebes.«

Die Tränen in den Augen der Frau, die ich bisher noch nie gesehen habe, berühren mich zutiefst. Eine Woge von Traurigkeit schwappt in mir hoch und nimmt mir einen Moment die Luft zum Atmen.

Sie greift nach meiner Hand. Ihr Griff ist fest und angenehm kühl. »Es war, trotz des traurigen Umstandes, schön, dich mal wiederzusehen. Das sollten wir unbedingt wiederholen, Sarah Tilda.«

Mal wieder – Tilda … Tausend Gedanken auf einmal stürmen auf mich ein, aber momentan bin ich nicht in der Lage, sie zu sortieren. Mehr als ein geflüstertes »Ja« bringe ich nicht zustande.

Meine Freundin ist zum Glück etwas schlagfertiger als ich. »Wir haben uns noch gar nicht vorgestellt. Ich bin Doreen«, sagt sie. »Verraten Sie uns, welchen Namen Sarah zu Ihrer Telefonnummer notieren darf?«

Meine vermeintliche Großtante lächelt. »Doreen, wie Doireann, die Tochter des König Midir – Sohn des Dagda, aus der irischen Legende Tochmarc Étaíne, ein sehr schöner Name. Meiner ist Rosa.«

»Wow!«, sagt Doreen. »Und ich dachte immer, mein Name wird von Dorothea hergeleitet und bedeutet ›Geschenk Gottes‹.«

Ein Lächeln huscht über Rosas Gesicht. »Das mit Sicherheit auch.« Sie wendet sich noch ein letztes Mal an mich. »Der Tod ordnet die Welt neu, Sarah. In meiner ist immer Platz für dich.«

Wir schauen ihr nach, wie sie vorsichtig über den Waldboden zu einem Mann geht, der etwas abseits auf sie wartet. Er ist dunkelhaarig, trägt eine Jeans, dazu ein graues T-Shirt und ist wesentlich jünger als sie, ich schätze ihn auf unser Alter. Er reicht ihr den Arm, meine Großtante hakt sich bei ihm unter, und sie gehen zwischen den Bäumen in Richtung des Weges, der aus dem Waldstück führt.

»Meinst du, das ist ein Taxifahrer? Kann ich mir nicht vorstellen«, sagt Doreen, als die beiden außer Hörweite sind.

»Glaub ich nicht, dazu wirken sie zu vertraut.«

»Seh ich auch so.« Doreen schüttelt den Kopf, als würde sie nicht glauben, was hier gerade passiert ist.

»Sie hat gesagt, sie sei meine Großtante. Das bedeutet, sie ist die Schwester meiner Oma«, überlege ich laut.

»Eine Großtante ist die Schwester der Oma oder die Schwester des Opas«, wirft Doreen sein. »Allerdings könnte sie auch die Ehefrau deines Großonkels sein, also des Bruders deiner Oma oder deines Opas.«

Ich runzle die Stirn. »Das ist mir ehrlich gesagt momentan zu kompliziert.«

»Aber du glaubst, dass sie wirklich deine Großtante ist? Meinst du nicht, deine Mutter hätte sie wenigstens mal erwähnt?«

Mein Blick schweift zum Urnengrab. »Sie hat mich an meine Mutter erinnert, auch wenn sie sich gar nicht ähnlich sehen. Es war eher die Ausstrahlung. Und da war irgendwas in ihren Augen …«, erkläre ich. »Dann die Sache mit dem Kräutertee, den du mir kochen sollst.« Ich schnuppere am Quendelbündel. »Weißt du noch, meine Mutter hat den besten Thymian-Hustensaft der Welt gekocht.«

Doreen lächelt wehmütig. »Das stimmt. Als Kinder fanden wir ihn so lecker, dass wir sogar Husten vorgetäuscht haben, um ihn zu bekommen.«

»Er schmeckt heute noch genauso gut.«

»Ich koch dir später einen Tee, Sarah Tilda.« Meine Freundin runzelt die Stirn. »Ich habe im ersten Moment überhaupt nicht verstanden, was deine Großtante gesagt hat, als sie dich so genannt hat, weil sie den Namen in einem Rutsch ausgesprochen hat.«

»Stimmt, daran habe ich gar nicht mehr gedacht. Ich habe keinen blassen Schimmer, warum sie das gemacht hat.«

Doreen lächelt mich an: »Das bekommst du nur raus, wenn du nachfragst. Und, fährst du nach Nürnberg?«

Ich schaue zur Linde. »Ganz ehrlich, das weiß ich noch nicht. Vielleicht irgendwann mal, wenn ich mich wieder ein bisschen gefangen habe.« Ich seufze. »Erst mal muss ich wieder mit mir selbst klarkommen. Das letzte halbe Jahr war die Hölle.«

Doreen legt ihren Arm um mich. »Ich helfe dir.«

»Danke.« Ich lasse meinen Kopf auf ihre Schulter sinken und weine.

2

»Hast du dich entschieden? Wo möchtest du heute schlafen?«

Von hier bis zu Doreen nach Nisdorf brauchen wir eine gute halbe Stunde. Bei mir in Stralsund wären wir schneller, das liegt auf dem Weg. Aber momentan weiß ich noch nicht, ob ich heute Nacht lieber Gesellschaft haben oder für mich sein möchte. »Lass uns erst mal bei dir einen Kaffee trinken«, entscheide ich. »Je nachdem, wie es mir geht, könntest du mich ja dann später nach Hause bringen.«

»Ich übernachte auch noch mal bei dir, ganz, wie du magst«, bietet Doreen mir an und startet den Wagen.

Meine Freundin ist die letzten Tage keine Minute von meiner Seite gewichen. »Weiß ich doch. Aber irgendwann muss ich auch wieder allein klarkommen. Lass mich das später entscheiden.«

»In Ordnung.« Sie rollt langsam vom Parkplatz zur Ausfahrt. »Mir geht deine Großtante Rosa nicht mehr aus dem Kopf. Interessant war sie aber auf jeden Fall. Ich würd zu gern wissen, was sie beruflich macht. Was meinst du, ich tippe auf Pädagogin. Sie hatte so etwas an sich, das mich ehrlich gesagt auch ein wenig an dich erinnert hat. Wenn du was erklärst, klingt deine Stimme interessanterweise einen Hauch tiefer und irgendwie sanfter. Bei ihr war das auch so, als sie über die Herkunft meines Namens philosophiert hat. Wie war das noch gleich? Tochter des König Midir ... Bestimmt ist sie Lehrerin.«

»Könnte sein.« Ich schaue kurz zu Doreen rüber. »Sei mir nicht böse, aber mir steht momentan nicht der Sinn nach einer Unterhaltung. Ich muss das alles erst mal verarbeiten. Lass mir ein bisschen Zeit.«

»Warum sollte ich dir böse sein, bist du doch auch nie, wenn ich mal wieder meine schweigsame Phase habe.«

Ich schmunzele in mich hinein. So ganz vergleichen kann man das nicht. Doreen hat die Angewohnheit, sich manchmal ohne Vorwarnung tagelang zurückzuziehen. Sie gibt dann keinen Pieps von sich. Wenn ich Glück habe, trifft irgendwann eine Nachricht ein: *Bin im Töpferwahn. Denk an dich.* Und nach zwei Wochen steht sie entweder unangemeldet vor meiner Tür, im Gepäck ihre neueste Keramikkreation, die sie mir stolz präsentiert. Oder das Telefon klingelt, und sie fragt, als wäre sie gar nicht verschwunden gewesen: »Und, was machst du so? Gibt's was Neues?«

Ich lasse meinen Kopf an die Scheibe sinken. Doreen biegt auf die Landstraße ab. Links und rechts von uns zieht der Mischwald vorbei. Meine Mutter hat die Gegend hier geliebt. Sie hat nicht nur einmal betont, für sie sei die Vorpommersche Waldlandschaft eine der schönsten Gegenden, die sie kenne, so wie ihre heiß geliebte Boddenlandschaft, der wir uns langsam nähern. Wir kommen an tiefgelben Raps-

und saftgrünen Weizenfeldern vorbei, immer wieder durchbrochen von längeren Waldstücken. Ursprünglich hatte ich vor, meine Mutter auf dem Barther Friedhof beizusetzen, wo sich auch das Grab meines Vaters befindet. Ich war schon beim Bestatter vor Ort, als mir plötzlich einfiel, was meine Mutter ein paar Jahre davor mal zu mir gesagt hatte.

> Wenn ich irgendwann mal das Zeitliche segne, begrab mich bitte unter der Krone eines schönen Baumes. Mir gefällt der Gedanke, dass seine Wurzeln meine Asche aufnehmen und ich dadurch in ihm weiterlebe.

Aber daran wollte ich zu diesem Zeitpunkt überhaupt nicht denken. Ich bin immer davon ausgegangen, dass meine Mutter mindestens neunzig wird. Sie war meine Familie. Ich hatte doch nur noch sie.

Als mein Vater gestorben ist, war ich erst sieben Jahre alt. Damals hat meine Mutter mich aufgefangen und mir das Gefühl gegeben, immer für mich da zu sein. Sie war mein sicherer Hafen, die Person, auf die ich mich am allermeisten im Leben verlassen konnte. Darauf, dass sie so früh gehen würde, war ich nicht vorbereitet. Irgendwo habe ich mal gelesen, Trauer fühle sich an wie Angst, aber das ist so nicht richtig. Es fühlt sich nicht nur so an – ich habe Angst, so sehr, dass ich manchmal vergesse zu atmen. Ich schnappe nach Luft.

Doreen legt ihre Hand auf mein Knie. »Ich bin bei dir, Sarah, du bist nicht allein.«

Da schleichen sich die Worte meiner Großtante in

meine Gedanken. »Der Tod ordnet die Welt neu. In meiner ist immer Platz für dich, Sarah.«

Es tröstet mich ein wenig, dass ich anscheinend doch noch Familie habe. Ich wünschte mir nur, dass meine Mutter mir davon erzählt hätte, ganz egal, was da zwischen ihnen vorgefallen ist.

Schade, dass du es mir nicht mehr erklären kannst, denke ich traurig und lasse meinen Tränen freien Lauf.

Sie versiegen erst, als wir in die Sackgasse einbiegen, in der Doreens Haus steht. Ich schniefe noch ein paarmal, hole das Stofftaschentuch meiner Großtante aus meiner Tasche und wische mir die Tränen ab.

»Du schaffst das – wir schaffen das«, sagt Doreen. »Den schlimmsten Tag hast du überstanden.«

Der schlimmste Tag für mich war, als die beiden Polizistinnen plötzlich vor meiner Tür standen, um mir mitzuteilen, meine Mutter habe einen Unfall gehabt. Sie sei sofort tot gewesen, man habe ihr nicht mehr helfen können. Und genau genommen fühlt sich seitdem jeder Tag genauso schlimm an. Aber ich weiß, dass Doreen recht hat. Ich schaffe das – weil ich klug, nett und mutig bin. Auch wenn es sich im Moment nicht so anfühlt. Und außerdem habe ich gar keine andere Wahl. Mir bleibt nichts anderes übrig, als irgendwann damit klarzukommen.

»Darf ich den Mistkerl jetzt endlich verprügeln?«, fragt Doreen. »Dass dein Ex einfach ohne Vorwarnung auf der Beisetzung erschienen ist, berechtigt mich meiner Meinung nach dazu.«

Tatsächlich muss ich lächeln. »Würdest du das echt machen?«

Doreen überlegt einen Moment. »Nein, Gewalt ist nie eine Lösung. Außerdem kämpfe ich nur, um mich zu verteidigen. Aber das Bedürfnis hatte ich ehrlich gesagt schon. Ich wollte ihn wenigstens ein bisschen schubsen.«

Meine Freundin ist die widersprüchlichste Person, die ich kenne. Sie trainiert für ihren ersten Marathon und außerdem Krav Maga, kann den stärksten Kerl auf die Matte legen, trägt ihr Herz auf der Zunge und wird auch schon mal ausfallend, wenn ihr etwas gegen den Strich geht. Aber sie kann auch völlig in sich selbst versinken, stundenlang Zeit in ihrer Töpferei verbringen und dort nicht nur Geschirr in allen Variationen erschaffen, sondern auch wundervolle Kunstwerke. Eins meiner absoluten Lieblingsstücke ist eine Skulptur, die bei mir im Schlafzimmer auf der Kommode steht. Darin hat sie unsere Freundschaft in zwei einander zugewandten Köpfen verewigt. Unsere Gesichtszüge hat sie dabei nur angedeutet, aber das Wesentliche gut getroffen. Doreen ist eher der sportliche Typ. Sie hat ein kantiges Kinn und eine etwas zu große Nase, über die sie hin und wieder gerne mal schimpft. Ich finde allerdings, dass ihr »Zinken«, wie sie ihn nennt, sie interessant macht. Mein Gesicht ist eher herzförmig, meine Nase zeigt in Richtung Himmel, und ich habe einen schön geschwungenen Mund mit vollen Lippen. Alles in allem könnte ich sehr zufrieden sein, wenn ich nicht immer wieder mal mit meinem Gewicht kämpfen würde. Ich esse und genieße einfach zu gern. Freiwillig in Joggingschuhe schlüpfen und dabei auch noch Spaß haben, so wie Doreen, würde mir im Traum nicht einfallen. Ich gehe, seitdem ich zehn Jahre alt bin, regelmäßig schwimmen. Mein Element ist das Wasser. Es trägt mich und verzeiht mir, wenn ich mal wieder zu viel Kuchen gegessen habe.

Ein Gewichtsproblem habe ich momentan allerdings nicht. Ich steckte schon sechs Wochen in einer Zuckerfrei-Challenge und hatte zudem weitestgehend auch auf andere Kohlenhydrate verzichtet, als die Nachricht von dem Unfall mich erreichte. Seitdem kann ich gar nichts mehr essen. Auf die Waage habe ich mich bisher nicht wieder gestellt, aber ich schätze, dass ich mir meine Hosen bald ein bis zwei Größen kleiner kaufen werde.

Meine Freundin kann anscheinend Gedanken lesen. »Jetzt trinken wir erst mal einen starken Kaffee. Und vielleicht kann ich dich davon überzeugen, ein Stück Schokotorte zu essen. Sie ist ohne Zucker, extra für dich. Nicht, dass du mir noch umkippst.«

»Wer hat sie gebacken?«, frage ich.

»Du traust mir ja viel zu«, antwortet Doreen und grinst. »Na gut, sie ist von Mandy, der Netten, die ich vor zwei Wochen bei einem Spaziergang getroffen habe. Ihr gehört das süße Café, das neu eröffnet hat, direkt am Barther Markt. Ich hab dir letztens von ihr erzählt. Sie ist klasse, du musst sie unbedingt bald mal kennenlernen.«

»Gern – irgendwann«, stimme ich zu.

Doreen stellt den Wagen direkt auf dem schmalen Wiesenstreifen neben ihrem Gartenzaun ab. Einen Gehweg gibt es hier nicht.

»Mal schauen, wie lange es diesmal dauert, bis ein Zettel an der Windschutzscheibe hängt«, sagt sie. »Der neue Nachbar regt sich ständig darüber auf, dass ich mein Auto nicht auf mein Grundstück fahre.«

Ich steige aus. »Wieso? Ist doch genug Platz auf der Straße zum Gehen, hier fährt doch eh nie jemand lang.«

»Eben! Aber es stört ihn einfach. Der Typ hat sie nicht mehr alle. Er hat sich auch bei den anderen Nachbarn schon unbeliebt gemacht. Schröders grillen ihm zu oft.« Sie grinst. »Und Lehmanns beleidigen seinen Sinn für Ästhetik, wenn sie nackig durch den Garten rennen. Er hat sie schriftlich dazu aufgefordert, ihre Geschlechtsteile mit einem Tuch zu bedecken.«

»Und, machen sie's?«

»Nö, sie haben noch einen draufgesetzt und die beiden Liegestühle zur Straßenseite gedreht.«

Ich muss tatsächlich ein bisschen lachen, obwohl mir gar nicht danach zumute ist. »Wobei ich ehrlich gesagt auch nicht schlecht gestaunt habe, als ich die beiden zum ersten Mal in voller Pracht aus ihrer kleinen Saunahütte kommen und um den kleinen Fischteich spazieren gesehen habe.«

»Genau deswegen habe ich mich bisher hier so wohlgefühlt. Jeder akzeptiert den anderen so, wie er ist. Keiner meckert, auch wenn eine Gartenparty mal die ganze Nacht durchgeht, schreiende Enkelkinder zu Besuch sind oder der neue Hund bellt, weil er eine Katze jagt – was in der Regel meine ist. Lucifer ist schon völlig verstört.«

Kaum hat Doreen seinen Namen ausgesprochen, spaziert der schwarze Kater durch den Garten auf uns zu, springt über den Gartenzaun und auf Doreens Auto.

Sie seufzt. »Zum Glück legt er sich nur auf mein Fahrzeug. Er weiß anscheinend, dass der Wagen zu uns gehört.«

Ich strecke dem Kater meine Hand entgegen. »Na, Luci, altes Haus.«

Er miaut, streckt sich und fährt dabei mit den Krallen über den Autolack.

»Ist ein Gebrauchsgegenstand. Spätestens Ende nächsten Jahres ist eh ein neues fällig.« Doreen drückt das Gartentor auf. »Ich vermute mal, dass ich mit der alten Kiste nicht noch mal durch den TÜV komme.«

Ich gehe hinter meiner Freundin den schmalen Weg entlang zu ihrem kleinen Häuschen. »Du könntest den Wagen meiner Mutter nehmen, ich hab doch einen«, schlage ich vor, als sie vor der Tür stehen bleibt, um sie aufzuschließen.

Sie dreht sich zu mir um. »Das geht doch nicht. Der ist viel zu teuer.«

»Soweit ich weiß, hat meine Mutter ihn finanziert. Die Restschuld dürfte allerdings nicht mehr so hoch sein. Sie hat mal erwähnt, dass er im Frühjahr nächsten Jahres abbezahlt sein wird. Das dürfte also nicht mehr viel sein. Sie würde sich freuen, wenn du ihn nimmst.«

Doreen lächelt mich an. »Du bist echt süß. Aber lass uns darüber noch mal in Ruhe reden, wenn du wieder ein wenig klarer siehst.«

In dem Moment ruft jemand laut: »Wenn der Kater sich irgendwann auf meinen Wagen setzt, mach ich Schaschlik aus ihm.«

Ein kräftiger grauhaariger Mann kommt von rechts die Straße entlanggelaufen.

»Aufgepasst, Lucifer, dein Feind kommt«, sagt Doreen leise. Im nächsten Moment hebt sie den Arm, winkt und ruft mit zuckersüßer Stimme: »Hallo, Herr Engelmann, ich kann Sie auch gut leiden.«

Doreens Nachbar bleibt vor dem Gartentor stehen. In dem Moment kommt laut kläffend ein Mops auf seinen kurzen Beinen die Straße entlanggeflitzt, Lucifer springt fauchend vom Wagen und flüchtet zu uns in den Garten.

»Das ist ja hier wie auf dem Rummelplatz«, brüllt der Nachbar.

»So was nennt man Leben«, ruft Doreen zurück und schließt die Tür auf. Der Kater zischt an unseren Beinen vorbei ins Haus. »Du bist ein Schisser, Lucifer, den Mops würdest du plattmachen«, sagt sie.

»Heißt der Nachbar wirklich Engelmann?«, frage ich, als ich die Haustür hinter mir zuziehe.

»Jepp!« Meine Freundin geht zum Fensterbrett, auf dem der Kater nun sitzt und nach draußen starrt. Sie krault ihn hinter den Ohren und sagt: »Dabei bist du doch hier der Engel, Lucifer.« Sie sieht zu mir. »Und wir haben uns jetzt einen Kaffee und ein Stück Torte verdient, Sarah.«

Die letzten fünf Minuten habe ich nicht an meine Mutter gedacht, der kurze Moment der Leichtigkeit hat gutgetan. Doreen bringt die Torte, zwei Teller und zwei große bauchige cremeweiße Tassen zum Tisch. »Wie findest du die Pötte? Da passen fünfhundert Milliliter rein.«

Ich umfasse sie mit meinen Händen und hebe sie hoch. »Fühlt sich gut an, schön leicht.«

»Und das Muster?« Sie zeigt auf die große runde Tortenplatte und die Teller. »Die Grundelemente habe ich dort wieder aufgenommen.«

»Sehr schön, meine Mutter hätte es gemocht.« Auf Farbe hat meine Freundin hier verzichtet. Sie hat zarte Blätter und Ranken direkt in die Glasur gekratzt. »Schlicht, aber dennoch besonders. Gefällt mir sehr gut.«

»Ist für dich«, sagt Doreen. »Du bekommst auch noch Schüsseln und eine Teekanne.« Sie schüttet Kaffee in unsere Tassen und schneidet die Torte an. »Ich kann das knallig türkise Geschirr bei dir nicht mehr sehen. Als ich es vor drei Jahren gemacht habe, fand ich es toll. Jetzt tut es mir in den Augen weh. Außerdem habe ich es euch zum Einzug geschenkt. Und ich will nicht immer an Kai denken, wenn ich bei dir bin.«

»Er wollte es mitnehmen«, sage ich. »Ich habe es behalten, weil es von dir ist.«

Doreen reißt die Augen auf. »Nein! Ernsthaft?«

»Er meinte, du würdest mir doch bestimmt neues machen.«

»Unfassbar.«

Seine berechnende Art gehört nicht unbedingt zu Kais positiven Seiten, aber er hatte auch viele gute. In seiner Nähe habe ich mich immer sicher gefühlt. Er war ein aufmerksamer Zuhörer, ich konnte wunderbar mit ihm diskutieren. Außerdem hat er mich oft zum Lachen gebracht. Ich mochte seinen Humor, der manchmal recht schräg war.

»Weißt du, was schlimm ist? Ich hatte endlich das Gefühl, über ihn hinweg zu sein. Aber seitdem das mit meiner Mutter passiert ist, vermisse ich ihn plötzlich wieder. Es wäre leichter, wenn ich jemanden hätte, der mich nachts in den Armen halten würde.«

»Kann ich übernehmen«, bietet Doreen sofort an. »Ich weiß, das ist etwas anderes«, fügt sie im nächsten Moment hinzu.

Ich nippe an meinem Kaffee. »Aber ich würde trotzdem gern heute bei dir schlafen. Es tut mir gut, mal von allem weg zu sein. Und ab morgen kümmere ich mich um den restlichen Papierkram.« Ich muss die Mietwohnung meiner Mutter kündigen. Die Frist beträgt auch bei Tod drei Monate. Vor allem muss ich aber auch einen Erbschein beantragen, damit ich Zugriff auf das Konto erhalte. Ich habe keine Ahnung, ob meine Mutter Geld hatte und wenn ja, wie viel. Oder ob das Konto vielleicht sogar überzogen ist. In ihrem Versicherungsordner habe ich eine Lebensversicherung gefunden – und dahinter ein Schreiben der Gesellschaft über die Beleihung des Kapitalwertes. Momentan blicke ich absolut noch nicht durch.

»Okay, lass uns heute hierbleiben und morgen nach dem Frühstück direkt nach Barth fahren«, schlägt Doreen vor.

»Musst du nicht arbeiten?«

»Nein. Ich habe mir den Rest der Woche für dich freigehalten. Vielleicht setze ich mich zwischendurch mal an die Töpferscheibe, um ein paar kleinere Aufträge zu erledigen, aber es ist nichts dabei, was nicht noch warten kann. Wenn du erst mal allein in die Wohnung willst, setze ich mich so lang in Mandys Café, und du rufst mich an, wenn du mich brauchst.«

»Mir wäre es lieb, wenn du mitkommst«, sage ich. »Obwohl ich ein schlechtes Gewissen habe, weil du schon deinen Urlaub für mich abgebrochen hast.«

Doreen schneidet ein Stück Torte ab und platziert es auf meinem Teller. »Du kannst es wiedergutmachen, indem du wenigstens einen kleinen Happen isst.«

»Das ist Erpressung.«

»Liebe«, entgegnet Doreen. »Für dich würde ich jederzeit alles stehen und liegen lassen und um die ganze Welt fliegen, wenn du mich brauchst. Du bist der wichtigste Mensch in meinem Leben, du bist meine Familie.«

Eine Träne kullert mir über die Wange. »Danke.«

Doreen hatte es nicht immer leicht. Im Gegensatz zu meinen sind ihre Eltern noch am Leben, und einen Bruder hat sie auch. Aber sie hat so gut wie keinen Kontakt mehr zu ihnen. Als Kind war sie häufiger bei uns als bei sich zu Hause. Sie ist regelrecht vor ihrem alkoholabhängigen Vater, dem zu Gewalt neigenden Bruder und der Mutter geflüchtet, die nicht in der Lage war, ihre Tochter zu schützen. Ihr größter Wunsch war es immer, von meiner Mutter adoptiert zu werden, um somit auch offiziell Teil unserer Familie zu werden. Nicht nur ich, auch Doreen hat einen Menschen verloren, der ihr sehr viel bedeutet. »Meine Mutter hat dich sehr lieb gehabt.«

Doreen geht nicht darauf ein. Sie zeigt auf die Torte. »Probier!«

Ich pike mit der Gabel in das appetitlich aussehende Tortenstück, das aus zwei Böden, gefüllt und umhüllt mit einer Schokocreme, besteht.

»Mmh«, mache ich kurz darauf. »Sehr gut.«

»Und ohne Zucker!«, betont Doreen noch einmal.

Ich betrachte die Torte etwas genauer und entdecke kleine braune Fitzelchen in der Creme. »Dafür Datteln.« Ich probiere noch ein Stück. »Und Bananen.« Beides mit einer natürlichen Süße, denke ich. Während meiner Challenge habe ich auch auf solche zuckerhaltigen Lebensmittel verzichtet, aber das ist mir jetzt egal. »Sehr lecker!« Und so gut, dass ich tatsächlich das ganze Stück schaffe.

Doreen nickt zufrieden, als ich den Teller von mir wegschiebe. »Und jetzt? Hast du Lust auf einen Spaziergang am Bodden?«, fragt sie.

»Ich weiß nicht ...« Die Sonne scheint, etwas Bewegung würde mir wahrscheinlich guttun, wenn ich mich nicht schlagartig müde fühlen würde. Prompt muss ich gähnen. »Ich glaub, ich würde mich lieber ein Stündchen hinlegen, wenn das okay für dich ist. Oder wir gehen erst eine Runde, und danach schlafe ich.«

So unentschlossen bin ich normalerweise nicht. Doch momentan fällt es mir ungemein schwer, Entscheidungen zu treffen. Und sogar die kleinsten Erledigungen strengen mich an. Wäsche waschen, die Spülmaschine ein- und wieder ausräumen, den Müll runterbringen, all das hat Doreen für mich übernommen, seitdem sie Hals über Kopf ihren Südenglandurlaub für mich abgebrochen hat. Sogar zum

Duschen musste sie mich überreden. Und sie ist es auch jetzt wieder, die die Entscheidung trifft.

Sie sieht auf die Uhr. »Viertel drei, du schläfst jetzt, während ich die Zeit nutze, um ein paar Bestellungen durchzugehen. Danach gehen wir eine Runde spazieren. Und heute Abend essen wir eine Kleinigkeit, dann setzen wir uns auf die Couch und sehen uns irgendeinen banalen Film an.«

»Ist gut«, stimme ich sofort zu, stehe auf und strecke mich.

»Wo legst du dich hin? Oben ins Schlafzimmer, im Gästehäuschen oder auf der Liege hinter dem Haus?«

Diesmal fällt mir die Antwort leicht. »Im Garten.« Dort hat Doreen ein gemütliches Bett zum Ausruhen gebaut.

Keine zehn Minuten später habe ich es mir auf der bequemen, ein Meter vierzig breiten Konstruktion aus Holzpaletten und einer wasserdichten Matratze gemütlich gemacht. Meine Freundin hat nicht nur ein Händchen für Ton, sie ist auch handwerklich begabt. Das Bett ist ein Traum. Am Kopfteil hat sie dunkelrote Polster befestigt, an die man sich anlehnen kann. Die Pergola mit dem gespannten cremefarbenen Segeltuch, unter der es steht, schützt vor zu viel Sonne.

Obwohl das Thermometer heute wieder die Zwanziggradgrenze geknackt hat und es angenehm warm ist, wickele ich mich in eine der beiden kuscheligen Wolldecken, die ich Doreen für das Gartenbett geschenkt habe.

Mir fallen schon fast die Augen zu, da greife ich zu meinem Handy, um bestimmt zum tausendsten Mal die letzte Mitteilung abzuhören, die meine Mutter mir geschickt hat.

Vor dem Einschlafen möchte ich unbedingt noch einmal ihre fröhliche Stimme hören, die sich immer ein wenig angehört hat, als würde sie singen, wenn sie eine Sprachnachricht aufgenommen hat.

> *»Hallo, Schatz, ich bin schon unterwegs, wollte dir aber nur schnell sagen, dass es eine halbe Stunde später werden kann. Ich muss eben noch was bei Frau Grabowski vorbeibringen. Und du weißt ja, was dann passiert. Ich komme nicht weg, weil sie mir noch irgendetwas erzählt. Sie hat ja sonst niemanden, der ihr zuhört. So gegen acht dürfte ich aber da sein. Hab dich lieb, bis später!«*

Meine Mutter hat in der Altenpflege gearbeitet. Nachdem sie in Rente gegangen ist, hat sie an zwei Tagen die Woche ehrenamtlich Senioren und Seniorinnen betreut. Sie ist mit ihnen zum Arzt gegangen, zu Behörden, hat Einkäufe für sie erledigt, Karten mit ihnen gespielt – oder einfach nur zugehört. Bis zum Schluss war sie immer für andere da. Sie war eine von den Guten, denke ich. Es ist unfair, dass sie schon gehen musste.

3

Mein Schlaf ist tief und fest – bis der Kater auf das Bett springt, über mich drüberspaziert und sich genau neben meinem Kopf zusammenrollt.

»Lucifer!«, schimpfe ich und versuche, ihn sanft zur Seite zu schubsen. Aber das interessiert den Herrn nicht, er bleibt einfach so liegen.

Ich richte mich auf und greife wieder nach meinem Handy, diesmal, um nach der Uhrzeit zu schauen. Es ist zehn vor drei, ich habe also nur etwas über eine halbe Stunde geschlafen. In der Zeit habe ich zwei Nachrichten von Annemarie bekommen, der Nachbarin, die in der Wohnung unter mir wohnt. Sie hat an dem Abend, an dem meine Mutter starb, zufällig den Besuch der beiden Polizistinnen mitbekommen. Obwohl wir bis dahin nie viel miteinander zu tun hatten, außer hin und wieder ein paar unverfängliche Sätze im Hausflur zu wechseln, hat sie, ohne zu zögern, ihre Hilfe angeboten. Sie hat mich gefragt, ob sie irgendwen informieren soll, und hat Doreen für mich angerufen. Dann hat sie mich ins Krankenhaus gefahren und dort auf mich gewartet, um mich wieder nach Hause zu bringen. Sie hat mir sogar angeboten, bei mir zu übernachten, aber das wollte ich nicht. Ich habe mich ins Bett gelegt und bin erst wieder aufgestanden, als Doreen am nächsten Nachmittag plötzlich in meinem Schlafzimmer stand. Sie ist noch am Abend davor von Southampton nach London gefahren, hat morgens einen Flug nach Berlin gebucht und ist von dort mit dem Mietwagen direkt zu mir nach Stralsund gekommen.

> Wir müssen ja sowieso denken, warum dann nicht gleich positiv. Es gibt immer einen Grund, dankbar zu sein, du musst ihn nur finden, Sarah.

Meine Mutter war der unerschütterlichen Meinung, dass man auch in den schlimmsten Momenten seinen Fokus auf das Positive richten soll. Und genau das versuche ich jetzt. Ich habe liebe Menschen, die sich um mich kümmern, denke ich und öffne den Nachrichtenverlauf.

> *Hallo, Kleines,* schreibt Annemarie, *kommst du klar? Brauchst du heute Abend Gesellschaft?*

Die nächste Nachricht hat sie fünf Minuten später geschickt:

> *Ich will mich aber nicht aufdrängen.*

Annemarie wohnt allein, wie ich. Viel mehr weiß ich nicht über sie, auch nicht, wie alt sie ist. Aber ich schätze sie auf Anfang siebzig. Besuch habe ich noch nie bei ihr gesehen. Ob sie vielleicht einsam ist?

Lieb, dass du fragst, antworte ich. *Heute übernachte ich bei meiner Freundin, aber ich würde mich über einen Besuch sehr freuen, wenn ich wieder da bin.*

Ich habe die Nachricht gerade abgeschickt, da trifft eine Mitteilung von Kai ein. Sie leuchtet kurz im Display auf, sodass ich automatisch beginne zu lesen:

… und wäre jetzt gern bei Dir. Sehr gern würde ich etwas für Dich tun …

»Idiot!«, schimpfe ich. Kai hat mir die ersten Zeilen aus Christoph Meckels »Licht« geschickt. Er weiß, wie sehr ich dieses Buch liebe, gelesen hat er es ganz sicher nicht. Sonst würde er wissen, dass diese Zeilen zwar aus dem für mich schönsten Liebesbrief aller Zeiten stammen, aber dass Dole ihn für ihren Geliebten geschrieben hat. Und in Anbetracht der Tatsache, dass Kai mich wegen einer Affäre mit einer anderen Frau verlassen hat, war diese Nachricht nicht sehr clever.

Ich beschließe, nicht darauf zu reagieren, stehe auf und suche Doreen, die ich – wie nicht anders erwartet – in dem zur Töpferei umgebauten Schuppen neben ihrem Haus finde. Sie sitzt hinter der laufenden Drehscheibe, auf der sie mit ihren Händen eine Schüssel aus hellgrauem Ton formt.

»Du bist schon wach«, sagt sie. »Wie spät ist es denn?«

»Gleich drei. Dein Kater hat mich geweckt. Er wollte mir unbedingt Gesellschaft leisten.«

»Hätte ich wissen müssen. Er kommt meistens dann,

wenn man ihn nicht will.« Sie deutet mit dem Kopf auf die Schüssel, die immer mehr Form annimmt. »Das wird deine.«

»Schön.« Ich schaue meiner Freundin einen Moment zu, wie immer fasziniert davon, wie sie es schafft, aus einem Klumpen Ton und ihren Händen Wunderschönes entstehen zu lassen.

Sie lächelt mich an. »Willst du auch?«

»Nein, lass mal, du weißt doch, dass ich null künstlerisches Talent habe.«

»Hm«, macht Doreen und grinst frech. »Das würde ich so nicht unterschreiben. Du hast hier schon mal ein sehr interessantes Kunstwerk gezaubert. Das ist gar nicht so lange her.«

»Das war nicht jugendfrei, außerdem war ich betrunken«, sage ich. »Das zählt nicht.« Und als ich am nächsten Tag nach Hause kam, habe ich im Altpapier zufällig die Tankquittung gefunden, aus der hervorging, dass Kai eine Woche vorher in Hamburg getankt hatte, wo er doch eigentlich in Rostock gewesen sein wollte. Ich reibe mir über die Arme. Obwohl es hier sehr warm ist, fröstelt es mich plötzlich.

»Bin gleich fertig«, sagt Doreen, »dann können wir los.«

Ich schüttele den Kopf. »Lass dir Zeit, ich würde gern ein paar Schritte allein gehen. Ich glaub, das wird mir guttun.«

»Mach das, genieß ein wenig die Sonne.«

»Ja.«

Ich bin schon fast zur Tür raus, da fragt Doreen: »In welche Richtung gehst du?«

»Heute mal vom Wanderparkplatz nach rechts«, entscheide ich spontan.

»In Richtung Kinnbackenhagen also«, stellt Doreen fest. »Okay.«

Meine Freundin sorgt sich um mich. Bestimmt fällt es ihr nicht leicht, mich allein gehen zu lassen, ich weiß doch, wie sie tickt. »Das Handy habe ich dabei«, erkläre ich. »Wenn was ist, ruf ich dich an.«

Nach nur fünf Minuten Fußweg durch den kleinen Ort habe ich den Wanderparkplatz erreicht. Ich bleibe kurz stehen und lasse meinen Blick über den silbern glitzernden Bodden schweifen. Eine Entenfamilie huscht schnatternd durch das Schilf, Libellen schwirren durch die Luft, begleitet vom fröhlichen Zwitschern etlicher Vögel. Ich bin allein unterwegs. Wir haben noch keine Ferien, und heute ist Donnerstag. Aber auch wenn am Wochenende die Spaziergänger und Fahrradfahrer hier auf Tour sind, kann es passieren, dass man minutenlang keine Menschenseele trifft. Die meisten Urlauber zieht es eher an die Küstenorte wie Zingst und Ahrenshoop. Und dabei ist es hier so unbeschreiblich schön, besonders, wenn im Frühjahr und im Herbst die Kraniche auf ihrer Reise in den Stoppelfeldern rasten, um sich Energiereserven für den Weiterflug anzufuttern.

Ich atme tief ein und denke: Warum habe ich mich nur von Kai überreden lassen, mit ihm nach Stralsund zu ziehen? Die vierzig Minuten Autofahrt zur Schule haben mich nie gestört. Warum bin ich nicht in Barth wohnen geblieben oder habe es so gemacht wie Doreen? Sie hat ihr kleines

Häuschen sehr günstig kaufen können. Es hat zwar nur eine Wohnfläche von etwas über sechzig Quadratmetern auf zwei Etagen, aber es reicht ihr zum Wohnen. Ihre Töpferei befindet sich direkt daneben, in der ausgebauten Scheune. Und für Gäste hat sie das kleine Gartenhäuschen umgebaut, das aus einem einzigen Zimmer und einem Minibad besteht. Hin und wieder habe ich mit Kai dort übernachtet, wenn wir an einem gemütlichen Abend beide ein Glas Wein getrunken haben und nicht mehr zurückfahren konnten. Aber das ist endgültig vorbei, ich sitze jetzt allein in Stralsund in einer viel zu großen Wohnung.

> Wenn dir nicht gefällt, wie die Dinge sind, beweg dich, Sarah. Du bist doch kein Baum!

Heute nehme ich den Spruch meiner Mutter mal wörtlich. Ich straffe die Schultern, atme noch einmal tief durch und gehe los in Richtung Kinnbackenhagen, wie ich es Doreen gesagt habe – falls sie doch auf die Idee kommt, nach mir zu suchen. Links neben mir liegt der Bodden, rechts erstrecken sich Äcker und Felder. Ich laufe, ohne anzuhalten, einfach immer geradeaus. Dabei versuche ich, mich ganz auf meinen Atem zu konzentrieren und an nichts zu denken. Normalerweise gelingt es mir durch Meditation, mein inneres Gleichgewicht zu finden und Stress abzubauen. Es gehört zu meinen Ritualen nach der Schule. Sobald ich nach Hause komme, gönne ich mir wenigstens fünfzehn Minuten Ruhe. Ich mache es mir auf meinem gemütlichen Sessel bequem, atme tief ein, wieder aus und sage in Gedanken dabei mein Mantra auf: »Ich atme ein und entspanne, ich atme aus, ich lächle ...« Wenn ich einen sehr anstrengenden Tag hatte, ziehe ich bequeme Schuhe an und gehe dabei durch den Park in der Nähe meiner Wohnung. Und wenn es mich ganz besonders packt, fahre ich an die Ostsee und lächle das Meer an.

Nach einer Weile führt mich mein Spaziergang durch ein kurzes Waldstück. Hier kommt mir ein freundlicher älterer Herr in Wanderkleidung und mit großem Rucksack entgegen. Ich trete ein Stück zur Seite, da der Weg zu schmal ist, um aneinander vorbeizugehen.

»Danke schön«, sagt er und strahlt mich an. »Ist das nicht ein herrlicher Tag?«

»Ja«, sage ich automatisch, und meine Mutter schleicht sich wieder in meine Gedanken. Sie hätte sich keinen schöneren Tag für ihren Abschied aussuchen können. Ich bleibe einen Moment stehen und schaue mich um. Als ich merke, dass ich neben einer Hainbuche stehe, muss ich lächeln.

Die Hainbuche hat männliche und weibliche Blüten. Die männlichen sind auffälliger, länger und hängen nach unten, die weiblichen stehen aufrecht. Schaut ...

Meine Mutter war eher ein ernsthafter Mensch. Aber an dem Tag hat sie lauthals losgelacht, als Doreen auf ihre Erklärung hin feststellte: »Das passt der männlichen Blüte wahrscheinlich überhaupt nicht, dass es die weibliche ist, die steht.«

Doreen hat sich früher als ich für das andere Geschlecht interessiert. Wir waren damals erst zwölf Jahre alt. Ich wusste nicht, was meine Freundin damit meinte, und auch nicht, warum meine Mutter das so lustig fand. Aber als wir wieder zu Hause waren, hat Doreen es mir erklärt.

Meine Mutter hat uns damals auch erzählt, dass ein Baum mindestens zwanzig Jahre alt sein muss, bevor er das erste Mal Blüten trägt. Und dass Hainbuchen nicht zu den Buchen, sondern zu den Birkengewächsen gehören, fällt mir ein, als ich weitergehe. Sie hat mir, und auch meiner Freundin, viel über die Natur beigebracht, die sie so sehr geliebt hat. Es gibt unendlich viele Gründe, ihr dankbar zu sein.

Nur ein paar Minuten später bin ich fast in Kinnbackenhagen angekommen. Etwas weiter vorne links stehen zwei Pferde auf einer großen Wiese, die sich bis zum Bodden erstreckt. Auf der anderen Seite, direkt neben mir, grasen einige Schafe auf einer Weide. Als sie plötzlich aufgeregt anfangen zu blöken, bleibe ich stehen. Und da sehe ich auch schon einen kleinen hellen Hund kreuz und quer über die Wiese flitzen. Ich schaue mich um, kann aber weit und breit weder Frauchen noch Herrchen entdecken. Das gibt's doch nicht, denke ich, als der kleine Kerl auch noch anfängt zu bellen. Sein helles Kläffen hört sich nach einem Welpen oder zumindest einem noch sehr jungen Hund an.

»He!«, rufe ich und schnalze ein paarmal mit der Zunge. Zum Glück reagiert der kleine Frechdachs. Er kommt auf mich zugestürmt, schießt unter dem Zaun hindurch und wedelt mich freundlich an.

»Wer bist du denn?«, frage ich, doch da wiehert eins der beiden Pferde auf der Koppel, und der Kleine düst wieder los.

Ich renne fluchend hinterher. Vor dem Gatter halte ich inne und versuche, durch Rufen den Kleinen zur Rückkehr zu bewegen. Was hier gerade passiert, ist gefährlich. Im Gegensatz zu den Schafen gehen die Pferde nicht stiften, sie treten aus.

Was mach ich nur?, überlege ich, da sehe ich aus den Augenwinkeln eine Frau in kurzen Jeanshorts aus Richtung des Ortes den Weg entlanggerannt kommen. Ihre braunen kurzen Locken wippen bei jedem Schritt hoch und wieder runter.

Das Frauchen, hoffe ich, doch leider täusche ich mich.

»Brauchst du Hilfe?«, ruft sie.

»Ja«, rufe ich zurück. »Der Kleine macht die Pferde ganz wuschig.«

Nur ein paar Sekunden später steht sie neben mir. »Wie heißt dein Hund?«

»Das ist nicht meiner.«

»Mist!« Sie bückt sich, hebt einen etwa walnussgroßen Stein auf und pfeift laut auf ihren Fingern. Als der Hund zu uns rübersieht, streckt sie ihre Hand aus, in der eine vermeintliche Belohnung liegt, und ruft mit zuckersüßer Stimme: »Oh, wie lecker! Was habe ich denn hier Feines! Mmh, schau doch mal ...«

Die Strategie geht auf. Der Kleine lässt von den Pferden ab und stürmt auf die Frau los, die nun in die Hocke geht. »Hab ich dich!« Sie packt ihn am Halsband. »Das ist ein Labbi, die sind in der Regel sehr freundlich«, erklärt sie. »Noch sehr jung, vielleicht drei bis vier Monate alt.«

Ich schaue mich noch einmal um, kann aber niemanden

in der Nähe entdecken. »Vielleicht kommt er aus dem Ort«, überlege ich.

»Da stehen nur ein paar Häuser, in einem davon wohne ich, das wüsste ich. Nein, der kommt nicht von hier.« Die Frau betrachtet den Hund genauer und begutachtet auch den Bauch. »Er ist übrigens eine Sie. Am Halsband baumelt ein kleines Schild, schau doch mal nach, vielleicht steht ihr Name drauf.« Sie schnappt sich die Kleine und steht mit ihr auf.

Das gefällt der Hündin nicht. Sie zappelt und fühlt sich gar nicht wohl ohne Boden unter den Füßen. »Hab keine Angst, alles ist gut«, sage ich und versuche, meiner Stimme dabei einen möglichst weichen Klang zu geben. »Wir wollen doch nur mal nachschauen, wer du bist.« Ich drehe das silberne Schildchen um, auf dem tatsächlich ein Name steht. »Daisy«, sage ich, und plötzlich wird mir schwindelig. Ich beuge mich nach unten und stütze meine Hände auf den Beinen ab.

> Tief durch die Nase einatmen, Sarah, dabei langsam in Gedanken bis drei zählen, und dann wieder durch die Nase ausatmen.

»Alles in Ordnung mit dir?«, fragt die Frau.

Ich atme noch einmal tief ein und wieder aus, bevor ich mich aufrichte und ausweichend antworte. »War ein harter Tag heute.«

Sie lächelt mich an. »Hat jeder mal. Übrigens – ich heiße Mandy, und du?«

»Sarah«, sage ich, und da fällt mir ein, was meine Freundin mir vorhin erst erzählt hat. »Gehört dir zufällig das neue Café in Barth?«

Sie nickt – und stutzt. »Du bist Doreens Freundin, für die ich die Torte ohne Zucker gebacken habe. Oh mein Gott, heute war die Beisetzung deiner Mutter! Das tut mir wahnsinnig leid. Ich kann mir ungefähr vorstellen, wie du dich fühlst.«

Das glaube ich kaum, schießt es mir durch den Kopf, aber ich bringe immerhin ein »Danke« über die Lippen.

»Bist du zu Fuß hier?«

»Ja.«

Mandy schaut auf Daisy, die erstaunlich stillgehalten hat die letzte Minute. »Was machen wir mit der Kleinen? Sollen wir erst einmal zu mir gehen und schauen, ob wir was über sie rausfinden? Ich wohne nicht weit von hier. Vielleicht steht auf der Innenseite des Halsbandes eine Adresse oder Telefonnummer.«

»Können wir machen.«

»Prima.«

Ich gehe still neben Mandy her, froh darüber, dass sie die ganze Zeit redet. Dabei hält sie die Labradorhündin fest in ihren Armen. Nach nur ein paar Metern mündet der Weg in eine schmale Straße.

»Willkommen in Kinnbackenhagen!«, sagt sie.

Wir gehen an schönen Einfamilienhäusern mit direktem Zugang zum Bodden vorbei. In den meisten Vorgärten stehen zartlilafarbene Fliederbüsche, die ihren betörend schweren Duft verströmen. Aus den Blüten hat meine Mutter Sirup gekocht, ähnlich dem aus Thymian. Sie hat ihn mir verabreicht, wenn ich Fieber hatte. Die schöne Farbe der süßen Medizin mochte ich, den blumigen Geschmack allerdings nie.

»Hier wohnt Klara«, erklärt Mandy, »die Freundin meiner Oma, und, wie sich später rausgestellt hat, auch meine Tante.« Ein Kieselweg führt zu einem kleinen, weiß getünchten Häuschen mit einem hübschen Reetdach. Die Fensterrahmen und die Tür sind dunkelgrün, ebenso wie der niedrige Holzzaun, der das Grundstück begrenzt. Vor einem weiß blühenden Rhododendron rekelt sich eine getigerte Katze im Gras.

»Hübsch«, sage ich und komme mir ein bisschen vor wie auf einer Sightseeingtour.

»Das Haus mit den riesigen Fenstern im Bauhausstil gehört meinem Ex, Konstantin. Er ist Architekt und eigentlich ein echt netter Kerl – er hatte aber leider seine Ex-Frau noch nicht überwunden, als wir uns kennengelernt haben. Daran ist es schließlich zwischen uns gescheitert.« Sie lacht. »Schade eigentlich, sein Haus ist wirklich schön. Meins kommt auch gleich. Ich bin gespannt, wie es dir gefällt.«

Mandy hat es tatsächlich geschafft. Ein kleiner Funke ihrer Begeisterung für den winzigen Ort springt auf mich über.

»Du wohnst in einer Finnhütte, wie süß!«, stelle ich kurz darauf fest, als wir vor einem winzigen Haus stehen bleiben, das aussieht wie ein bis auf den Boden reichendes Dach.

Sie nickt und erklärt: »In der Anlage stehen zwölf dieser kleinen Hütten. Ein Teil der Bewohner nutzt sie als Feriendomizil, aber manche von uns wohnen das ganze Jahr über hier.«

»So wie du«, sage ich.

»Genau.« Mandy zeigt auf ein riesiges rundes Holzfass, das unter einer hohen Kiefer auf zwei Böcken liegt: »Das ist meine Sauna«, erklärt sie strahlend, drückt mit der Hüfte das Gartentor auf und setzt Daisy auf der Wiese ab. »Hier kann sie nicht verschwinden, ich hab letztens erst den Zaun erneuert, weil ein paar Rehe mir ständig das Gemüsebeet zertrampelt haben. Wie sieht's aus, willst du vielleicht einen Kaffee, ein Wasser oder einen Eistee? Und dazu ein Stück Kuchen? Ich habe heute ein neues Rezept getestet. Es ist ein schlichter Rührteig, in dem ganz viele Himbeeren stecken, allerdings habe ich ihn mit Zucker gebacken.«

»Lass uns erst mal schauen, ob wir was über die kleine Hundedame rausfinden«, schlage ich vor.

Mandy streicht sich eine Strähne ihres dunklen lockigen Haares aus dem Gesicht. »Rede ich dir zu viel?«

»Ein bisschen«, gebe ich zu. »Aber das liegt auch daran, dass mein Gehirn momentan etwas langsamer arbeitet. Die letzten Tage waren nicht so einfach.«

»Das versteh ich sehr gut.« Sie lächelt sanft. »Meine Mutter ist vor zwei Jahren gestorben. Ich war damals froh über jede Ablenkung. Aber was für mich gut war, muss ja nicht auch für dich gelten. Jeder geht anders mit Trauer um.«

»Oh, das tut mir leid.«

»Schon okay, ich hatte im Gegensatz zu dir ja schon etwas Zeit, um das zu verarbeiten.« Sie seufzt. »Es dauert, aber es wird tatsächlich etwas leichter mit der Zeit, auch wenn ich sie immer noch schmerzlich vermisse.«

Einen Moment schweigen wir beide. »Weißt du was, einen Eistee würde ich sehr gern noch mit dir trinken«, sage ich schließlich.

»Gute Entscheidung«, stellt Mandy fest. »Du wirst sehen, er wird dir guttun.« Sie deutet lächelnd auf unser Findelkind, das aufgeregt den Garten erkundet. »Und danach schauen wir nach, ob wir was über die kleine Maus rausbekommen.«

»Das klingt nach einem guten Plan«, sage ich und kann immer noch nicht fassen, dass die Hündin tatsächlich Daisy heißt.

4

Ich mache es mir auf einem der beiden Stühle bequem, die an einem Tisch vor der Finnhütte stehen, und atme erst einmal tief durch. Während meine neue Bekanntschaft in ihrer Hütte beschäftigt ist, durchstöbert Daisy weiter den Garten. Erst als Mandy, beladen mit einem großen Tablett, wieder nach draußen kommt, gesellt sich die Hundedame schwanzwedelnd wieder zu uns.

Mandy lacht. »Ja, für dich habe ich auch was Leckeres mitgebracht.« Sie stellt das Tablett auf den Tisch und ein Schüsselchen mit Wasser auf den Boden. »Aber erst mal musst du was trinken, du hast bestimmt Durst. Und du doch sicher auch, Sarah, greif zu.«

Natürlich hat Mandy es sich nicht nehmen lassen, auch etwas Kuchen mit nach draußen zu bringen. Sie hat ihn mit ein paar frischen Himbeeren und einem Klecks Sahne auf einem Teller hübsch angerichtet. Daneben entdecke ich einen weiteren Teller, auf dem kleine Käse- und Wurststückchen für Daisy liegen.

Ich greife nach einem großen Glas, gefüllt mit einer

goldgelben Flüssigkeit, in der ein Zweig Basilikum steckt. »Grüner Tee, Limette, Basilikum«, erklärt Mandy.

Die kühle Flüssigkeit schmeckt nicht nur sehr gut, sie belebt auch meine Sinne. Erst jetzt merke ich, wie durstig ich war. »Lecker. Danke!«

»Nicht dafür«, sagt Mandy und fragt: »Bist du von Doreen aus losgegangen?«

»Ja, wie spät ist es denn?«

»Zwanzig nach vier.«

»So spät?« Ich hole mein Handy aus der Tasche, stelle fest, dass ich es immer noch auf lautlos gestellt habe und meine Freundin tatsächlich schon versucht hat, mich zu erreichen. Ich drücke auf das Rückrufsymbol.

Es dauert einen Moment, bis Doreen das Gespräch annimmt. »Sarah, endlich. Wo bist du denn? Bist du doch in die andere Richtung gegangen?«

»Nein, so wie ich es dir gesagt habe. Aber unterwegs musste ich eine kleine Hundedame retten. Dabei habe ich Hilfe von Mandy bekommen. Wir sitzen jetzt in ihrem Garten.«

»Gut!« Meine Freundin atmet hörbar aus. »Sie wohnt in einer der kleinen Finnhütten, oder? Ich bin in zwei Minuten bei euch.«

»Du bist hier in der Nähe?«, hake ich nach.

»Ja, ich habe spontan entschieden, dir mit dem Rad nachzufahren. Momentan stehe ich zwischen der Schafweide und der Pferdekoppel.«

»Schön, bis gleich.«

»Hab alles gehört«, sagt Mandy und steht auf. »Dann hol

ich mal noch einen Stuhl aus dem Schuppen und einen dritten Eistee. Du kannst ja Daisy schon ein bisschen füttern. Sie hat die Leckerchen gerochen und kollabiert gleich, wenn du ihr nicht bald was gibst.«

Ich schaue nach unten zu meinen Füßen. Dort sitzt die kleine Hundedame, den Blick auf die Schüssel mit dem Futter gerichtet. Als sie bemerkt, dass ich sie anschaue, wedelt sie kurz mit dem Schwanz und fängt an zu fiepen.

»Du hast also Hunger«, sage ich und greife nach der Schüssel.

Doreen macht nur wenig später mit ihrer schrillen Fahrradklingel auf sich aufmerksam. Daisy juckt das allerdings nicht die Bohne. Sie folgt mit ihren großen braunen Augen jeder meiner Bewegungen, damit sie bloß keins der Käse- oder Wurststückchen verpasst, die ich ihr abwechselnd zuwerfe.

Mandy, die gerade wieder zurückkommt, winkt Doreen zu. »Lehn dein Rad einfach an den Zaun.«

Als meine Freundin den Garten betritt, entschließt Daisy sich doch dazu, sie zu begrüßen. Sie rennt zu ihr, springt kurz an Doreens Beinen hoch, kehrt aber sofort wieder um und setzt sich vor mich hin.

»Die ist ja süß!«, stellt Doreen fest. »Wovor habt ihr sie denn gerettet?«

»Sie hat sich mit den Pferden auf der Koppel angelegt«, erklärt Mandy. »Weit und breit war kein Mensch in Sicht. Anscheinend ist sie irgendwo ausgebüxt.«

Doreen geht in die Hocke. »Mit Pferden also, du bist aber

eine mutige kleine Blondine.« Sie sieht zu mir hoch. »Wisst ihr schon, wem sie gehört?«

»Wir wollten gleich mal nachschauen, ob etwas innen auf dem Halsband steht«, sagt Mandy.

»Aber wir wissen, wie sie heißt.« Ich lege eine kleine bedeutungsvolle Pause ein. »Darf ich vorstellen, das ist Daisy.«

»Du willst sie behalten?«, fragt Doreen und sieht überrascht zu mir hoch.

»Ich glaub, du hast das nicht richtig verstanden«, erwidere ich. »Ihr Name steht auf dem kleinen silbernen Schildchen am Halsband. Sieh nach, sie heißt wirklich Daisy!«

Meine Freundin braucht einen Moment, bis sie begreift, dass ich es tatsächlich ernst meine. Sie streckt mir ihren Arm entgegen und sagt: »Guck mal, ich habe Gänsehaut, aber so was von!«

»Was? Was habe ich verpasst?«, fragt Mandy, muss aber noch einen Moment auf eine Antwort warten.

Doreen zieht kurzerhand das rote Halsband ab, um es auf einen Hinweis nach dem Besitzer zu untersuchen. »Da steht nichts drauf.« Sie tastet Daisys Hals ab. »Vielleicht ist sie gechipt. Habe ich bei Lucifer auch machen lassen, für alle Fälle, falls er doch mal nicht zurückkommt.« Sie schüttelt den Kopf. »Auch nichts.«

»Und jetzt?«, frage ich.

»Jetzt könnte mir eine von euch endlich mal erklären, was hier los ist«, meldet sich Mandy wieder zu Wort. »Ich platze gleich vor Neugierde.«

»Erzähl du bitte«, sage ich zu Doreen.

Meine Freundin setzt sich zu uns an den Tisch. »Sarah

und ich haben als Kinder häufig ein Spiel gespielt. Wir nannten es Mutter-Töchter-Hund, so wie Vater-Mutter-Kind, nur eben in einer modernen Variante. Sarahs Vater war gestorben, meine Eltern waren untauglich, aber wir hatten immer uns, Sarah und ich – und ihre unbeschreiblich wundervolle Mutter Barbara.«

Ich blinzele eine Träne weg und trinke schnell einen Schluck Eistee, während Doreen weitererzählt. »Zu unserem Glück fehlte nur ein kleiner Hund. Den hat uns Barbara eines Tages geschenkt, in Form eines kleinen weißen Plüschhundes, der laufen und bellen konnte. Uns war sofort klar, dass es, wie wir drei auch, ein Mädchen sein muss. Wir haben sie Daisy getauft und hatten viel Spaß mit ihr. Aber wir haben immer davon geträumt, uns irgendwann einen eigenen Hund anzuschaffen. Barbara hat es Sarah jedoch nicht erlaubt. Sie war der Meinung, ein Tier brauche Platz und einen Garten, eine Mietwohnung sei nicht der richtige Ort dafür. Als ich vor zwei Jahren nach Nisdorf gezogen bin, habe ich darüber nachgedacht, aber dann habe ich jeden Tag Besuch von einem Kater erhalten, der durch den Garten gestreift ist. Ich wollte ihn nicht und habe ihn deswegen nicht gefüttert, damit er sich nicht zu wohl fühlt – bis mir einer der Nachbarn gesagt hat, dass er der Vorbesitzerin gehört hat, die leider verstorben ist. Seitdem bekommt er nicht nur regelmäßig Fressen, er darf auch ins Haus. Mit anderen Worten: Er ist bei mir eingezogen. Und der Traum von einer Daisy war erst mal wieder vorbei.«

»Hammer!« Mandy sieht uns mit großen Augen an.

»Euch ist ja wohl klar, was das bedeutet. Ihr müsst Daisy behalten. Du solltest sie finden, Sarah.«

»Quatsch!« Ich zeige auf das Halsband. »Irgendjemand hat ihr den Namen gegeben und sich um sie gekümmert. Sie sieht zwar durch das Rumgetobe auf Weide und Koppel momentan etwas zerzaust aus, aber nicht so, als wäre sie vernachlässigt worden. Und benehmen kann sie sich auch. Sie hat fein gewartet, als ich sie gefüttert habe. Außerdem weiß ich gar nicht, wie ich mich um sie kümmern sollte. Ich bin voll berufstätig.«

»Wobei du als Lehrerin spätestens nachmittags zu Hause bist und in zwei Wochen sowieso Sommerferien sind«, sagt Doreen.

»Du bist Lehrerin? Für welche Fächer?«, fragt Mandy.

»Mathe, Deutsch und Sachkunde«, antworte ich, »an einer Schule mit dem Förderschwerpunkt Lernen. Allerdings unterrichte ich auch fachfremd jede Menge anderer Fächer.« Ich schaue zu Doreen. »Ich habe dir noch gar nicht erzählt, dass ich nach den Sommerferien Schwimmkurse geben muss. Ich hätte nicht erwähnen dürfen, dass ich im Besitz eines DLRG-Rettungsscheines bin. Jetzt hab ich den Salat.«

»Machst du bestimmt gut«, sagt Doreen. »Mir hast du damals sogar Kraulen beigebracht, obwohl ich mich kaum über Wasser halten konnte.«

»Meine Kinder sind speziell, weißt du doch.« Ich runzele die Stirn. »Da wird schon das Umziehen in der Umkleide zu einem kleinen Abenteuer.«

»Hört sich interessant an«, sagt Mandy, sieht zu Doreen und grinst. »Sie ist also Lehrerin. In sechs Wochen Sommerferien könnte man einen jungen Hund dazu erziehen, auch mal ein paar Stunden allein zu sein, meinst du nicht auch?«

»Kommt gar nicht in die Tüte!«, erkläre ich. »Davon mal ganz abgesehen, wird Daisy wahrscheinlich gerade von irgendjemandem schmerzlich vermisst. Ich kann mir nicht vorstellen, dass man sie ausgesetzt hat.«

»Weiß man allerdings nie«, wirft Doreen ein.

»Wir können sie nicht einfach behalten«, sage ich. »Auch wenn sie Daisy heißt.«

»Dann würde ich vorschlagen, dass wir sie gleich ins Tierheim bringen«, sagt Mandy. »Armes Ding!«

Doreen springt sofort darauf an. Sie schüttelt den Kopf. »Auf keinen Fall. Notfalls bleibt die Kleine bei mir. Ich hoffe nur, dass sie sich mit Lucifer verträgt.«

»Ich mein ja nicht, dass sie nicht für immer bei uns bleiben könnte, wenn wirklich niemand nach ihr sucht«, erkläre ich. »Wir sollten es aber auf jeden Fall abklären. Wenn ich einen so süßen Hund hätte, der mir weggelaufen ist, würde ich wahrscheinlich zuerst beim Tierheim anrufen und nachfragen, ob er dort abgegeben wurde. Vielleicht würde ich mich sogar bei der Polizei melden«, erkläre ich.

»Aber wenn niemand sie will, behalten wir sie!«, sagt Doreen. »Dann finden wir einen Weg, wie wir uns um sie kümmern können.«

»Abgemacht.«

»Gute Idee!«, stimmt Mandy zu. »Ich habe einen Freund, der Polizist ist, den kann ich gleich mal anrufen und fragen, wie wir da am besten vorgehen. Aber erst mal essen wir Kuchen.«

»Na gut«, sagt Doreen, bricht sich ein Stück ab und steckt es in den Mund. »Mmh!«

»Er ist mit Kefir gebacken, den ich selbst ansetze«, erklärt Mandy. »Gut, oder?«

»Sehr gut! Und auch der Eistee … Wie läuft dein Café? Der Kuchen kommt doch bestimmt super an …«

Die Unterhaltung zwischen Doreen und Mandy bekomme ich nur noch am Rande mit. Daisy ist mittlerweile eingeschlafen. Sie liegt mit ihrem Köpfchen auf meinem linken Fuß und atmet schwer. Das war wohl ein bisschen viel Aufregung für die Kleine. Und für mich auch. Von einer Sekunde auf die andere wird mir alles zu viel.

»Ich würde jetzt gern wieder zurückgehen«, sage ich. »Kann Daisy bei dir bleiben, bis wir wissen, ob nach ihr gesucht wird, Mandy?«

»Das geht leider nicht. Ich muss gleich noch ins Café, Torten für morgen backen, heute ist Nachtschicht angesagt. Ich ruf jetzt schnell bei Lenny an und frag nach, ob sich jemand bei ihm auf der Polizeistation gemeldet hat und wie wir vorgehen müssen.« Sie lächelt mich an. »Was hältst du davon, wenn ich dich auf dem Weg nach Barth in Nisdorf absetze, dann musst du nicht den ganzen Weg zu Fuß gehen, Sarah. Daisy würde das auch nicht schaffen – falls ihr sie mit zu euch nehmt.«

»Gern«, stimme ich zu.

»Dann geh ich eben telefonieren. Das funktioniert oben unter dem Dach am besten.« Mandy springt auf. »Der Empfang hier mit meinem Handy ist echt mau. Ich muss langsam mal den Anbieter wechseln.«

Die Stille tut gut. Ich halte mein Gesicht in die Sonne und schließe die Augen. Doreen gönnt mir den Moment der Ruhe. Sie sagt nichts und wartet. Hin und wieder wimmert die kleine Daisy im Schlaf. Bestimmt vermisst sie ihre Familie. Ob Hunde träumen können?, überlege ich.

»Bisher hat niemand nach ihr gefragt«, ertönt da Mandys Stimme hinter uns. »Wir können sie im Tierheim abgeben oder so lange behalten, bis sich jemand meldet. Wenn das innerhalb eines halben Jahres nicht passiert, kann sie für immer bei dir bleiben, Doreen. Allerdings solltest du dann möglichst bald mit ihr zum Tierarzt gehen und nachschauen lassen, ob sie nicht doch gechipt und ob ansonsten alles mit ihr in Ordnung ist. Morgen hänge ich noch ein paar Zettel hier in der Gegend aus, mehr können wir erst mal nicht machen.«

»Na, das klingt doch nach einem guten Plan.« Meine Freundin lächelt mich an. »Ganz egal, ob es Zufall ist oder nicht, die Kleine heißt Daisy. Sie gehört zu uns, Sarah, und zwar, seitdem wir Kinder sind.«

Prompt fängt unser Findelkind wieder an zu wimmern.

»Es könnte sein, dass meine Mutter die Stofftierversion aufgehoben hat«, überlege ich laut. »Im Keller stehen zwei Kisten mit alten Spielsachen, Büchern und Erinnerungsstücken an die Schulzeit von mir. Ich wollte sie immer mal mit nach Stralsund nehmen, konnte mich aber nie dazu aufraffen.«

»Vielleicht hat auch das seinen Sinn«, sagt Doreen.

Ich weiß, worauf sie hinauswill, und schüttele den Kopf. »Falls ich von Stralsund wegziehe, dann auf jeden Fall nicht in die Wohnung meiner Mutter. Wenn, dann möchte ich einen kompletten Neuanfang.«

»Soll ich mich mal umhören? Hier wird immer mal wieder eine der Hütten verkauft«, sagt Mandy, greift über uns drüber und räumt das Geschirr zusammen.

»Warum nicht«, entscheide ich spontan.

»Gut, mach ich.« Sie hebt das Tablett hoch. »Ich bring das noch eben rein, dann können wir los.« Als sie zurückkommt, hat sie einen schmalen Gürtel dabei. »Den können wir als Leine benutzen, besser als nichts.«

Doreen hält mir ihren Haustürschlüssel hin. »Mit dem Drahtesel kann ich zwar den direkten Weg am Bodden entlang nehmen, aber ich habe keine Lust, mich zu beeilen. Ich radle gemütlich, ihr dürftet also schneller da sein.«

Wir brauchen genau zwölf Minuten, bis Mandy vor Doreens Haus hält. Die Zeit hat gereicht, um mein Herz zum Schmelzen zu bringen. Meine Hand liegt auf der kleinen goldigen Gestalt, die sich seit der Fahrt vertrauensvoll an mich kuschelt. Daisys Fell ist noch ganz weich, ihre tapsigen Pfoten sind viel zu groß für den Rest ihres Körpers. Ich streiche sanft über ihren Rücken. »Aufwachen, Daisy, wir sind da.«

Sie setzt sich sofort auf und schüttelt sich.

»Wenn du mal reden willst, habe ich immer ein offenes Ohr für dich«, bietet Mandy mir an. »Und auch sonst fänd ich es schön, wenn wir uns mal wiedersehen.«

»Ja, ich auch – und danke für alles.«

Ich steige aus, setze Daisy auf dem Boden ab und halte den Gürtel straff, damit sie mir nicht stiften gehen kann.

Mandy lässt das Fenster zur Beifahrerseite runter. »Ach ja, wie hat dir eigentlich die Schokotorte geschmeckt?«

»Sehr gut!«

»Schön, ich hab nämlich überlegt, ob ich sie auch mal im Café anbiete.« Sie hebt die Hand und winkt kurz. »Ich melde mich, sobald ich was von Lenny höre. Bis bald.«

Lächelnd schaue ich ihr zu, wie sie ihren roten Kleinwagen geschickt in drei Zügen auf der schmalen Straße wendet. Bevor sie davonbraust, hupt sie zweimal.

Doreen hat recht, Mandy ist nett. Ganz sicher werde ich sie demnächst auch mal in ihrem Café besuchen.

»Jetzt sind wir beide allein«, sage ich zu Daisy. »Aber Doreen kommt auch gleich.« Ich öffne das Tor und gehe mit ihr in den Garten. Dass Doreen einen Kater hat, habe ich glatt vergessen. Erst als er uns mit einem lauten Fauchen begrüßt, wird mir klar, dass wir doch nicht allein sind. Lucifer liegt auf dem Dach des Gästehäuschens und beobachtet jeden unserer Schritte. Auch Daisy hat ihn entdeckt. Ich greife den Gürtel etwas fester, aber das wäre gar nicht nötig gewesen. Die kleine Hundedame wackelt mit dem Schwanz, sie freut sich über den Kater.

»Er ist ein Schisser, wird sich aber bestimmt an dich gewöhnen«, sage ich und lasse meinen Blick durch den Garten schweifen. Der hintere Teil des Grundstücks ist nur durch Büsche vom Nachbargrundstück getrennt. »Losmachen kann ich dich hier leider nicht.« Ich setze mich im Schneidersitz auf die Wiese, hebe Daisy auf meine Beine und kraule sie ausgiebig. Es tut mir gut, mich um das kleine Wesen zu kümmern, das seine Familie verloren hat. Vielleicht hat Doreen recht, und das alles hat seinen Sinn. »Was meinst du, willst du bei uns bleiben?«

Da höre ich plötzlich Stimmen aus Richtung der Straße. Doreen kommt, aber sie ist nicht allein. Neben ihr fährt ein Mädchen mit langen blonden Zöpfen und einem pinken Helm auf dem Kopf, dahinter ein Mann. An seinem Rad hat er einen roten Hundeanhänger befestigt. Ich vermute, dass er leer ist.

»Das war's dann wohl mit uns beiden, Daisy«, sage ich leise.

Die drei lehnen ihre Räder an den Zaun. Und da ruft Doreen auch schon: »Ich hab Besuch mitgebracht, Sarah. Florian und Leonie vermissen ganz fürchterlich eine kleine freche Hundedame, die sich sogar mit Pferden anlegt.«

Sie öffnet die Tür, das Mädchen rennt los. »Daisyyyyyyyyyyyyyyyyy!«

Ich ziehe den Gürtel aus dem Halsband und sage: »Schau mal, wer da ist.«

Leonie lässt sich etwa drei Meter von uns entfernt schluchzend auf die Knie fallen, breitet die Arme aus, und die kleine Labbidame springt freudig kläffend auf sie drauf. Die Szene ist so unbeschreiblich süß, dass wieder einmal meine Tränen laufen, diesmal vor Rührung.

Ich warte, bis die beiden sich wieder einigermaßen beruhigt haben, bevor ich aufstehe und zu dem Mann gehe, der neben Doreen steht. Auch in seinen Augen stehen Tränen.

Er lächelt mich an und sagt: »Sie sind meine Heldin. Doreen hat uns erzählt, dass Sie Daisy vor zwei Pferden gerettet haben. Danke!«

»Habe ich gern gemacht, aber ohne Hilfe hätte ich es nicht geschafft.« Da Doreen und er schon per Du sind, füge ich noch »Ich bin übrigens Sarah« hinzu.

»Florian.« Er deutet mit dem Kopf auf seine Tochter: »Und Leonie jetzt wieder das glücklichste Mädchen der Welt.«

»Ist Daisy aus dem Wagen gesprungen?«, frage ich.

Florian reibt sich über das Kinn. »Ehrlich gesagt habe ich schlicht vergessen, sie nach einer kleinen Pause wieder reinzusetzen. Oder besser gesagt: Ich dachte, ich hätte sie schon reingesetzt. Wir haben ein kleines Picknick gemacht, als Leonie ganz plötzlich zur Toilette musste. Sie hat gedrängelt, ich hab die Sachen zusammengepackt, wir sind losgefahren, und im Ferienhaus haben wir bemerkt, dass Daisy nicht mehr da ist.«

Doreen fängt an zu lachen. »Keine schlechte Leistung.«

Florian setzt einen zerknirschten Gesichtsausdruck auf. »Leonie hätte mir nie verziehen, wenn wir Daisy nicht wiedergefunden hätten. Sie hat sich schon lange einen Hund gewünscht. Vor acht Wochen ist Daisy Teil unserer kleinen Familie geworden.« Er sieht zu mir. »Noch mal: Danke!«

»Gerne.«

»Wie lang seid ihr noch hier?«, fragt Florian. »Wir würden gern noch mal vorbeikommen, um euch ein kleines Dankeschön zu bringen.«

Ich verstehe nicht, was Florian damit meint. Doreen jedoch hat schneller geschaltet. »Wir machen keinen Urlaub.

Ich wohne hier, Sarah kommt aus Stralsund und ist bei mir zu Besuch. Wo kommt ihr her?«

Florian grinst. »Aus Richtenberg, nur eine halbe Stunde entfernt. Aber Leonie ist es egal, wo wir Urlaub machen, Hauptsache, wir packen unsere Koffer und fahren weg. Eigentlich hatte ich vor, noch mal mit ihr in die Sonne zu fliegen, solange wir nicht von den Ferienzeiten abhängig sind, weil Leonie nach den Sommerferien eingeschult wird – aber dann kam Daisy.« Er schüttelt unwillkürlich den Kopf. »Ein schöner Buchtitel, den muss ich mir merken.«

»Du schreibst?«, fragt Doreen.

»Ich illustriere, hin und wieder versuche ich mich auch am Text, aber nur im Bilderbuchbereich«, antwortet Florian.

Da kommt Leonie, gefolgt von Daisy, zu uns. »Danke«, ruft sie und umarmt mich fest. »Danke, danke, danke.«

»Hab ich gern gemacht«, sage ich und lege meine Hand auf ihre Schulter.

So bleiben wir eine Weile stehen, bis Florian sagt: »Es ist schon fast halb sieben, Leo, wir müssen jetzt langsam mal los.« Er beugt sich runter zu Daisy. »Dich leinen wir lieber mal an, du Abenteurerin, damit du nicht doch noch verschwindest.«

Leonie löst sich von mir und sieht zu mir hoch. »Ich mag dich. Du bist nett.«

»Danke, das ist ein schönes Kompliment, das ich gern zurückgebe«, erwidere ich.

Fünf Minuten später radeln Vater und Tochter davon.

»Ich habe die beiden erst nicht gesehen«, erzählt Doreen, »und nur gehört, wie ein Mann nach Daisy ruft. Ehrlich gesagt wollte ich weiterfahren und die süße Maus einfach behalten. Aber dann habe ich Leonie entdeckt.«

»Es war nie unsere, es ist ihre Daisy«, sage ich und treffe eine spontane Entscheidung. »Wir brauchen unsere eigene. Vielleicht finde ich ein kleines Häuschen hier in der Nähe. Dann können wir uns zusammen um sie kümmern.« Ich nicke, so, als würde ich mich selbst bestätigen wollen. »Erst mal erledige ich alles, was jetzt noch ansteht – und dann suchen wir uns eine Daisy!«

Meine Freundin sieht mich ernst an. »Abgemacht!«

5

Der Rest des Abends verläuft ruhig. Wir duschen, Doreen bereitet uns ein paar Schnittchen zu, und wir machen es uns auf der Terrasse gemütlich. Die Temperatur ist noch angenehm warm. In der Passionsblume, die am Gartenzaun zum Nachbargrundstück rankt, brummen etliche Hummeln auf der Suche nach süßem Nektar um die Wette. Im Apfelbaum zirpt eine Grille, und ein paar Vögel singen fröhlich ihre Lieder.

»Warum zwitschern die Piepmätze eigentlich am liebsten in der Dämmerung?«, fragt Doreen.

»Das hat irgendwas mit dem Schall zu tun«, erkläre ich. »Die Luftfeuchtigkeit ist um diese Zeit am höchsten, dadurch ist der Gesang weiter zu hören. Meistens sind es die Kerle, die durch ihr lautes Trällern Weibchen anlocken wollen.«

»Was du so alles weißt.«

»Stimmt nur in etwa, und ganz sicher bin ich mir nicht. Aber wenn Tiere Krach machen, steckt oft Balzverhalten dahinter, insbesondere, wenn es Männchen sind.«

»Apropos Balzverhalten, ich habe letztens eine Einladung zum Essen bekommen«, sagt Doreen und lehnt sich in ihrem Stuhl zurück. »Willst du es hören, oder möchtest du lieber über etwas anderes reden? Den Tag heute, deine Mutter ...«

»Lenk mich ab. Es tut mir gut, wenn ich mir nicht die ganze Zeit den Kopf darüber zermartere, dass das Leben demnächst für mich ein ganz anderes werden wird, weil sie nicht mehr bei mir ist.«

Doreen schenkt uns etwas Weißwein ein und mischt ihn mit Mineralwasser. Wir haben uns heute für Alkohol, aber bewusst für eine leichte Variante entschieden. Am liebsten würde ich momentan jeden Abend vor dem Schlafengehen eine Flasche allein trinken. Aber ich bin sicher, dass es mir danach noch schlechter geht. Deswegen versuche ich, darauf zu verzichten und alkoholische Getränke weiterhin nur als Genussmittel zu sehen.

»Er heißt Konstantin, ist Architekt und wohnt in Kinnbackenhagen, ganz in der Nähe von Mandy. Wir haben uns zufällig beim Einkaufen im Supermarkt kennengelernt.«

Mit dem Trinken hätte ich besser noch gewartet. Ich verschlucke mich und muss husten.

»Alles gut?«, fragt Doreen.

Es dauert einen Moment, bis ich wieder richtig atmen kann. »Ihm gehört das Holzhaus mit den riesigen Fenstern, er ist eigentlich sehr nett«, erkläre ich mit kratziger Stimme und räuspere mich ein paarmal. »Aber die Beziehung zu Mandy ist gescheitert, weil er noch zu sehr an seiner Frau hing. Hat sie mir heute alles auf dem Weg ins Finnhäuschen erzählt.«

»Mandys Ex?«, fragt Doreen und pustet in die Luft. »Ich hab aber auch ein Glück. Na ja, wär ja auch zu schön gewesen, um wahr zu sein. Ein gut aussehender Kerl, der auch noch ganz in der Nähe wohnt ...«

»Ist er für dich jetzt tabu?«

Doreen überlegt einen Moment. »Ich denke ja, ich würde Mandy zwar nicht als Freundin bezeichnen, aber ich mag sie, daraus könnte sich was entwickeln. Wir sind fast Nachbarinnen, so viele Menschen wohnen hier nicht.« Sie schüttelt den Kopf. »Schade, das Haus ist echt schön.«

Genau das hat Mandy vorhin auch gesagt. Ich schaue über Doreens Grundstück, und mein Blick bleibt an ihrem Haus hängen. »Deine kleine Villa ist auch sehr schön. Aber vielleicht sprichst du mal mit Mandy, bevor du Konstantin in den Wind schießt.«

»Ich denk drüber nach«, sagt sie. »Generell gefällt mir der Gedanke jedoch jetzt schon nicht. Aber apropos kleine Villa, zieh doch zu mir. Vielleicht können wir noch ein bisschen anbauen, das Gästehaus mit dem Haupthaus verbinden zum Beispiel.« Sie grinst. »Konstantin ist Architekt, ihm fällt bestimmt was ein.«

»Lass uns eine Seniorinnen-WG gründen, wenn wir ganz alt sind«, schlage ich vor. »Jetzt möchte ich erst mal allein wohnen. Ich hatte gerade angefangen, es zu genießen, seitdem Kai ausgezogen ist. Allerdings könntest du dich auch mal umhören, ob hier in der Nähe was frei wird. Aus Stralsund möchte ich weg. Ich habe das ernst gemeint vorhin, ein Neuanfang wird mir guttun.«

»Dann wären wir wieder Nachbarinnen, so wie früher.«

Doreen lächelt sanft. »Ich kann mich noch genau an den Tag erinnern, an dem deine Mutter meine gefragt hat, ob ich nicht mal zum Spielen zu euch raufkommen könne. Ich hatte noch meinen braunen Nickischlafanzug an und habe gerade eine Portion Smacks mit Milch gegessen. Es war kurz nach dem Ersten des Monats, da war immer genug Geld da.« Sie schüttelt den Kopf. »Und dann rief meine Mutter ganz laut meinen Namen. ›Dore-en!‹ Wenn sie das E hinten lang gezogen hat, wusste ich, dass ich mich sputen musste und sie nicht warten lassen durfte. Ich bin also zur Tür, und meine Mutter hat ›Geh spielen‹ gesagt. Lust hatte ich nicht, aber auch keine andere Wahl. Ich durfte noch nicht mal meine heiß geliebten Smacks aufessen, die es nur am Anfang des Monats gab. Bei euch oben hat deine Mutter uns süßen roten Tee gekocht und uns dazu *Schiffchen* gebracht. Zuerst wusste ich nicht, was sie damit meint, als sie gefragt hat, ob wir welche möchten. Aber als du Ja gesagt hast, habe ich auch Ja gesagt. Ich hab gewartet, bis deine Mutter weg war, und hab dich gefragt, was sie damit meint. Du hast mich ganz komisch angeguckt und gesagt: ›Brote, was denn sonst?‹ Deine Mutter hat den Teller voller Leckereien dann einfach auf den Boden zwischen uns gestellt. Ich hab mich gefühlt wie im Himmel. Meine wäre nie auf die Idee gekommen, die Brotscheiben zu vierteln, sie Schiffchen zu nennen und sie unterschiedlich zu belegen.«

»Daran kann ich mich gar nicht mehr erinnern.«

»Aber ich. Es gab Hagebuttentee, gesüßt mit Honig. Ich weiß es noch so genau, weil ich noch nie vorher welchen getrunken hatte. Bei uns gab es, wenn überhaupt, Teegranulat zum Auflösen.« Doreen zeigt auf den Teller mit unserem Abendessen. »Deine Mutter hat die Schiffchen auch immer so angerichtet. In der Mitte hat sie irgendwas Rundes platziert, ein paar Gurkenscheiben, halbe Eier, Tomaten. Drum herum hat sie die belegten Brotviertel drapiert. Jeder Teller sah aus wie eine Sonne. Am allerbesten fand ich aber, wenn sie die Brote nicht in Schiffchen geschnitten, sondern mit Keksausstechern in die Form von Sternen, Herzen oder Engeln gebracht hat.«

Ich seufze. »Ja, das war echt schön.«

»Und so ungemein wichtig für mich«, erklärt Doreen. »Ihr beiden habt mein Leben verändert, ohne euch wäre ich heute nicht die Frau, die ich jetzt bin. Du hast mich damals sofort akzeptiert. Mein alter brauner Nickischlafanzug war dir vollkommen schnuppe, du hast dich einfach nur darüber gefreut, dass du jemanden zum Spielen hattest.«

»Das muss ein halbes Jahr nach dem Tod meines Vaters gewesen sein«, überlege ich laut. »Stimmt, wir haben noch nicht lang in dem Haus gewohnt. Meine Mutter hat mich ein paarmal gefragt, ob ich dich nicht mal zum Spielen einladen möchte. Aber ich hab mich nicht getraut. Komisch, oder? Aber an meine Kindheit konnte ich mich bisher kaum erinnern, obwohl sie doch bis auf den Tod meines Vaters sehr schön gewesen ist. Aber jetzt dreht sich das gerade um. Wenn ich nun an Erlebnisse mit meiner Mutter denke, haben sie fast alle in der Vergangenheit stattgefunden. Was meinst du, warum ist das so?«

»Vielleicht, weil du dich selbst wieder wie ein kleines Kind fühlst«, sagt Doreen.

»Ein kleines Kind, das seine Mutter vermisst«, erkläre ich.

»Wobei man ja eigentlich davon ausgeht, dass man nach dem Tod der Eltern erwachsen ist, weil man dann niemandes Kind mehr ist. Vielleicht ist es ein Prozess. Erst fällt man zurück, dann ist man erwachsen.« Doreen greift zum Häppchenteller. »Ich weiß aber eins ganz sicher: Falls ich doch mal irgendwann Kinder haben sollte, bekommen sie auch Schiffchen von mir – und eine Torte, so wie deine Mutter sie für uns gezaubert hat, mit Kerzen zum Auspusten.«

»Die backe ich dann für deine Kleinen«, biete ich an, dankbar für den Themenwechsel.

»Fehlt nur noch der passende Mann, um die Kinder zu machen.« Doreen grinst mich an. »Wir sind zum ersten Mal seit längerer Zeit beide gleichzeitig Singles. Ich dachte früher eigentlich immer, dass wir schon verheiratet sind, wenn wir die dreißig geknackt haben.«

»Ich wollte mein erstes Kind unbedingt mit spätestens neunundzwanzig bekommen«, erkläre ich und zucke mit den Schultern. »Aber wie heißt es so schön? Erstens kommt es anders ...«

»Und zweitens, als man denkt«, vervollständigt Doreen den Satz. »Von Jan habe ich auch nie wieder was gehört. Das war meine erste und letzte Fernbeziehung.« Sie lächelt. Ich vertrau jetzt darauf, was deine Mutter mal zu mir gesagt hat, nachdem ich mich danach bei ihr ausgeheult habe: ›Die Liebe findet dich. Wir haben dich schließlich damals auch gefunden.‹«

»Sie war klug.«

Doreen lächelt sanft. »Ja, das war sie.«

Es ist kurz nach neun, als wir es uns auf der Couch gemütlich machen.

»Was willst du dir anschauen?«, fragt Doreen.

»Nix Dramatisches.«

Sie überlegt einen Moment. »Ich hab's!« Sie greift zur Fernbedienung, durchforstet die Streamingportale, und nur kurz darauf erscheint Disneys *Mulan* in der alten Zeichentrickvariante auf dem Bildschirm. »Das war früher dein absoluter Lieblingsfilm.«

»Nein, deiner«, erwidere ich. »Ich hab immer nur so getan als ob, weil ich wusste, dass er dir so gut gefällt. Mulan war immer dein Vorbild.« Ich lächle. »Und heute bist du ihr tatsächlich ähnlich.«

Doreen setzt sich mit einem Grinsen im Gesicht zu mir auf die Couch. »Findest du? Mulan ist ziemlich cool.«

Ich muss lachen. »Das stimmt. Mein Lieblingsfilm war übrigens *Pocahontas*. Ich wollte immer so sein wie sie.«

Meine Freundin legt den Kopf leicht schief und betrachtet mich. »Das bist du, du hast ein ähnliches Verständnis für die Natur und auch so ein gutes Herz.« Sie rutscht ganz ans Ende der Couch und drapiert ein Kissen auf ihren Beinen. »Komm, mach's dir bequem.«

Ich lasse mich wie ein nasser Sack zur Seite kippen, mit dem Kopf auf das Kissen. Meine Freundin streicht mir eine Haarsträhne, die sich aus meinem Zopf gelöst hat, hinter das Ohr. Diese kleine zärtliche Geste reicht aus, um die Emotionen in mir hochschwappen zu lassen. Ohne Vorwarnung laufen wieder Tränen über mein Gesicht. Als ich schniefe, merkt sie, was mit mir los ist. Sie greift neben sich, zupft ein Papiertaschentuch aus einer Spenderbox und hält es mir hin.

»Du hast vorgesorgt«, nuschele ich und tupfe mir die Tränen weg.

»Ich habe eine Großpackung gekauft.«

»Das ist gut.« Ich schniefe noch ein letztes Mal und schließe die Augen.

Der Film ist gerade zu Ende, als ich wieder aufwache. Ich habe so tief und fest geschlafen, dass ich noch nicht einmal mitbekommen habe, wie Doreen aufgestanden ist und Lucifer sich zu mir auf die Couch gesellt hat.

»Du bist aber zutraulich heute«, sage ich leise und kraule ihm das Fell. »Du spürst, dass es mir nicht gut geht, stimmt's? Wo ist denn dein Frauchen, im Bad?«

Sie ist im Garten, wie ich nur kurz darauf feststelle, als ich sie durch das auf Kipp stehende Fenster fluchen höre.

Ich stehe auf und gehe nach draußen. Doreen steht am Gartenzaun. Sie dreht sich um, als sie mich hört, und sagt: »Mein Fahrrad ist weg!«

»Echt?«

»Ich habe es vorhin am Zaun stehen lassen, als ich Florian und Leonie mitgebracht habe.« Sie atmet tief ein und wieder aus. »Irgendein Arsch mit Ohren hat es geklaut, wahrscheinlich der Engelmann. Bestimmt hat es ihn gestört, dass ich es nicht in den Garten geschoben habe. Kommst du mit nachgucken? Du musst aber nicht, wenn du zu kaputt bist, ich geh auch allein.«

»Klar komm ich mit.« Ich reibe mir über die Arme. »Aber mir ist kalt. Ich hol mir was zum Drüberziehen und Schuhe.«

»Und ich die Taschenlampe aus dem Schuppen.«

Meine Tasche mit der Kleidung steht oben im Schlafzimmer. Da ich zu faul bin, jetzt die Leiter hochzukraxeln, greife ich kurzerhand zur Wolldecke, die über der Couchlehne liegt, lege sie mir über, schlüpfe in meine Birkenstocks und gehe wieder nach draußen.

Es ist stockdunkel, dicke Wolken haben sich vor den Mond geschoben, aber zum Glück entpuppt sich Doreens Taschenlampe als hell strahlender Handscheinwerfer. Sie leuchtet damit beide Seiten der Straße entlang.

»Nichts! Vielleicht hat er es irgendwo versteckt, würde ich ihm zutrauen.«

»Dann lass uns morgen danach suchen«, schlage ich vor. »Bestimmt gibt es ja auch eine ganz logische Erklärung dafür.«

»Dafür, dass ein Rad sich ganz einfach in Luft auflöst? Das glaubst du doch wohl selbst nicht.« Sie seufzt. »Aber du hast recht, das bringt jetzt nichts.« Sie mustert mich von oben bis unten. »Die Decke steht dir, damit siehst du wirklich aus wie Pocahontas.«

Ich puste mir eine Strähne aus dem Gesicht. In dem Moment sehe ich in der Ferne ein kleines gelbliches Licht aufblitzen. »Schau mal!«

»Da fährt jemand mit einem Rad auf der Landstraße«, stellt sie fest. »Da hast du deine logische Erklärung.« Sie schaut mit zusammengekniffenen Augen zu mir. »Fahren wir mit dem Auto hinterher, das ist bestimmt meins!«

Aber das müssen wir gar nicht. »Warte mal ...« Ich deute mit dem Kopf in die Richtung des Lichtes. »Ich glaub, der kommt zu uns, der ist auf die kleine Stichstraße abgebogen.« Die genau in die Sackgasse führt, auf der wir im Moment stehen. »Vielleicht bringt er das Rad zurück – wenn es deins ist.«

Doreen schaltet die Lampe aus und kreuzt die Arme vor der Brust. Ich ziehe die Decke etwas fester um mich rum. So stehen wir nebeneinander auf dem Wiesenstreifen und warten.

»Wusst ich's doch!«, zischt Doreen, als das Licht schon fast bei uns angekommen ist. Es ist tatsächlich ihr Rad, und auf dem Sattel sitzt, wie sie vermutet hat, Herr Engelmann.

Er hält direkt neben uns an. »N' Abend miteinander«, nuschelt er und lehnt das Rad gegen den Zaun. Mir fällt sofort auf, dass er wankt, und auch Doreen hat es gleich bemerkt.

»Einen über den Durst getrunken?«, fragt sie ganz direkt.

»Jap!« Herr Engelmann grinst breit. »Nicht nur einen.« Er sieht auf das Rad und wieder zu Doreen. »Die Kette schleift«, lallt er. »Muss mal angezogen werden. Die Gangschaltung funktioniert nicht richtig. Und einer der beiden Hinterreifen eiert.«

»So, welcher der beiden denn?«, feixt Doreen. »Der linke oder der rechte?«

Herr Engelmann kratzt sich an der Stirn. Ob er wirklich doppelt sieht, überlege ich. Da schüttelt er den Kopf und lallt: »Veräppeln kann ich mich alleine.« Er zeigt auf den Hinterreifen. »Der da.«

»Lass ich für Sie reparieren«, erwidert Doreen mit zuckersüßer Stimme.

Doreens Nachbar schürzt die Lippen. Anscheinend sucht er nach den richtigen Worten, kann sie aber nicht finden. »Ich geh dann mal«, nuschelt er schließlich.

»Finden Sie den Weg allein nach Hause?«, fragt meine Freundin.

Herr Engelmann zieht gleich beide Augenbrauen nach oben. »Ich bin betrunken, aber nicht blöd. Danke fürs Radausleihen.«

Wir bleiben stehen und beobachten, wie er die Straße entlang in Richtung seines Hauses wankt.

»Er ist netter, wenn er getrunken hat«, stellt Doreen fest. »Bei meinem Vater war es andersrum. Warten wir lieber mal, ob er auch heil zu Hause ankommt.« Er hat so viel intus, dass er ein paarmal fast hinfällt. Erst als etwa hundert Meter weiter das Licht im Haus angeht, greift Doreen nach ihrem Fahrrad. »Das nehmen wir mal lieber mit rein.«

»Kurz nach elf«, stelle ich fest, als wir wieder im Haus sind.

»Ich koch dir den Tee«, sagt Doreen.

Den hatte ich ganz vergessen. »Jetzt noch?«

»Habe ich Rosa versprochen. Ich trinke auch einen.«

»Na gut.«

Zehn Minuten später sitzen wir wieder auf der Couch. Der würzige Tee schmeckt gut. Doreen hat ordentlich Honig reingerührt, sodass man die leicht bittere Note kaum rausschmeckt.

»Irgendwie verrückt«, sage ich. »Da taucht plötzlich eine mir bisher unbekannte Großtante auf.«

»Vielleicht gibt es ja noch mehr Verwandte, Kinder, Enkelkinder, wer weiß ...«

»Ich ruf sie morgen direkt an«, entscheide ich. »Es interessiert mich doch, warum ich sie bisher nicht kennengelernt habe.«

6

Mitten in der Nacht wache ich auf. Wind ist aufgekommen und plustert durch das auf Kipp stehende Fenster die leichte Gardine auf. In der Ferne erhellt sich der Himmel, so, wie es aussieht, ist ein Gewitter im Anmarsch. Woran es liegt, habe ich nie rausgefunden, aber schon seitdem ich ein Kind war, fürchte ich mich vor Blitz und Donner. Da helfen alle wissenschaftlichen Erklärungen und Beteuerungen nichts. Beim ersten lauten Knall zucke ich zusammen, und mir geht es erst wieder gut, wenn der Spuk vorbei ist. Ich greife nach meinem Handy, das auf dem kleinen Nachttischchen liegt, um nach der Uhrzeit zu schauen. Dabei fällt mir auf, dass mir jemand eine Nachricht geschickt hat. Ich öffne den Posteingang und schüttele unmerklich den Kopf, weil die Mitteilung von Kai ist.

Es gewittert. Und wieder wäre ich gern bei dir, um dich in die Arme zu nehmen. Ich bin fast umgefallen, als ich dich heute gesehen habe. Dich so traurig zu wissen und dich nicht berühren zu dürfen war kaum auszuhalten. Bitte verzeih mir, dass ich nicht für dich da war, als du mich am nötigsten brauchtest.

Melde dich bitte, wenn du mich sehen willst. Ich lasse jederzeit alles stehen und liegen und bin sofort bei dir. Kai.

»Unfassbar«, sage ich leise.

»Was?«, fragt Doreen neben mir.

»Oh, ich wollte dich nicht wecken.«

»Hast du nicht. Ich war schon wach, weil ich zur Toilette muss. Das mit dem Tee war doch keine so gute Idee. Meine Blase platzt gleich.« Sie setzt sich im Bett auf. »Wer schreibt dir so spät? Dein Ex etwa?«

Ich reiche ihr mein Handy.

»Vier Uhr! Der textet dich um diese Zeit an? Was soll das denn?« Sie runzelt die Stirn. »Mich würde echt interessieren, ob er tatsächlich kommt, wenn du ihn jetzt bittest.«

»Er geht bestimmt davon aus, dass ich in Stralsund bin.« Ich schüttele den Kopf. »Das meint er nicht ernst. Er kann sich doch denken, dass ich zu dir gefahren bin oder du bei mir bist.«

»Was antwortest du? Er ist online und sieht, dass du die Nachricht gelesen hast.«

»Keine Reaktion ist immer noch die beste«, entscheide ich.

Meine Freundin gibt mir das Smartphone zurück. Noch einmal lese ich Kais Nachricht. »Warum ist der um diese Uhrzeit überhaupt noch wach? Er schläft doch sonst immer wie ein Murmeltier.«

»Hoffentlich hatte er einen fiesen Albtraum«, unkt Doreen.

Ich knuffe sie in die Seite. »Du kannst so richtig schön fies sein.«

»Jepp!« Sie streckt sich. »Versuch es. Sag, du bist allein, und er soll kommen. Dann steht er bei dir vor der Tür, und du bist nicht da. Kleine Rache. Für meinen Geschmack hast du es ihm viel zu leicht gemacht.«

»Was habe ich davon?«, frage ich. Da grollt der Himmel, nicht sehr laut, aber dafür recht lang. »Weißt du noch, wie wir damals bei Gewitter immer wie aufgescheuchte Hühner durch die Wohnung gerannt sind, um die Stecker zu ziehen, an denen der Fernsehapparat, das Radio und der Computer hingen?«

»Klar«, antwortet Doreen lächelnd. »Einmal war es so schlimm, dass wir uns in den Flur gesetzt haben, weil es dazu auch gestürmt hat und wir befürchtet haben, dass die Kiefer hinter dem Haus umknickt und durch dein Fenster ins Kinderzimmer kracht. Weißt du noch? Da kamen richtig große Hagelkörner vom Himmel.«

»Stimmt! Wann war das?«, frage ich, aber da erscheint auch schon das Bild vor meinem inneren Auge: Doreen und ich, nebeneinander auf dem Fußboden im Flur sitzend, die Beine angezogen. »Wir hatten beide zu der Zeit einen extrem kurzen Pony, den meine Mutter uns geschnitten hatte. Und es lag noch der kratzige blaue Teppichboden, der dann kurz darauf gegen Fliesen ausgetauscht wurde. Da waren wir so um die zehn, elf.« Ich schüttele den Kopf. »Verrückt, es ploppen echt immer mehr Kindheitsbilder in meinem Kopf auf.«

»An unsere Flucht in den Flur kann ich mich noch ganz genau erinnern. Wir haben uns vor Angst fast in die Hosen gemacht«, sagt Doreen. »Übrigens ... ich muss jetzt echt runter. Kommst du mit?«

»Okay.« Wir stehen auf, und ich gehe hinter ihr her. So wie früher, denke ich. Da sind wir auch immer zusammen gegangen, wenn eine von uns nachts zur Toilette musste.

»Ich bin mal gespannt, woran wir uns erinnern, wenn wir achtzig sind«, sagt meine Freundin.

»An gestern«, erwidere ich. »Aber auch an viele der schönen Tage, die wir miteinander verbracht haben.«

Ich bleibe im Wohnzimmer am Fenster stehen und beobachte das Wetterleuchten in der Ferne, während Doreen im Bad verschwindet. Lucifer hat es sich auf der Fensterbank bequem gemacht. Er hebt träge den Kopf, blinzelt mich mit verschlafenen Augen an und döst weiter. Das Grollen in der Ferne stört ihn nicht. Wenn ich, so wie Doreen, allein in diesem Häuschen leben würde, hätte ich wahrscheinlich nicht nur bei Gewitter ein Problem, wird mir plötzlich klar. In meiner Mietwohnung, mit Nachbarn neben und unter mir, fühle ich mich auch nachts sicher. Hier würde ich wahrscheinlich bei jedem Knacken im Gebälk zusammenzucken, weil ich Angst hätte, es könnte ein Einbrecher im Haus rumschleichen. Weder bei Gewitter noch bei Dunkelheit bin ich gern allein.

»Ich bin echt eine Schissbuxe«, sage ich leise zu Lucifer.

Da kommt Doreen zurück und stellt sich neben mich. »Das Gewitter schafft es nicht bis hierher, es bleibt über dem Meer hängen«, erklärt sie.

»Gut.« Ich seufze. »Hab ich dir schon mal gesagt, dass ich dich dafür bewundere, dass du ganz allein hier wohnst?

Ich glaube, ich muss mir das noch mal ganz genau überlegen, ob ich wirklich aus Stralsund wegziehe. Vielleicht wäre Barth doch eine Alternative.«

»Oder du schaffst dir eine Riesen-Daisy an, die ungefähr hüfthoch ist«, schlägt Doreen vor. »Ich habe letztens eine richtig schöne Hündin gesehen, die aussah wie eine Mischung aus einem Riesen-Labbi und einem Boxer. Sie war etwa so groß wie eine Dogge – die Rasse nennt sich Broholmer.« Sie grinst. »Da hättest du nur ein Problem, wenn sie zu dir ins Bett kommen würde. Denn dann wäre darin kein Platz mehr für dich.«

»Da dürfte sie sowieso nicht rein«, erkläre ich. »Ich würde ihr ein gemütliches Körbchen direkt innen vor die Haustür stellen.«

Doreen lacht. »Das würde hier bei mir verdammt viel Raum einnehmen. Aber die Hunde sind echt schön. Und vom Wesen her sollen sie sehr lieb und pflegeleicht sein, richtige Familienhunde.«

»Die Idee ist gar nicht so schlecht«, sage ich, während ich schon auf dem Weg ins Bad bin. »Wie heißt die Rasse?«

»Broholmer«, ruft Doreen.

Als ich wieder oben im Bett bin, gähne ich herzhaft. »Halb fünf, noch drei, vier Stunden Schlaf wären gut.«

»Ja«, sagt Doreen und gähnt auch.

Im Zimmer ist es stockdunkel. Vor den Mond haben sich dunkle Wolken geschoben. Aber das Gewitter ist in die andere Richtung weitergezogen. Von draußen dringt kein Geräusch mehr zu uns ins Schlafzimmer. Es ist still. Autos fahren hier nicht. Spaziergänger verirren sich nur selten hierher, schon gar nicht nachts.

»Schlaf gut, Doreen.«

Sie rollt sich auf die Seite. »Du auch, Sarah.«

Ich bleibe auf dem Rücken liegen, schließe die Augen und lausche dem Atem meiner Freundin. Da sagt sie plötzlich: »Nach dem blauen Teppich kamen die Fliesen. Wie hieß noch mal die Nachbarin von gegenüber, die uns damals so rundgemacht hat?«

»Frau Fritz.« Die dralle Frau mit den kurzen, dauergewellten grauen Haaren erscheint vor meinem inneren Auge. »Sie war entsetzt.«

»Aber deine Mutter hat ziemlich cool reagiert – wie immer. Sie hat uns vor ihr verteidigt und erst später mit uns geschimpft.«

»Wobei sie nicht wirklich sauer und nur aus Prinzip streng war, damit wir nicht noch mal auf die Idee kommen, die Fliesen als Rutsche zu nutzen.«

»Es war deine Idee«, sagt Doreen. »Dabei war ich sonst immer die mit den verrückten Einfällen.«

»Aber nur, weil ich ausgerutscht bin. Du hast geklingelt, als ich gerade in der Badewanne lag. Meine Mutter war einkaufen, und ich wollte dich unbedingt reinlassen. Und weil ich so dumm war zu rennen, bin ich, patschnass, wie ich war, durch den Flur gesegelt. Was übrigens echt wehgetan hat.« Ich lächle in mich hinein. »Aber wir hatten jede Menge Spaß.«

»Ja, den hatten wir.« Doreen tastet mit der Hand nach

meiner und drückt sie sanft. »Mit dem schönen Gedanken schlafen wir jetzt ein.«

»Guter Plan.«

Während Doreen neben mir nun gleichmäßig tief ein- und ausatmet, denke ich daran, wie wir damals unseren Flur kurzerhand zu einer Wasserrutsche umfunktioniert haben. Wir haben etliche Schüsseln Badewasser auf den Boden gekippt und sind splitternackt auf unseren Hintern über die Fliesen gerutscht. Wenn wir dabei zu viel Schwung hatten, sind wir hin und wieder mit den Füßen gegen die Wohnungstür gedonnert. Dass unsere Nachbarin da nach dem Rechten gesehen hat, kann ich heute natürlich verstehen. Sie hat den Krach mitbekommen und das Wasser gesehen, das unter der Tür durch bis in den Hausflur gelaufen ist. Als sie geklingelt hat, haben wir einfach nicht aufgemacht. Und auch auf ihr Klopfen und Rufen haben wir nicht reagiert. Erst als sie damit gedroht hat, die Polizei zu rufen, sind wir eingeknickt. Bis dahin hatten wir uns beide aber schon wieder angezogen und das meiste Wasser mit Frotteehandtüchern aufgewischt. Zum Glück kam gerade meine Mutter zurück, als Frau Fritz uns eine Standpauke gehalten hat. Sie hat sich bei ihr für ihre Aufmerksamkeit bedankt, aber auch unmissverständlich klargemacht, dass sie in diesem Tonfall nicht mit uns Kindern zu reden und uns schon gar nicht zu drohen hat. Danach hat die Nachbarin uns mehrere Wochen lang ignoriert – bis meine Mutter sie zum Kaffeetrinken eingeladen hat. Den Kuchen dafür mussten Doreen und ich backen. Und außerdem mussten wir versprechen, uns während des

Besuchs von Frau Fritz zu benehmen. Wir saßen still dabei und haben uns von unserer besten Seite gezeigt – bis Frau Fritz anfing zu lachen und gesagt hat, wir müssten nicht schauspielern, sie sei früher schließlich auch mal jung gewesen. Sie hat nie wieder mit uns geschimpft. Aber das lag wahrscheinlich auch daran, dass wir den Flur nie mehr unter Wasser gesetzt haben und auch sonst nicht sehr laut waren. Meistens haben wir uns in meinem Zimmer aufgehalten und gequatscht, manchmal fast die ganze Nacht durch. Meine Mutter hat eine Matratze für Doreen gekauft, die wir tagsüber einfach unter mein Bett geschoben und abends wieder rausgezogen haben. Hin und wieder hatte Doreens Mutter ihre fünf Minuten und hat Doreen verboten, bei uns zu übernachten. Dann musste sie ein paar Tage lang zu Hause schlafen. Aber in der Regel hat sie die Nächte bei uns verbracht. Doreen war und ist bis heute wie eine Schwester für mich.

Es wird schon hell, als mir schließlich doch noch die Augen zufallen und ich einschlafe. Ich wache erst auf, als die Sonne schon recht hoch am Himmel steht. Hundegebell dringt durch das Fenster ins Zimmer und kurz darauf Lucifers Miauen. Als ich kurz darauf Herrn Engelmann laut fluchen und danach Doreen lachen höre, muss ich grinsen. Dass sie das Fenster geöffnet hat, habe ich gar nicht mitbekommen. Ich habe tief und fest geschlafen. Einen Moment bleibe ich noch liegen, meinen Blick zum Fenster gerichtet. Es scheint heute ein schöner Tag zu werden, zumindest, was das Wetter betrifft. Als ich Doreen wieder lachen höre, siegt meine Neugierde. Ich stehe auf, gehe zum Fenster und schaue runter in den Garten. Dort steht Doreen auf dem Rasen und hält ihr Rad fest, neben dem Herr Engelmann kniet, bewaffnet mit allerlei Werkzeug.

Schön, denke ich, da schaut sie zu mir hoch, als hätte sie gespürt, dass ich nun wach bin. Ich winke ihr, kann mich aber nicht dazu aufraffen, nach unten zu gehen. Also lege ich mich wieder ins Bett und greife nach meinem Handy. Es ist schon Viertel nach elf, wie mir ein kurzer Blick auf das Display zeigt. Mitteilungen habe ich keine bekommen. Es juckt mir in den Fingern, noch einmal die Nachricht meiner Mutter abzuspielen, aber da höre ich ihre sanfte Stimme in meinen Gedanken.

Es ist, wie es ist, Sarah. Aber es wird, was du daraus machst.

Ich kann einfach liegen bleiben. Dann kommt Doreen gleich hoch, wahrscheinlich bewaffnet mit Kaffee und einem Porridge, den sie frisch für mich zubereitet. Sie zwingt mich, wenigstens ein paar Löffel zu essen, und sagt mir, dass es völlig okay ist, wenn ich den ganzen Tag im Bett verbringe.

Oder ich kann aufstehen, mir selbst einen Kaffee kochen, duschen und mich dem Tag stellen, der mich mit Sonnenschein und dem Lachen meiner Freundin begrüßt.

»Bei eins«, sage ich laut und zähle gedanklich von zehn nach unten, so wie wir das als Kinder gemacht haben, wenn wir aufstehen mussten und nicht wollten.

Ohne länger zu zögern, stehe ich auf, schlüpfe in eine bequeme Leinenhose mit Gummizug, ziehe mir ein T-Shirt über und gehe nach unten.

Doreen sitzt mittlerweile im Schneidersitz auf der

Wiese, während der Mann, der gestern das Rad geklaut hat, daran rumschraubt.

»Morgen«, sage ich.

»Morgen.« Herr Engelmann sieht durch die Speichen des Rads zu mir. »Du bist also Sarah. Ich bin Bernd. Tut mir leid, wenn ich dich gestern Abend erschreckt habe.« Er grinst schief. »War ein harter Tag gewesen.«

»Kein Problem.« Ich setze mich neben Doreen. »Dafür bekommt meine Freundin jetzt einen geraden Reifen, wie ich sehe.«

Er nickt. »Die Gangschaltung funktioniert schon wieder einwandfrei.«

»Guten Morgen«, sagt Doreen und lächelt mich an. »Möchtest du Kaffee?«

»Gleich – ich weiß ja, wo die Maschine ist«, erkläre ich, stütze mich mit den Händen auf der Wiese ab und lehne mich etwas zurück. Da sagt Bernd: »Einen Kaffee könnte ich auch gebrauchen. Meine Kapseln sind alle, und ich habe vergessen, neue zu kaufen.«

Noch bevor ich etwas erwidern kann, springt Doreen auf. »Milch, Zucker?«

»Schwarz wie die Nacht«, sagt Bernd.

»Dazu ein spätes Frühstück? Porridge vielleicht? Das Brot ist alle, ich muss erst neues kaufen.«

Er runzelt die Stirn. »Das Zeug, das die Schotten schlabbern? Nee, lass mal, aber danke fürs Fragen.«

Meine Freundin sieht mich an. »Und du? Für mich mache ich auch welchen, ich hatte noch kein Frühstück und könnte eine Stärkung vertragen.«

»Okay, gern, aber nicht so viel, nur eine kleine Portion.« Ich schaue zu Bernd. »Schon mal Porridge probiert? Doreen kocht den besten, den ich kenne. Sie rührt selbst gemachtes Haselnussmus mit rein. Dazu Äpfel, Birnen oder Heidelbeeren. Das ist wirklich sehr lecker. Oder magst du generell morgens nichts Süßes?«

Er überlegt einen Moment, bevor er antwortet. »Na gut, aber ich halte es wie du, bitte nur eine kleine Portion. Und nicht böse sein, falls ich es nicht aufesse.«

»In Ordnung«, sagt Doreen und verschwindet in ihrem Häuschen.

»Meine Frau, Petra, hat mich verlassen«, sagt Bernd da unvermittelt. »Deswegen bin ich so schlecht drauf. Erst hieß es, sie braucht mal ein paar Tage Auszeit. Ich habe mich darauf eingelassen, vorübergehend in unser Ferienhäuschen zu ziehen. Dachte, sie leidet unter späten Wechseljahren oder so was. Und jetzt sagt sie, ich soll für immer hierbleiben, und sie will die Scheidung.«

»Oh, das tut mir leid.«

Er schnalzt mit der Zunge. »Tja, so ist das eben. Das Leben ist kein Zuckerschlecken.«

»Wem sagst du das!«

Eine Weile schweigen wir beide. Bernd schraubt weiter an Doreens Rad rum, ich schließe die Augen und halte mein Gesicht der wärmenden Sonne entgegen. Als etwas Weiches um meine Arme streift, schaue ich hinter mich. Lucifer hat sich zu uns gesellt. Aber er bleibt nicht bei mir, er stolziert, als sei es das Selbstverständlichste der Welt, zu Bernd und lässt sich tatsächlich von ihm hinter den Ohren kraulen.

»Normalerweise meidet er Fremde«, erkläre ich überrascht, »dich scheint er aber zu mögen.«

»Wir sind keine Fremden, wir sind Freunde«, erklärt Bernd. »Der Kater holt sich bei mir regelmäßig seine Portion Leberwurst ab. Wie heißt der Gute?«

»Lucifer«, antworte ich und grinse breit. »Das passt ja wie die Faust aufs Auge, würde ich sagen. Ich dachte aber eigentlich, dass du ihn nicht ausstehen kannst.«

»Wie gesagt, da war ich mies drauf.« Er zieht Lucifer am Ohr. »Und auf Autodächern hast du generell nichts zu suchen, Freundchen.«

Der Kater miaut, trottet beleidigt davon und macht es sich auf dem Dach des Gästehauses bequem. Von dort beobachtet er Doreen, die mit einem Tablett beladen wieder in den Garten kommt. »Spätes Frühstück!«

So kann man sich in Menschen täuschen, denke ich, als ich mich mit Bernd und Doreen an den Tisch auf die kleine Terrasse setze. Wenn Bernd nicht schimpft, sieht er richtig nett aus. Er schaut uns mit seinen großen braunen Augen an, die mich ein wenig an die von Daisy erinnern, lächelt und sagt: »Danke, ihr wisst gar nicht, wie gut mir das gerade tut.«

Doreen schiebt eine Schüssel Porridge zu ihm hin: »Gern geschehen, und jetzt testest du.«

Er seufzt, tunkt den Löffel in die Schüssel und schiebt ihn vorsichtig in den Mund. Kurz drauf erhellt sich seine Miene.

»Lecker!« Er grinst. »Wenn das meine Holde wüsste, dass ich hier mit zwei hübschen jungen Frauen im Garten sitze und Haferbrei esse. Bei ihr habe ich mich immer geweigert.«

»Warum?«, fragt Doreen.

Er zuckt mit den Schultern und isst weiter. Nach ein paar Löffeln hält er inne und seufzt. »Weil ich ein Stinkstiefel bin. Petra konnte mich nicht mehr ertragen, seitdem ich vor einem Jahr in Frührente gegangen bin und jeden Tag zu Hause verbracht habe.«

»Einsicht ist der erste Weg zur Besserung«, sagt Doreen.

Bernd schüttelt den Kopf. »Zu spät. Sie will nichts mehr von mir wissen.«

»Wie lang seid ihr schon verheiratet?«, frage ich.

Er reibt sich über das Kinn und zieht die Stirn in Falten. »Da muss ich nachrechnen. Ich bin 61. Damals war ich 27.«

»Fünfunddreißig Jahre«, sage ich.

»Bald.« Er seufzt. »In zwei Wochen haben wir Hochzeitstag.«

»Erobere sie zurück.« Doreen zeigt auf seine halb leere Schüssel. »Koch für sie den besten Porridge der Welt, kauf ein Tandem, lad sie zum Essen oder in den Urlaub ein, lass dir was einfallen, um sie zu beeindrucken.« Sie nippt an ihrem Kaffee und schaut über den Rand der Tasse zu ihm. »Oder hat sie vielleicht schon einen anderen?«

Bernd schüttelt den Kopf. »Petra? Niemals.« Er stutzt. »Obwohl sie die letzten Monate verdammt viel Zeit auf dem Sportplatz ihres Vereins verbracht hat. Sie spielt Tennis, geht walken und hat sich letztens erst ein sündhaft teures E-Bike gekauft.«

»Und du?«, hakt Doreen nach.

Er grinst. »Skat.«

»Hm«, macht meine Freundin.

»Was?«

»Wenn du sie zurückerobern willst, musst du was ändern.«

Er rollt mit den Augen. »Du klingst schon wie meine Frau.«

»Es liegt an dir. Es ist einzig und allein deine Entscheidung. Meinst du nicht, es ist einen Versuch wert?«, kontert Doreen.

Da schleicht sich die Stimme meiner Mutter in meinen Kopf.

»Manchmal wartet das Glück kurz hinter der Entscheidung, die du nicht treffen willst«, sage ich.

Bernd sieht mich an, schließlich nickt er. »Ihr habt recht. Dann kann ich mir später nicht vorwerfen, nicht alles versucht zu haben.« Er hebt seine Schüssel hoch. »Gibst du mir Nachhilfe im Kochen, Doreen?«

Sie lacht. »Das ist wirklich kein Meisterwerk. In zwei Wochen habt ihr Hochzeitstag, sagst du …«

Ich lausche der Unterhaltung nur noch am Rande. Meine Gedanken schweifen zu meiner Mutter. Auf einmal bin ich mir nicht mehr sicher, ob ich es wirklich schaffe, heute in ihre Wohnung zu fahren.

Da sagt Bernd plötzlich: »Alles in Ordnung, Sarah? Du wirkst plötzlich so traurig.«

Ich straffe die Schultern. In Bernd steckt ein netter Kern, den ich so nicht erwartet habe. Aber über meine Gefühle möchte ich jetzt nicht mit ihm reden. »Alles gut«, flunkere ich und nehme mir zumindest jetzt im Moment vor, doch nach Barth zu fahren.

7

Der warme Duft von Bienenwachs hängt in der Küche. Meine Mutter hat erst vor ein paar Tagen den alten Vitrinenschrank damit behandelt, den sie so sehr geliebt hat. Sie hat ihn damals gemeinsam mit meinem Vater auf dem Dachboden des Hauses seiner Eltern entdeckt. Selbst als sie schon verheiratet waren, haben meine Eltern dort noch zwei Jahre lang im Kinderzimmer meines Vaters gewohnt, bevor sie eine eigene kleine Wohnung zugesprochen bekommen haben.

Die Zeit bei meinen Großeltern war für meine Mutter nicht leicht, trotzdem hat sie nie schlecht darüber geredet. Auch hier hat sie zuerst an die positiven Dinge gedacht. Wie zum Beispiel daran, dass sie den Schrank mitnehmen durften, als sie endlich ausgezogen sind. Und dass sie mit viel Geduld und Liebe Schicht für Schicht des alten Lacks entfernt haben, um die darunter versteckte Schönheit zum Vorschein zu bringen.

Ein Leben, wie es meine Eltern zu DDR-Zeiten geführt haben, habe ich nie kennengelernt. Ich wurde kurz vor der Wende geboren. Zu dem Zeitpunkt wohnten wir noch in

Güstrow. Aber daran kann ich mich nicht mehr erinnern. Mein Vater war Lehrer. Nach der Wiedervereinigung hat er sich sehr für die Einführung einer bundesdeutschen Schulform engagiert. Er bekam die Möglichkeit, die Stelle als Schulleiter einer Hauptschule in Barth anzutreten, und wir sind dort in der Nähe in ein Haus gezogen. Doch nur ein paar Jahre später wurde bei ihm ein Lungentumor diagnostiziert, der nicht operiert werden konnte. Er bekam Chemotherapie und Bestrahlungen, der Tumor war fast verschwunden, alles sah sehr gut aus, aber die Medikamente hatten sein Herz geschwächt. Er ist einfach eingeschlafen und nicht wieder aufgewacht. Eine Lebensversicherung, die uns finanziell abgesichert hätte, hatte mein Vater nicht abgeschlossen, und da die Miete für das Haus zu hoch war, sind wir wieder in eine Wohnung gezogen.

Viele der Möbel hat meine Mutter mit der Zeit durch neue ersetzt. Aber diesen Schrank hat sie behalten. Früher stand er im Wohnzimmer und war vollgepackt mit Büchern. Hier hat er seinen Platz in der Küche gefunden. In den Fächern hat meine Mutter unterschiedlich große Weckgläser aufbewahrt, die mit hübschen Bambusdeckeln verschlossen sind. Sie hat gern und vor allem gesund gekocht. Die Gläser sind gefüllt mit Körnern, Nüssen, Samen, Hülsenfrüchten: rote, gelbe und braune Linsen, schwarzer und heller Sesam, Pistazien, Haselnüsse ... In der Sonne, die immer nachmittags durch das Fenster scheint, leuchten sie in warmen Farben.

Ich streiche mit dem Zeigefinger über das alte Holz und beschließe, ihn auf jeden Fall zu behalten. Die Hochglanzküche, die Kai und ich vom Vormieter übernommen haben, hat mir sowieso nie gefallen.

»Das riecht verdammt gut!«, stellt Doreen fest, und ich nicke.

Bisher habe ich mich tapfer gehalten, ich bin sehr gefasst. Aber nun fällt mein Blick auf den Küchentisch, den ich erst letztes Jahr mit meiner Mutter auf dem Trödelmarkt erstanden habe. Auch ihn hat sie mit Bienenwachs behandelt, wie ich am satten Honigfarbton des Buchenholzes erkennen kann. Darauf liegt das selbst gebastelte Herbarium, das ich gemeinsam mit meiner Mutter angefertigt habe.

»Das haben wir in den Sommerferien nach dem ersten Schuljahr gemacht«, erkläre ich ergriffen. »Wir sind stundenlang über Wiesen, Felder und durch Wälder gestreift und hatten beide sehr viel Spaß dabei. Dass sie es aufgehoben hat, wusste ich nicht.«

Ich gehe zum Tisch. Als ich bemerke, an welcher Stelle das Buch aufgeklappt ist, breitet sich sekundenschnell Gänsehaut auf meinem ganzen Körper aus, und ich schüttele den Kopf, weil ich nicht glauben kann, was ich da sehe.

Doreen kommt sofort zu mir. »Was ist los?«, fragt sie.

Ich tippe auf die drei Wörter, die unter dem eingeklebten Zweig stehen. »Quendel, gesammelt von Rosa.«

»Das ist von deiner Großtante?« Doreen runzelt die Stirn. »Das kann doch alles kein Zufall sein.«

»Denke ich auch nicht.« Aufgewühlt blättere ich durch das Herbarium. »Die Pflanzen sind alle von ihr. Vielleicht hat meine Mutter die Liebe zur Natur von ihr? Mit mir hat meine Mutter ja auch Pflanzen gesammelt.«

»Es gibt nur einen Weg rauszufinden, warum das Buch hier auf dem Tisch liegt«, stellt Doreen nüchtern fest. »Du musst Rosa anrufen.«

Ich nicke. »Das mach ich auf jeden Fall!«

Neben dem Herbarium stehen eine Karaffe und ein halb volles Wasserglas. Der Gedanke, dass meine Mutter hier vor ein paar Tagen noch gesessen und etwas getrunken hat, während sie sich das Herbarium angesehen hat, erscheint mir auf einmal unerträglich. Ich klappe das Buch zu, schütte das Wasser aus dem Glas in einen der Kräutertöpfe auf der Fensterbank und versorge die restlichen Pflanzen mit dem Wasser aus der Karaffe, auf deren Boden zwei große blautürkise Aquamarine liegen.

»Deine Mutter hat mir mal erzählt, die Steine hätten, wie das Rauschen des Meeres, eine beruhigende Wirkung«, erklärt Doreen. »Sie spenden innere Gelassenheit. Bei ihr hat es gewirkt. Sie war die Ruhe selbst.«

Lächelnd schüttele ich den Kopf. »Mir hat sie mal verraten, dass sie die Steine nur nimmt, weil sie die Farbe so hübsch findet.« Ich hole die Aquamarine aus der Karaffe und gebe einen davon Doreen. »Einer für dich, einer für mich, vielleicht ist ja doch was dran an der Sache mit der inneren Gelassenheit. Davon können wir beide eine Portion vertragen.«

Doreen umschließt ihn fest mit ihrer Hand. »Danke.« Sie lächelt traurig. »Irgendwie will mein Kopf immer noch nicht wahrhaben, dass sie nicht mehr da ist. Ich habe das Gefühl, sie kommt jeden Moment zur Tür rein.«

»Das geht mir auch so.« Ich schnuppere durch die Luft.

»Es riecht nach ihr. Das Bienenwachs, die Kräuter ...« Ich schaue mich um. »Und auf der Fensterbank steht das Orangenöl, das sie immer in eine Schale Wasser geträufelt hat.«

»Ich glaube, dass sie recht hat und dass der Tod nicht das Ende, sondern der Beginn von etwas Neuem ist«, erklärt Doreen. »Das hat sie damals zu mir gesagt, als meine Oma gestorben ist und ich so traurig war, weil sie die Einzige in meiner Familie gewesen ist, die mir das Gefühl gegeben hat, geliebt zu werden.«

»Meine Mutter hat eigentlich immer recht gehabt.« Ich fahre mit dem Daumen über den Aquamarin in meiner Hand. »Hoffentlich auch damit.«

»Nicht nur eigentlich – sie hat immer recht gehabt«, sagt Doreen mit fester Stimme. »Es ist ein Neuanfang, nicht nur für sie, auch für dich und mich.«

»Okay!«, stimme ich zu und versuche, auch meine Stimme fest klingen zu lassen.

»Gut!« Doreen sieht sich in der Küche um. »Auch wenn ich jetzt arg pragmatisch klinge, ich denke, wir sollten nachschauen, ob im Kühlschrank Lebensmittel sind, die verderben können. Und du wolltest nach den Kontoauszügen und irgendwelchen Unterlagen suchen. Es sei denn, du möchtest ein anderes Mal wiederkommen. Wir machen das so, wie es dir lieb ist.«

»Du kümmerst dich um die Küche, ich schaue nach den Unterlagen«, entscheide ich.

Vor vier Jahren hat meine Mutter beschlossen, in eine kleinere barrierefreie Wohnung im Erdgeschoss zu ziehen. Die

Miete ist zwar nicht günstiger als die für die alte, in der wir gemeinsam gewohnt haben, bis ich mit zwanzig Jahren ausgezogen bin. Aber meine Mutter hat, auch bedingt durch ihre Arbeit mit Senioren, an ihr Leben im hohen Alter gedacht, und diese drei Zimmer hier schienen ihr perfekt dafür. Hinter dem Haus befindet sich der Gemeinschaftsgarten, auf den ich gerade durch das Wohnzimmerfenster schaue. Manchmal spielen ein paar Kinder auf der Wiese. Im Sommer können die Anwohner grillen oder sich in einem Liegestuhl die Sonne auf den Bauch scheinen lassen. Ein Gärtner mäht den Rasen, beschneidet Sträucher und Bäume und räumt im Herbst das Laub weg. Für ein paar Farbtupfer hat meine Mutter gesorgt. Sie hat entlang des Zaunes hübsche Stauden gesetzt, die gerade blühen. Ich entdecke Pfingstrosen, Ziersalbei, Lavendel und Goldgarbe. Ihre Kräuter hat sie nicht nur auf der Fensterbank, sondern auch in Kübeln und Kästen auf dem Balkon gepflanzt, damit sie sie jederzeit zur Stelle hat, wenn sie sie benötigt.

Die Wohnung ist sehr schön, denke ich. Sie ist ideal geschnitten für eine Person. Das Gästezimmer, in dem ich hin und wieder übernachtet habe, könnte man in ein Arbeitszimmer umfunktionieren. Die Küche ist schön groß, das Schlafzimmer geht zur Gartenseite hinaus, sodass man ruhig schlafen kann. Und die Nachbarn sind auch nett.

Hier habe ich mich, so wie meine Mutter auch, immer sehr wohlgefühlt. Ob ich doch hier einziehe?

Da sehe ich die Nachbarin aus der Dachgeschosswohnung mit einer grünen Gießkanne in den Garten kommen, und ich trete schnell etwas vom Fenster zurück. Die Frau war gestern bei der Beisetzung. Nun gießt sie die Stauden, um die sich sonst meine Mutter gekümmert hat. Mir ist es lieber, wenn sie mich nicht sieht. Ich finde sie zwar sehr nett, habe aber kein Bedürfnis, mich mit ihr zu unterhalten. Als sie sich prompt umdreht und in Richtung des Fensters schaut, gehe ich ins Schlafzimmer. Die wichtigen Unterlagen hat meine Mutter in der Kommode neben ihrem Kleiderschrank aufbewahrt.

Ich setze mich auf die Bettkante und schaue mich im Zimmer um. Auf dem Nachttisch steht das Foto, das ich ihr zum Geburtstag geschenkt habe. Doreen hat es bei einem Ausflug nach Rügen geknipst, zu dem sie mich überredet hat, nachdem ich von Kais Affäre erfahren hatte. Meine Traurigkeit sieht man mir darauf nicht an. Doreen hat es geschafft, den einen Moment einzufangen, in dem ich in die Kamera lächle. Das war Anfang Januar, denke ich, es war eiskalt – und zu diesem Zeitpunkt habe ich noch gedacht, dass das Jahr zwar mit der Trennung von Kai sehr bescheiden begonnen hat, es dafür aber nur noch besser werden könnte. Doch da habe ich mich wohl geirrt.

Ein lautes Scheppern reißt mich aus meinen Gedanken. »Alles gut, das war nur der gusseiserne Topf«, ruft Doreen. Und kurz darauf: »Mist, jetzt ist ein Sprung in einer der Bodenfliesen.«

»Nicht schlimm«, rufe ich zurück, rutsche von der Bettkante und setze mich im Schneidersitz vor die Kommode. Gerade als ich die Tür öffne, kommt Doreen ins Schlafzimmer.

»Der Sprung ist nicht groß«, erklärt sie.

»Hauptsache, das schwere Teil ist nicht auf deine Füße geknallt.« Ich klopfe mit der flachen Hand auf den Boden. »Bleibst du bei mir? Ich glaube, ich hätte jetzt gern Gesellschaft.«

Sie setzt sich neben mich. »Ist mir auch lieber. Den Kühlschrank habe ich leer geräumt. Aber ich hatte die ganze Zeit das Gefühl, dass es nicht richtig ist. Deine Mutter hat immer mit uns geschimpft, wenn wir nicht achtsam mit Lebensmitteln umgegangen sind. Und jetzt habe ich ein schlechtes Gewissen, weil ich die gekochten Kartoffeln in der Mülltonne versenkt habe. Deine Mutter hat sie in Butterbrotpapier eingewickelt, und sie sahen noch ganz gut aus. Bestimmt hätten wir sie noch verwenden und in der Pfanne knusprig braten können. Dazu ein Spiegelei und grünen Salat – mit der Himbeer-Sharbah-Vinaigrette, die deine Mutter immer so lecker zubereitet hat.« Sie schiebt die Unterlippe etwas nach vorn. Ein Zeichen dafür, dass sie tatsächlich ein schlechtes Gewissen hat. »Aber die Eier habe ich aufgehoben, sie sind noch eine Woche gekühlt haltbar.«

Ich muss tatsächlich lachen. »Kartoffeln hatte meine Mutter immer auf Vorrat im Keller. Und Sharbah auch. Lass uns nachher was davon mitnehmen. Einen Salat kaufen wir unterwegs. Und heute Abend hauen wir dazu die Eier in die Pfanne.«

»Gute Idee!«

Ich zeige auf die vier Ordner in der Kommode. »Am besten, wir nehmen sie einfach mit. Und morgen schau ich mir dann in Ruhe alles an. Ich würde gern heute noch mal bei dir schlafen, wenn das okay für dich ist.«

»Ich besteh darauf«, sagt Doreen und springt auf. »Im Flur habe ich einen Wäschekorb gesehen. Da können wir die Ordner reinpacken.«

»Machen wir.

»Du solltest auch das Notebook mitnehmen«, schlägt Doreen vor, als sie den Raum wieder betritt. »Kennst du das Passwort?« Sie stellt den Korb neben mich. »Ich würde zumindest mal die Mails checken, es könnte ja auch was Wichtiges dabei sein.«

»Sarah1808«, antworte ich automatisch. »Mein Name und mein Geburtstag. Ja, das Notebook packen wir auf jeden Fall ein. Ich wollte doch auch mal nach dem Konto schauen. Die Zugangsdaten kenne ich. Meine Mutter hat sie mir mal mitgeteilt – für alle Fälle, falls ich mal Geld brauche, aber sie gerade nicht verfügbar ist.«

»Gut«, sagt Doreen. »Was brauchen wir noch?«

»Keine Ahnung, lass uns einfach erst mal den ganzen Papierkram mitnehmen.« Ich packe die Ordner in den Korb und ziehe danach die beiden Schubladen auf, in denen ich noch weitere Dokumente entdecke. Meine Mutter war ordentlich. Sie hat Aktuelles und noch zu erledigende Vorgänge in beschrifteten Pappmappen aufbewahrt.

Beglichene Rechnungen, offene Rechnungen, Strom, Auto, lese ich, lege die Mappen zu den Aktenordnern – und halte überrascht inne.

Doreen hat es auch gesehen. »Nürnberg«, sagt sie. Ihre Stimme klingt fast ehrfurchtsvoll dabei.

Mir fehlen die Worte. Stattdessen klappe ich die Mappe

kurzerhand auf und schaue völlig verdutzt auf einen Grundbuchauszug.

»Amtsgericht Nürnberg«, stellt Doreen fest. »Das ist eine beglaubigte Kopie.«

Wie sagte meine plötzlich aufgetauchte Großtante noch gleich?

Nürnberg, die Stadt deiner Vorfahren, Liebes ...

Ich blättere mich durch die Seiten, und mein Herz klopft etwas schneller dabei. Schließlich schüttele ich den Kopf und schaue zu Doreen, immer noch sprachlos.

»So, wie es aussieht, gehört deiner Mutter ein Haus in Nürnberg«, sagt sie. »Das ist ja ein Ding!«

»Zumindest ist sie als Eigentümerin eingetragen«, überlege ich laut. »Das bedeutet aber nicht, dass es immer noch so ist. Sie hätte mir doch sonst bestimmt was davon erzählt ...«

»So wie von deiner Großtante«, wirft Doreen ein.

Sie hat recht, aber ich weiß im Moment nicht, was ich von der ganzen Sache halten soll. »Vielleicht finden wir noch mehr darüber.« Ich drücke ihr den Grundbuchauszug in die Hand, nehme die nächste Mappe aus der Schublade, und mein Herz klopft wieder etwas schneller. »Ein Testament«, sage ich schließlich mit kratziger Stimme. Die geradlinige Schrift mit den auffälligen Überlängen in den Anfangsbuchstaben erkenne ich sofort. »Das hat meine Mutter mit der Hand geschrieben.« Mein Blick fällt auf das Datum. »Vor drei

Wochen erst.« Wieder schüttele ich den Kopf. »Das kann doch alles nicht wahr sein.«

»Was steht drin?«, fragt Doreen.

Ich rücke etwas näher an meine Freundin ran, und wir lesen gemeinsam:

Ich, Barbara Stauffenberg, geboren am 03.02.1954, setze hiermit meine Tochter, Sarah Stauffenberg, geboren am 18.08.1989, als Alleinerbin ein.

Doreen Burland, geboren am 14.03.1989, soll den Sparvertrag ausgezahlt bekommen, den ich am 14.03.1999 bei der Sparkasse in Barth auf ihren Namen abgeschlossen habe und für den sie nach meinem Tode bezugsberechtigt ist. Die Unterlagen dazu befinden sich bei meinem Notar, Dr. Klaus Weber.

Meine Tochter Julia Stauffenberg, geboren am 05.04.1971, enterbe ich. Ihr Pflichtanteil wurde bereits ausgezahlt, notariell beglaubigt von Dr. Klaus Weber am 02.08.2019.

Sollte eine dieser Anweisungen im Testament unwirksam sein, so behalten trotzdem alle anderen Anordnungen ihre Wirksamkeit.

Barbara Stauffenberg

Jetzt ist es Doreen, der die Worte fehlen. Sie sieht zu mir, wieder auf das Testament, zu mir …

»So, wie es aussieht, habe ich nicht nur eine Großtante, die ich bisher nicht kannte«, sage ich. »Ich habe auch eine Schwester.«

8

Im Kofferraum steht der Wäschekorb mit den Aktenordnern. Die beiden Mappen und das Herbarium halte ich fest in meinen Händen. »Wenn wir bei dir sind, rufe ich Rosa an«, sage ich. »Hast du den Zettel mit ihrer Telefonnummer mit reingenommen, oder ist er noch in deiner Handtasche?«

»Den hab ich gar nicht, den hast du mitgenommen«, erklärt Doreen.

»Echt?«

Sie nickt. »Ich habe dir einen Kassenbon und einen Stift zum Aufschreiben gegeben. Du hast die Nummer notiert und alles eingesteckt.«

»Aber ich hatte doch gar keine Tasche dabei.« Ich zeige auf ihre, die auf dem Rücksitz liegt. »Du schon.«

Doreen dreht sich um, angelt die schwarze Tasche von der Bank, sieht hinein und schüttelt den Kopf. »Nichts, auch der Kugelschreiber nicht. Ich kann mich aber auch echt nicht dran erinnern, dass du mir die Sachen gegeben hast. Du musst sie haben.«

»Vielleicht habe ich sie in die Seitenablage gelegt«, überlege ich laut und schaue sofort nach. »Da packe ich in meinem Auto auch meistens die Kassenbons und die Parkscheibe rein.« Aber auch hier finde ich den Zettel nicht.

»Denk noch mal ganz genau nach«, sagt Doreen. »Du hast die Telefonnummer notiert, wir haben uns noch kurz unterhalten, deine Tante Rosa ist von diesem Typen abgeholt worden ...«

»Und wir sind dann auch direkt zu deinem Wagen gegangen und zu dir gefahren«, sage ich.

»Und wo ist das Stofftaschentuch, das sie dir gegeben hat?«, fragt Doreen. »Hattest du nicht doch eine Tasche dabei?«

»Du hast recht, meine blaue Minitasche.« Ich schließe für einen Moment die Augen und versuche, mich zu erinnern. »Kann es sein, dass ich sie während der Beisetzung im Auto habe liegen gelassen, weil ich mein Handy nicht mitnehmen wollte?«

Sie nickt. »Bestimmt hast du die Sachen auf der Rückfahrt dort reingelegt.«

»Zum Spaziergang nach Kinnbackenhagen habe ich die Tasche mitgenommen«, überlege ich weiter. »Da wären mir der Zettel und der Stift doch aufgefallen, als ich mein Handy reingepackt habe.« Ich seufze. »Auf der anderen Seite stehe ich momentan doch eh total neben mir. Kann schon gut sein, dass ich es einfach übersehen habe.«

»Gleich wissen wir mehr. Irgendwo wird der Zettel ja auftauchen.« Doreen startet den Wagen und fährt los. »Ich bin echt gespannt, was deine Großtante zu der ganzen Sache sagt.«

Ich schaue auf die beiden Mappen in meinen Händen.

»Weißt du, was komisch ist? Eigentlich müsste ich doch entsetzt oder wenigstens verwirrt sein. Aber ich fühle mich ganz ruhig, so, als hätte ich das alles längst gewusst – was aber definitiv nicht so ist. Ich habe weder von Rosa noch von Nürnberg je irgendwas mitbekommen, und schon gar nicht, dass meine Mutter noch eine Tochter hat.«

»Vielleicht ist es gar nicht ihre leibliche, vielleicht hat sie sie adoptiert«, sagt Doreen. »Könnte doch sein, dass sie die Tochter deines Vaters war und er sie mit in die Ehe gebracht hat.«

»Im Testament steht, dass sie 1971 geboren wurde, in dem Jahr haben meine Eltern geheiratet, und davor waren sie definitiv schon zusammen. Meine Mutter hat mir mal erzählt, sie sind an ihrem sechzehnten Geburtstag ein Paar geworden.«

Doreen schielt zu mir rüber. »Und wenn er fremdgegangen ist? Deiner Mutter würde ich zutrauen, dass sie ihm verziehen hat. Vielleicht ist der leiblichen Mutter was passiert …«

»Hm«, mache ich und zögere einen Moment, bevor ich ausspreche, was ich denke: »Ich kann dir nicht erklären, warum, aber mein Bauch sagt mir, dass es die Tochter meiner Mutter ist und irgendwas vorgefallen sein muss. Es wird einen Grund dafür geben, dass sie sie enterbt hat.« Ich lege meine flache Hand auf die Mappe. »Und auch dafür, dass sie mir nie etwas von ihr erzählt hat.« Einen kurzen Moment schließe ich die Augen. »Was, wenn es etwas Schlimmes ist und sie es deswegen verschwiegen hat. Wenn es vielleicht besser ist, wenn ich es gar nicht erfahre und alles einfach so bleibt, wie es ist? Nürnberg hat bisher keine Rolle in meinem Leben gespielt, und Erbschaften kann man auch ablehnen.«

»Das stimmt«, sagt Doreen. »Also ich hätte damit keine Probleme. Für mich wäre das okay.«

Es dauert einen Moment, bevor ich verstehe, was sie damit sagen will. »Der Sparvertrag steht dir auf jeden Fall zu«, erkläre ich. »Den hat sie extra für dich abgeschlossen. Davon mal ganz abgesehen habe ich nicht wirklich gemeint, was ich gerade gesagt habe. Natürlich will ich wissen, was das alles zu bedeuten hat. Auch wenn ich mir ziemlich sicher bin, dass mir nicht gefallen wird, was wir rausfinden werden. Denn sonst hätte meine Mutter uns längst davon erzählt.«

»Uns ...« Doreen lächelt. »Mir geht es dabei gar nicht um den Sparvertrag oder das Geld, ganz egal, wie viel das ist. Es ist nur so, dass es ein unwahrscheinlich schönes Gefühl ist, dass sie so vorausschauend für mich geplant hat. 1999 war ich erst zehn Jahre alt. Aber sie hat an meine Zukunft gedacht ...«

»Du warst immer wie eine Tochter für sie – und eine Schwester für mich«, erkläre ich und schaue zu ihr rüber.

»Was meinst du, vielleicht hat sie diese Julia ja vermisst, oder sie hat aus irgendeinem Grund ein schlechtes Gewissen wegen ihr gehabt«, sagt Doreen. »Und sie hat sich deswegen so um mich gekümmert, sozusagen als Ersatz oder Wiedergutmachung.«

»Nein!«, entgegne ich mit fester Stimme. »Meine Mutter war eine von den Guten. Sie hatte dich sehr gern, deswegen

hat sie sich um dich gekümmert. Außerdem habe ich auch davon profitiert. Wir haben uns gegenseitig gutgetan.«
Prompt ertönt die Stimme meiner Mutter in meinem Kopf. »Weißt du noch, was sie mal zu dir gesagt hat, als du mal wieder Streit mit deinem Vater hattest und bei uns oben bitterlich geweint hast, weil du dich einsam gefühlt hast? Das war, als du nach der zehnten Klasse weiter zur Schule gehen wolltest, um Abitur zu machen, aber dein Vater darauf bestand, dass du eine Ausbildung machst, um möglichst schnell Geld zu verdienen. Es hat fürchterlich geknallt zwischen euch beiden. Und er hat dir gesagt, du würdest nicht mehr zur Familie gehören.«

»Es gibt Familie, es gibt Freunde, und es gibt Freunde, die zur Familie werden«, sagt Doreen. »Ja, natürlich erinnere ich mich.« Sie wischt sich eine Träne aus dem Gesicht.

»Du gehörst zur Familie.«

»Danke.« Sie schnieft herzerweichend.

»Soll ich lieber fahren?«, frage ich.

»Nein, ich hab mich wieder im Griff.« Doreen setzt sich aufrecht hin und drückt die Schultern durch. »Was ist? Halten wir gleich noch am Supermarkt an und kaufen ein bisschen Grünzeug?«

»Auf jeden Fall! Heute Abend gibt es Kartoffeln, Spiegeleier und Salat mit Himbeer-Sharbah-Dressing.«

»Dann lass uns nach Prohn fahren«, schlägt Doreen vor. »Ich möchte auch noch etwas Käse und Obst kaufen.«

Während der Fahrt schweigen wir beide und hängen unseren Gedanken nach. Ich lasse meinen Blick über das Rapsfeld schweifen, an dem wir gerade vorbeikommen, und fühle tief in mich hinein. Etwas in mir hat sich geändert. Es geht mir zum ersten Mal seit den letzten Tagen etwas besser, denke ich. Und das liegt nicht daran, dass plötzlich Familienmitglieder aufgetaucht sind, von denen ich bisher nichts wusste. Grund dafür ist die Energie, die ich in mir spüre. Was ich eben gesagt habe, habe ich tatsächlich nicht so gemeint. Im Gegenteil, ich möchte unbedingt rausfinden, was damals passiert ist, ich habe eine Aufgabe! Und zumindest meine Großtante scheint auf den ersten Blick sehr nett zu sein. Wer weiß, was sich daraus ergibt.

Als Doreen hinter einem kurzen Waldstück am Straßenrand anhält, schaue ich überrascht auf. Wir sind noch nicht in Prohn angekommen.

»Ich hol nur eben schnell etwas Honig«, erklärt sie, steigt aus und geht zu einem Holzstand, der am Gartenzaun vor einem dahinterliegenden Grundstück angebracht wurde. Als sie kurz darauf wieder in den Wagen steigt, hat sie nicht nur Honig dabei. »Holunderblütengelee.« Sie hält mir das Glas hin. »Schau mal, ist das nicht hübsch mit den kleinen Blüten? Sie sehen aus, als würden sie im Gelee schweben.«

Ob das auch mit Lindenblüten funktioniert?, schießt es mir durch den Kopf.

Da sagt Doreen: »Im Haus wohnt eine ältere Dame. Sie macht den besten Honig weit und breit. Und ihre Marmeladen und Gelees schmecken auch köstlich. Sie hat mir mal erklärt, dass man die kleinen Blüten unten ins Glas legen, das heiße Gelee vorsichtig draufschütten und es beim Festwerden ab und an mal bewegen muss, damit die Blüten sich gleichmäßig verteilen. Das sieht nicht nur schön aus, es schmeckt auch himmlisch. Ab und zu halte ich hier an und schaue nach, ob sie wieder etwas produziert hat. Sie stellt die Sachen dann einfach in den Holzstand, und man kann dafür geben, was man möchte.« Sie grinst. »Vor ein paar Wochen habe ich zwei kleine Keramiktöpfe mit Deckeln zum Tausch dagelassen. Als ich wiederkam, hing ein Zettel dort: *An die Person mit der hübschen Keramik. Ich würde gern weitertauschen.* Also habe ich ihr eine ganze Kollektion an Töpfen gebracht. Und dafür habe ich jetzt eine Honig- und Marmeladen-Flatrate.«

»Das ist eine sehr schöne Idee. Das wäre auch was für meine Mutter gewesen.«

»Ja, das hätte ihr gefallen.« Doreen lächelt sanft. »Du hast recht, sie war eine von den Guten. Und bestimmt hat all das, was wir heute rausgefunden haben, seinen Sinn.«

Ich drehe das Glas mit dem Holundergelee in meiner Hand, betrachte die kleinen weißen Blüten darin und muss auf einmal an meine Großtante denken. »Es würde mich interessieren, von wem Rosa erfahren hat, was mit meiner Mutter passiert ist.«

»Frag sie, wenn du sie gleich anrufst.«

Ich nicke. »Aber erst mal gehen wir einkaufen.«

Der Supermarkt in Prohn ist recht groß und gut sortiert. Schnell liegen ein knackiger grüner Salat, ein paar Tomaten und verschiedene Käsesorten in unserem Einkaufswagen. Im Gang mit den Süßigkeiten wandern noch einige Knusperwaffelröllchen in Pittiplatsch-Verpackung, eine Packung

Halloren-Kugeln, Maulwurfschokolade und Sandmännchen-Waffeln dazu.

»Ich finde es gut, dass die Sachen immer noch hergestellt werden«, sagt Doreen.

»Das sieht aber nostalgisch aus«, ertönt da plötzlich eine tiefe Männerstimme.

Wir drehen uns gleichzeitig um. Vor uns steht ein großer dunkelhaariger Mann, der uns schelmisch anlächelt.

»Ach, hallo«, sagt Doreen.

»Hallo, so sieht man sich wieder.« Er sieht zu mir. »Ich bin Konstantin.«

»Der Architekt«, rutscht es mir heraus. »Schön, dich kennenzulernen. Mein Name ist Sarah.«

Seine grauen Augen blitzen auf. »Sie hat also von mir erzählt?« Sein Lächeln vertieft sich.

Mandy fällt mir ein, und dass auch sie mir von ihm erzählt hat, aber das behalte ich für mich. »Ich habe dein schönes Haus bewundert, als ich gestern bei einem Spaziergang daran vorbeigekommen bin.«

»Den berüchtigten Karnickelbau«, sagt Konstantin. »Und gefällt es dir?«

»Karnickelbau?«, hake ich nach.

»So nennen es die Nachbarn gern. Sie behaupten, mein Haus sehe aus wie ein überdimensional großer Karnickelkäfig.«

Ich muss lachen. »Darüber habe ich mir ehrlich gesagt noch keine Gedanken gemacht. Die große Fensterfront ist mir sofort aufgefallen. Und die Lage am Bodden ist natürlich wunderschön. Wenn ich das nächste Mal dort langgehe, schaue ich es mir genauer an.«

»Oder du kommst ganz bewusst vorbei, um es dir anzuschauen.« Er sieht zu Doreen, die bisher nichts mehr gesagt hat. »Und bring deine Freundin mit, auf einen Kaffee oder ein Glas Wein.«

»Momentan wohl eher nicht, wir haben ziemlich viel um die Ohren«, sagt Doreen ausweichend.

»Ich verstehe. Schade ...« Er greift an mir vorbei und legt eine Schachtel Pralinen in seinen Wagen. »Dann werde ich mich wohl damit trösten.«

»Meine Mutter ist tot, sie ist vor ein paar Tagen gestorben, gestern war ihre Beisetzung ...«, höre ich mich plötzlich sagen. Und da schießen auch schon die Tränen aus meinen Augen. »Ich warte draußen, bezahlst du, Doreen?«

»Ja«, sagt sie schlicht.

Ohne Konstantin noch einmal anzuschauen, flüchte ich aus dem Laden.

Draußen atme ich tief durch. »Was war das denn?«, frage ich laut, gehe zum Auto, lehne mich dagegen und warte auf Doreen. Bisher habe ich für den Tod meiner Mutter nur Umschreibungen benutzt, wenn ich darüber gesprochen habe. Sie ist von uns gegangen, nicht mehr bei uns oder sie hat uns verlassen. Worte wie gestorben oder tot habe ich vermieden. Und dann rutscht es mir einfach so im Supermarkt vor einem wildfremden Mann raus.

Doreen kommt gemeinsam mit Konstantin aus dem Geschäft. Er sieht noch einmal zu mir rüber und winkt kurz, bevor er zu seinem Wagen geht, der zum Glück auf der anderen Seite des Parkplatzes steht.

»Er fährt einen Volvo«, sage ich zu Doreen, die nun mit unseren Einkäufen bei mir ankommt. »Ein Kombi, das passt gar nicht zu ihm, ich hätte eher mit einem Sportwagen gerechnet.«

»Habe ich auch gedacht, als ich ihn das erste Mal gesehen habe.« Sie grinst. »Macht ihn interessant, oder?«

Ich schiele zu ihm rüber. »Irgendwie schon, du solltest dir das noch mal überlegen, letztendlich hast du doch nicht viel mit Mandy zu tun. Und sie hat auch ganz locker über ihn gesprochen, nicht so, als würde ihr Herz noch an ihm hängen.«

Doreen öffnet den Kofferraum und stellt die Tasche mit den Einkäufen neben den Wäschekorb mit den Ordnern. »Mal schauen«, sagt sie. »Jetzt haben wir ja wirklich erst mal anderes zu tun. Ich soll dir aber noch ganz liebe Grüße ausrichten und dir sagen, dass er mit dir fühlt und sehr gut verstehen kann, wie es dir gerade geht.«

»Danke.« Ich seufze. »Diese Gefühlsausbrüche machen mich noch fertig. In einem Moment denke ich, dass es mir endlich etwas besser geht, und dann fange ich im Supermarkt an zu flennen.«

»Das ist ganz normal«, sagt Doreen. »Zumindest ging es mir damals bei meiner Oma so. Gut, dass du es zulässt. Es muss raus, damit es besser wird.«

Ich schaue dem Auto nach, das nun vom Parkplatz rollt. »Zumindest weiß er jetzt, dass es nicht nur eine Ausrede war, als du gesagt hast, dass wir momentan ziemlich viel um die Ohren haben. Für meinen Geschmack sieht er etwas zu gut aus, ein bisschen erinnert er mich an diesen Schauspieler, der aus Men in Black, nur dass er dunkleres Haar hat.«

»Chris Hemsworth.«

»Genau.«

Doreen seufzt. »Ich glaube, genau das ist das Problem. Der Typ sieht einfach zu gut aus.«

»Du doch auch«, sage ich. »Ich finde, er passt irgendwie zu dir, na ja, zumindest sein Auto.«

Doreen fängt laut an zu lachen. »Danke für das Kompliment.«

Ich stupse sie sanft in die Seite. »Du weißt, wie ich das meine.«

Sie nickt und steigt grinsend in ihren Wagen.

Ich setze mich neben sie und schnalle mich an. »Es tut gut, dass das Leben trotz allem einfach weitergeht und es auch beim Trauern immer noch schöne Momente gibt.«

9

Vor dem Gartentor steht der Mops und bellt. »Zu wem gehört er eigentlich?«, frage ich.

Dass Doreen den Wagen nur etwa zwei Meter von ihm entfernt abstellt, interessiert ihn nicht die Bohne. Er kläfft munter weiter.

»Zu Familie Köhler, sie wohnen in dem etwas größeren Haus neben Bernd.« Sie schaltet den Motor aus, und wir steigen aus.

»Ganz schön frech, der Kleine.«

»Hugo, lass meinen Kater zufrieden«, ruft Doreen und klatscht in die Hände.

Der freche Kerl dreht sich kurz zu uns um – und bellt weiter.

»Eins steht auf jeden Fall fest«, sage ich. »Unser Hund wird kein Kläffer. Und ich möchte auf jeden Fall einen größeren. Außerdem wäre ich immer noch für eine Dame.«

»Eine Daisy!«, sagt Doreen. »Das ist ja wohl klar.« Sie öffnet den Kofferraum und brüllt: »Aus, Hugo!«

»Was ist denn hier schon wieder für ein Radau?«, ertönt da plötzlich eine andere Stimme.

Ich schaue die Straße entlang und sehe Bernd auf einem Fahrrad auf uns zukommen. Wieder ganz der Alte, denke ich, doch da habe ich mich getäuscht.

Er hält neben uns an und sagt in bestimmendem Tonfall: »Lass den Kater in Frieden, Freundchen, troll dich!«

Der Mops hört tatsächlich auf, er flitzt auf seinen kurzen Beinchen davon. Bernd nickt zufrieden und grinst zu uns herüber. »Guten Abend, die Damen.« Er klopft auf den Sattel. »Meins! Heute Nachmittag in Stralsund gekauft, aber ohne Motor. So einen Schnickschnack brauch ich nicht, schließlich hab ich zwei gesunde Beine.«

»Sehr gut«, sagt Doreen. »Das war genau die richtige Entscheidung.«

»Vielleicht können wir ja mal eine kleine Radtour veranstalten, alle zusammen. Florian und seine Kleine kommen bestimmt auch mit. Von denen soll ich euch grüßen. Sie waren vorhin hier, als ich mit dem Rad die Straße rauf- und runtergegurkt bin. Da haben wir uns kennengelernt. Auf dem Tisch steht was für euch. Ich denke, es wird vor allem dir gefallen, Sarah.«

»Das klingt ja spannend«, sage ich.

Bernd deutet auf den Korb, den Doreen nun aus dem Kofferraum hebt. »Steuern?«

»Die Unterlagen meiner Mutter. Sie ist letzte Woche gestorben, gestern war die Beisetzung.« Diesmal kommt mir die Erklärung etwas leichter über die Lippen, stelle ich fest. Und dass es gut ist, es auszusprechen.

»Der ganze Papierkram, der dazugehört«, sagt Bernd. »Mein Beileid, Sarah. Wenn ich dir irgendwie helfen kann, weißt du ja, wo du mich findest. Zumindest mit Versicherungen kenne ich mich sehr gut aus. Ich habe für eine der größten in der Rechtsabteilung gearbeitet. Wenn du also Tipps oder einen Rat brauchst, kannst du dich gern an mich wenden. Ein paar Todesfälle hatten wir auch schon in der Familie und im näheren Umfeld. Ich weiß, was da alles zu erledigen ist. Und auch, dass praktische Hilfe genau das ist, was man in so einer Zeit braucht.«

»Das wäre gar nicht schlecht«, stimme ich spontan zu. »Ich habe eine beliehene Kapitallebensversicherung in den Unterlagen meiner Mutter entdeckt. Und auch jede Menge anderen Versicherungskram. Außerdem einen Grundbuchauszug.« Ich zögere einen Moment, füge aber dann doch »Und ein Testament« hinzu.

»Mach ich gern. Heute Abend? Wir könnten ein paar Würstchen auf den Grill schmeißen. Und danach schauen wir uns die Dokumente an.«

»Wir essen beide kein Fleisch«, meldet sich Doreen zu Wort.

Bernd lächelt schelmisch. »Ich kann euch auch Zucchini auf dem Grill zubereiten, Paprika, gefüllte Pilze, dazu etwas Brot und hausgemachtes Ajvar und Dattelcreme. Mit Grillgut kenn ich mich aus, ganz egal, ob das Zeug mal Augen hatte oder nicht.«

Doreen sieht mich an, ich nicke. »Na gut, dann bringen wir einen frischen Salat mit.«

»Prima. Es ist dreiviertel sechs. Um sieben, bei mir?«, fragt Bernd.

»Abgemacht«, antworte ich.

Wir bleiben einen Moment stehen und schauen ihm nach, wie er auf seinem nigelnagelneuen Rad davondüst.

»Find ich gut, dass du ihm die Unterlagen zeigen willst«, sagt Doreen.

»War eine spontane Entscheidung.« Ich nehme die Tasche mit den Einkäufen aus dem Kofferraum und packe die beiden Mappen meiner Mutter und das Herbarium hinein. »Vielleicht kann er mir ja wirklich helfen.«

»Ich hatte schon befürchtet, du kommst auf die Idee, Kais Vater mit ins Boot zu holen.«

»Wow! Stimmt …« Ich schüttele unwillkürlich den Kopf. »Daran habe ich ja gar nicht gedacht.«

»Bloß nicht«, sagt Doreen.

»Wobei er als Anwalt nicht schlecht ist«, erwidere ich. »Aber ich geh mal davon aus, dass ich erst gar keinen brauche. Lass uns nach dem Zettel suchen. Dann rufe ich Rosa an. Vielleicht wissen wir dann mehr.«

Auf dem Gartentisch liegt eine dunkelgraue Pappmappe in DIN-A4-Größe. Daneben stehen drei hübsch bemalte Schachteln, an denen ein weißer Briefumschlag lehnt. Darauf steht in großen pinken Druckbuchstaben mein Name. Auch wenn ich keine Lehrerin wäre, würde ich erkennen, dass die Buchstaben von einem Kind geschrieben wurden.

»Die Überraschung«, sagt Doreen.

»Wie süß!« Ich stelle unsere Einkäufe auf den Boden und greife zuerst nach dem Umschlag, der an mich gerichtet ist. Darin finde ich eine mit Filzstiften gezeichnete dunkelhaarige Frau mit Kurzhaarschnitt und eine blonde mit schulterlangem Haar. Zwischen den beiden sitzt eine kleine beigefarbene Hündin, die die kleine Künstlerin erstaunlich gut getroffen hat. An den süßen Schlappohren kann man deutlich erkennen, dass es sich dabei um einen Labrador handelt. Über uns schwebt eine große gelbe Sonne, in die Florians Tochter DANKE geschrieben hat.

»Leonie hat uns gemalt«, sage ich und halte meiner Freundin das farbenfrohe Kunstwerk hin.

»Das ist ja schön.« Sie lacht. »Meine Nase hat sie verdammt gut getroffen.«

»Florian hat erzählt, er sei Illustrator.« Ich greife nach der dunkelgrauen Mappe, die mich an die meiner Mutter erinnert. »Sieht so aus, als hätte sie das von ihm geerbt. Schön, wenn man so eine kreative Ader hat. Ich wünschte, ich könnte auch malen. Oder singen.«

»Dafür hast du andere Talente.«

»So, was denn?«

»Du hast einen Sinn für Zahlen und Logik. Du kannst sehr gut kochen. Und du bist verdammt klug. Außerdem kannst du gut mit Geld umgehen, im Gegensatz zu mir.«

»Das klingt echt verdammt spannend«, unke ich.

Sie lächelt. »Du bist der einfühlsamste Mensch, den ich kenne, und deswegen die ideale Lehrerin. Du kannst dich in deine Kids hineinversetzen und nimmst sie so, wie sie sind, auch deine Problemfälle.«

»Problemfälle habe ich nicht, nur ganz besondere Kinder«, erwidere ich.

»Eben, das meinte ich.« Sie deutet auf die Mappe. »Vielleicht ist das ja eine Illustration von ihm, mach schon auf. Ich brenne vor Neugierde.«

Gespannt löse ich die Gummibänder. In der Mappe liegt ein Briefumschlag, auf dem wieder mein Name steht, diesmal ist es unverkennbar eine erwachsene Handschrift. Aber viel mehr interessiert mich das etwas größere Bild, das ich dahinter entdecke.

»Wow, das bin ja ich, Florian hat mich gemalt!« Und zwar im Schneidersitz auf der Wiese, beim Spielen mit Daisy. Ich bin so baff, dass ich mich auf den Stuhl sinken lasse, der direkt neben mir steht. »Es ist wunderschön!«

Doreen macht es sich neben mir bequem und betrachtet das kleine Kunstwerk, das ich in meinen Händen halte. »So wie du«, sagt sie. »Er hat dich verdammt gut getroffen, auch wenn man von deinem Gesicht nicht viel sieht, weil du darauf den Kopf nach unten beugst und dein Haar es halb verdeckt. Aber das bist zweifelsohne du. Und er hat es sogar geschafft, deine Stimmung auszudrücken. Ich würde nicht sagen, dass das Bild direkt traurig wirkt, denn das warst du in dem Moment auch nicht, als du mit Daisy gespielt hast. Durch die gedämpften Farben wirkt es aber sehr melancholisch.« Sie sieht mich an. »Es ist warm, nachdenklich und fast schon ein wenig poetisch, wie du.«

Ich sehe schmunzelnd zu ihr. »Du findest mich poetisch?«

Doreen legt den Kopf leicht schief, den Zeigefinger an ihr Kinn und betrachtet mich einen Moment. Schließlich schüttelt sie den Kopf. »Nein, aber das Bild. Und es passt zu dir. Es ist ein sehr schönes Geschenk.«

»Ja, finde ich auch.« Ich streiche mit den Fingern über das dicke Blatt Papier. »Ein Aquarell. Trotz der zurückhaltenden Töne leuchten die Farben.« Noch einmal schaue ich auf das Bild. Doreen hat recht. Florian hat mich verdammt gut getroffen. »Und das alles aus dem Gedächtnis, bewundernswert.«

»Er hat Talent, er kann was.«

»Mal schauen, was er geschrieben hat.« Ich öffne den Brief und lese vor:

Liebe Sarah,
du hast nicht nur Daisy und somit uns gerettet, du hast mich auch zu einem Buch inspiriert.
Als kleines Dankeschön sollst du das erste Bild erhalten, das ich gestern Abend noch gemalt habe.
Der Titel des Buches soll »Aber dann kam Daisy« lauten. Ich will erzählen, wie der kleine Schatz in Leonies und mein Leben kam. Sie hat nämlich uns gefunden, nicht wir sie. Wie glücklich wir mit ihr waren und wie unfassbar traurig, als sie plötzlich verschwunden ist. Das Bild wird also nicht der Beginn der Geschichte sein, sondern das Ende.
Danke!
Die kleine Dame bedeutet Leonie und mir wirklich sehr viel. Daisy hat nicht nur unsere kleine Familie vervollständigt, sie macht unser Leben leichter – und fröhlicher.
Die drei Päckchen sind von Leonie. Es ist ihr persönliches Dankeschön an euch. Und natürlich das Bild, das sie für dich gemalt hat. Ich finde, sie kommt ganz nach dem Papa. :)
Eins der Päckchen ist für Doreen, das andere für die Frau, die

dir bei Daisys Rettung beigestanden hat. Ein Engel für die Engel ...
Ich würde mich freuen, wenn wir uns alle noch mal wiedersehen: Du, Doreen, die andere Frau, Leonie, ich – und natürlich Daisy.
Vielleicht meldet ihr euch ja mal, meine Kontaktdaten stehen auf der Rückseite des Briefes – einfach umdrehen.

Viele liebe Grüße, auch an Doreen & die unbekannte Retterin
Florian

»Ein Geschenk ist für mich, wie schön!«, sagt Doreen.

Während ich noch die Rückseite studiere, auf die Florian nicht nur seine Handynummer, sondern auch die Adresse seiner Homepage geschrieben hat, zögert sie nicht lange und greift zu. »Steht kein Name drauf.« Sie sieht sich auch die anderen an. »Auf keinem davon. Welches willst du?«

Die kleinen Päckchen sind in weißes Papier eingeschlagen, das Leonie jeweils unterschiedlich bemalt hat. Ich tippe auf das mit der Sonne.

»Hab ich mir gedacht. Dann nehme ich das mit den Herzen, Mandy bekommt das mit den Sternen.« Doreens Augenbrauen schnellen nach oben. »Oh, Mist, sie hat mir vorhin eine Nachricht geschrieben, als wir bei deiner Mutter waren. Ich wollte ihr antworten, habe es aber vergessen. Sie weiß noch gar nicht, dass Daisy wieder bei ihrer Familie ist. Gestern Abend habe ich nämlich auch nicht mehr daran gedacht, sie zu informieren.«

»Ich habe es auch vergessen.«

»Du darfst das. Du befindest dich im absoluten Ausnahmezustand, ich nicht.«

»Du doch auch.« Ich lächle sie an. »Meine Mutter war doch eigentlich auch deine.«

Sie seufzt. »Ja ... irgendwie schon.«

»Mandy wird es verstehen. Sie weiß, wie sich das anfühlt.« Ich drehe das kleine Päckchen in meiner Hand. »Und jetzt packen wir aus.«

Wir ziehen gleichzeitig die Schleife auf, mit der Leonie unsere Geschenke verziert hat, wickeln das Papier ab und öffnen den Karton. Den hellen langen Ton, den Doreen ausstößt, als sie sieht, was sich darin verbirgt, habe ich so von ihr noch nie gehört.

»Ein Engel für die Engel«, sage ich, als ich den Inhalt sehe.

Doreen nimmt ihren vorsichtig aus dem Karton. »Ein Muschelengel.« Wie aus dem Nichts laufen Tränen über ihr Gesicht. »Aber viel schöner als die, die wir früher immer gemacht haben. Weißt du noch ...«

»Die Strandengel, ja.« Ich hole die Taschentuchbox aus der Einkaufstasche, öffne sie und halte sie ihr hin.

»Danke.« Sie schnieft. »Das war so schön früher mit euch. Deine Mutter hat so viele großartige Sachen mit uns unternommen. Ich vermisse sie jetzt schon. Dabei habe ich sie schon länger nicht mehr gesehen, weil ich sie die letzte Zeit viel zu selten besucht habe.«

»Wir waren doch am Muttertag gemeinsam bei ihr«, sage ich.

Doreen seufzt. »Stimmt. Wir haben ihr einen Gutschein

für eine Thaimassage geschenkt, die sie so gernhat. Weißt du, ob ... Hat sie ihn ...«

»Ja, sie hat ihn direkt eingelöst, ein paar Tage später.«

»Gut!«

Die Engel bestehen aus einer etwas größeren Muschel, die als Körper dient. Daran hat Leonie mit Heißkleber zwei kleinere Muscheln als Flügel geklebt. Bestimmt hat Florian ihr dabei geholfen, denke ich und befreie auch meinen aus dem Karton. Der Kopf besteht aus einer schlichten kleinen Holzkugel, in die oben eine winzige Öse eingearbeitet wurde. Der Engel hängt an einem dünnen weißen Lederband. »Wir haben unsere damals einfach in den feuchten Sand gedrückt. Und kleine Kiesel waren unsere Köpfe.« Ich lasse ihn durch die Luft baumeln. »Darüber wird Mandy sich auch sehr freuen. Vielleicht hat sie heute Abend Zeit. Bernd hat doch bestimmt nichts dagegen, für eine Frau mehr zu grillen. Du könntest ihr schreiben, dass Daisy zurück bei ihrer Familie ist und dass eine Überraschung auf sie wartet.«

»Gute Idee. Ihr Café ist momentan von elf bis um halb sechs geöffnet. Sie hat sich auf Süßes spezialisiert, herzhafte Speisen bietet sie nicht an. Abends hat sie generell geschlossen.«

»Klingt vernünftig. Kümmerst du dich darum? Dann suche ich jetzt nach meiner Tasche und dem Zettel.«

Die Tasche finde ich im Schlafzimmer auf dem Fußboden, neben dem Bett. Darin entdecke ich das Taschentuch und den Kugelschreiber. Vom Zettel mit der Telefonnummer allerdings keine Spur.

»Das kann doch nicht wahrsein«, murmele ich vor mich hin und schaue noch einmal nach, obwohl meine Tasche definitiv leer ist, weil ich alles ausgeschüttet habe. »Mist!«

»Was ist?«, ruft Doreen von unten.

»Taschentuch und Kugelschreiber habe ich gefunden, den Kassenzettel nicht. Der ist weg!«, rufe ich zurück.

Es dauert nicht lange, bis Doreen die Treppe hochkommt. Sie wirft einen Blick auf den Inhalt, den ich auf dem Bett aufgetürmt habe. »Und in der Tasche hat das Ding sich nicht doch irgendwo versteckt?«

Ich drehe sie auf den Kopf und schüttle noch einmal kräftig. »Nada!«

Frustriert gehen wir wieder raus und setzen uns an den Gartentisch.

»Wenn wir ganz viel Glück haben, hat sie nie geheiratet und trägt den Mädchennamen deiner Großmutter«, überlegt Doreen. »Dann finden wir vielleicht was im Internet. Kennst du ihn?«

»Meine Großmutter hieß Helena Köhler, aber sie war eine geborene Bär.«

»Das ist nicht dein Ernst.« Sie kichert. »Das würde bedeuten, dass deine Großtante als Rosa Bär auf die Welt gekommen ist. Das hätte ich meinem Kind niemals angetan.«

»Ich allerdings auch nicht.«

Plötzlich wird sie wieder ernst. »Das spricht meines Erachtens dafür, dass sie nicht die Schwester deiner Großmutter sein kann. Niemand mit einigermaßen Verstand nennt sein Kind Rosa, wenn der Nachname Bär ist. Es sei denn, deine Urgroßeltern hatten einen sehr eigensinnigen Humor. Sollen wir direkt mal nachschauen, ob wir was finden?«

»Wieso gehst du davon aus, dass sie nie geheiratet und keinen anderen Namen angenommen hat?«, frage ich.

Doreen runzelt die Stirn. »Stimmt, daran habe ich komischerweise gar nicht mehr gedacht. Lass uns trotzdem nachschauen.«

»Ich würde gern einen Moment hier sitzen bleiben und erst mal zu mir kommen. Das sind verdammt viele Infos heute, die ich verarbeiten muss.«

»Dann forsche ich schon mal nach, wenn du nichts dagegen hast.«

»Mach das.«

Doreen steht sofort auf und geht in ihr Häuschen, kommt aber kurz darauf noch einmal zurück. Sie legt mir die beiden Bilder und meinen Muschelengel auf den Tisch. »Hier, damit du auf schöne Gedanken kommst.«

»Danke.«

Ich lege mir die Muschelengelkette um den Hals und schaue mir die wunderschönen Gemälde an, bevor ich noch einmal Florians Brief lese. Dabei stolpere ich über einen Satz, der mir vorhin gar nicht weiter aufgefallen ist.

Daisy hat nicht nur unsere kleine Familie vervollständigt, sie macht unser beider Leben leichter – und fröhlicher.

10

Ich stehe auf und gehe mit den Briefen zu Doreen. »Hast du das Notebook schon an? Dann gib doch mal bitte flo.de ein.«

»Okay, mach ich gleich.« Sie dreht es in meine Richtung. »Das sind die ersten Suchergebnisse in Sachen deine Großtante.«

Vom Bildschirm lachen mich süße rosa Plüschbären an. »War doch klar«, sage ich. »Hast du Nürnberg dazu eingegeben?«

Doreen schüttelt den Kopf. »Warte ...« Nur ein paar Sekunden darauf pfeift sie leise durch die Zähne. »Das gibt es doch nicht. Rosa Bär in Nürnberg gibt es wirklich. Halt dich fest – als Samen-Einzelhandel. Das passt doch wie die Faust aufs Auge. Eine Telefonnummer steht auch dabei. Es ist jetzt Viertel nach. Vielleicht haben wir Glück. Rufst du an, oder soll ich?«

»Das mach ich.« Ich hole mein Handy, das habe ich eben im Schlafzimmer liegen gelassen.

Es zeigt eine eingegangene Nachricht von Kai an. Ich zögere kurz, öffne sie und lese:

Sarah, ich würde dich so unbeschreiblich gern sehen. Kai

Das fehlt mir noch, murmele ich leise vor mich hin, während ich die Leiter nach unten steige.

»Er illustriert wahnsinnig gut«, sagt Doreen, als sie mich die Leiter runterkommen sieht.

Doreen hat also schon nach Florian gesucht. »Schau ich mir gleich an, zuerst telefoniere ich.«

»Okay. Die Vorwahl von Nürnberg ist 0911 …« Doreen gibt mir die Nummer durch, die ich in mein Smartphone eintippe.

Dabei klopft mein Herz laut gegen meine Brust. Doch wenige Sekunden später beruhigt es sich wieder, denn eine nette Frauenstimme erklärt sachlich: »Die gewählte Nummer ist nicht vergeben.«

»Der Anschluss existiert nicht«, erkläre ich.

Doreen macht sich sofort am Notebook zu schaffen. »Der Eintrag ist von 2019, in Marktplatz-Mittelstand, da kann man nach Firmen suchen. Sonst finde ich nichts darüber, auch keine Homepage. Vielleicht gibt es den Laden schon nicht mehr.«

»Na dann …« Ich setze mich neben Doreen.

»Enttäuscht?«, fragt sie.

Ich fühle kurz in mich hinein. »Ehrlich gesagt eher erleichtert. Davon mal ganz abgesehen denke ich nicht, dass Bär ihr Nachname ist.«

»Vielleicht weiß der Notar was. Er hat doch auch deine vermeintliche Schwester ausbezahlt. Soll ich mal nach seiner Telefonnummer sehen?«

Ich schüttele den Kopf. »Heute ist Freitag. Den erreichen wir sowieso nicht mehr. Aber das ist auch gut so, ich muss das erst mal sacken lassen. Und Montag kümmere ich mich dann direkt darum.«

»Guter Plan. Dann jetzt zu Florian Nottenkämper. Wie gesagt, er illustriert wunderschöne Bücher. Am besten gefällt mir das hier.« Sie klickt durch die Homepage. »Das Grummelmonster.«

Ein haariges giftgrünes Wesen mit einer pinken Nase und drei pinken Hörnern auf dem Kopf grinst uns freundlich an.

»Süß«, sage ich. »Das würde meinen Kindern in der Schule auch gut gefallen.«

»Vielleicht kann er dir ein Buch signieren«, schlägt Doreen vor. »Wir haben ja seine Kontaktdaten.«

»Schöne Idee.«

Wir schauen uns noch einige andere Illustrationen seines Portfolios an, die mir alle ausnahmslos gut gefallen. Schließlich frage ich: »Steht da auch was über ihn? Seine Vita?«

Doreen klickt auf »Über Flo« und liest vor, obwohl ich auch selbst mitlese.

»Florian Nottenkämper hat schon als Kind bei jeder Gelegenheit gezeichnet. Später hat er Kunst und Mathematik auf Lehramt studiert. Unterrichtet hat er nie. Stattdessen hat er lieber wieder zum Zeichenstift gegriffen.

Er lebt mit Tochter, und seit Neuestem auch mit einer sehr quirligen Hündin, in Mecklenburg-Vorpommern.

Wenn er nicht gerade zeichnet, ist er mit Kind und Hund in der Natur unterwegs.«

»Das habe ich mir gedacht«, sage ich. »Er lebt allein mit Leonie.«

Doreen schielt zu mir rüber und fragt in ihrer direkten Art: »Interessierst du dich für ihn?«

»Quatsch, wie kommst du denn darauf? Ich kenn ihn doch gar nicht richtig. Davon mal ganz abgesehen ist er gar nicht mein Typ. Ich habe mich nur gefragt, warum die beiden allein leben. Es würde mir unheimlich leidtun, wenn Leonie schon in so jungen Jahren ihre Mutter verloren hätte.«

»Vielleicht haben sie sich aber auch getrennt, und sie lebt bei ihm«, sagt Doreen.

»Könnte natürlich auch sein.« Ich umschließe den kleinen Muschelengel, der an der Kette um meinen Hals baumelt, mit der Hand. »Aber leicht ist es dann auch nicht. Sie ist doch noch so jung.«

»Wir könnten sie für morgen einladen«, schlägt Doreen vor. »Oder willst du wieder nach Hause?«

»Das weiß ich noch nicht. Montag gehe ich auf jeden Fall wieder in die Schule. Das heißt, dass ich spätestens Sonntag wieder zurückfahre. Meine Kids brauchen mich.« Ich schaue noch einmal auf das Bild. »Aber sehen möchte ich die beiden schon gern noch mal.«

»Sollen wir fragen, ob sie auch morgens können, gegen elf? Dann hast du immer noch genügend Zeit und kannst spontan entscheiden. Ich würde mich freuen, wenn du noch einen Tag bleibst. Und mein Angebot steht, ich übernachte auch gern bei dir.«

»Ich weiß, aber ich will versuchen, wieder allein klarzukommen. Die Abwechslung in der Schule wird mir dabei helfen. Und wenn nicht, lasse ich mich wieder arbeitsunfähig schreiben. Meine Schulleiterin hat da Verständnis.«

»Okay, willst du die beiden fragen?«

»Mach du. Ich kümmere mich um den Salat.«

Dank meiner Mutter ist das Dressing schnell zubereitet. Für den Sharbah setzt sie frische Früchte mit Apfelessig und Zucker an. Die Mischung bleibt dann einige Tage stehen, bevor sie durch ein engmaschiges Sieb gegossen wird. Manchmal gibt sie zum Obst noch Kräuter hinzu. Etwas davon in gekühlten Prosecco oder auch in Mineralwasser ergibt ein herrlich frisches Getränk. Mit etwas Öl, Zitrone oder Essig, ein wenig Pfeffer, Frühlingszwiebeln und Salz verrührt, hat man schnell ein aromatisches Dressing zubereitet. Das Rezept hatte meine Mutter von einer arabischen Arbeitskollegin. Sie hat ihr erzählt, dass im Orient schon seit dem zwölften Jahrhundert Früchte in Zucker und Essig eingelegt wurden, um sie zu konservieren. Der daraus entstehende Essig-Sirup ist sozusagen ein Nebenprodukt. Meine Mutter hat das sofort ausprobiert und war begeistert. Da es bei uns früher nur Mineralwasser oder Tee zu trinken gab, habe ich mich als Kind besonders darüber gefreut, als sie eines Tages beim Mittagessen eine kleine Flasche mit einer tiefroten Flüssigkeit auf den Tisch stellte.

Ich inspiziere den Inhalt des Kartons: Birne, Aprikosen mit Lavendel, Stachelbeere, Erdbeere mit Basilikum … Als ich tatsächlich eine Flasche Himbeer-Sharbah entdecke, huscht ein Lächeln über mein Gesicht. Als Kind habe ich die Farbe geliebt, und das ist auch heute noch so.

Die Frühlingzwiebeln für das Dressing habe ich schnell klein geschnitten. Ich gebe etwas Öl, Essig, Salz und Pfeffer zum Sharbah, schmecke ab und nicke zufrieden.

Gerade als ich den Salat putze, kommt Doreen in die Küche. »Sie können morgen um elf. Und Mandy ist heute um halb acht hier.«

»Schön.«

»Und ich hab doch mal nach dem Notar gesucht. Auf seiner Homepage steht seine Mailadresse. Du könntest ihm also auch einfach schreiben. Vielleicht meldet er sich Montag gleich.«

Ich seufze, stimme dann aber zu. »Gar keine schlechte Idee. Aber heute nicht mehr.«

»Ist gut.« Doreen stellt sich neben mich und inspiziert, so wie ich eben, die Sharbah-Kiste. »Weißt du was, das Zeug wäre eigentlich was für Mandy. Soviel ich weiß, bietet sie auch Fruchtaufstriche an, die eine ihrer Freundinnen in einer kleinen Marmeladenmanufaktur herstellt. Sie könnte es im Café als erfrischendes Getränk anbieten und auch zum Mitnehmen verkaufen. Es ist sehr schnell hergestellt und günstig in der Produktion.«

»Lass uns eine Flasche für sie mitnehmen«, schlage ich vor.

Doreen wählt Birne aus. »Im nächsten Frühjahr werde ich Himbeeren, Erdbeeren und Blaubeersträucher pflanzen – und ein Kräuterbeet anlegen. Dann können wir unseren Sharbah mit selbst angebauten Früchten produzieren.«

Meine Freundin sieht mich mit so großen Augen an, dass ich lachen muss.

»Was ist?«, fragt Bernd.

»Sie hat deine Obststräucher und Beete entdeckt.«

»Die hat Petra angelegt. Ich weiß gar nicht, wohin mit dem ganzen Zeug. Das wird jetzt nach und nach reif.«

»Ich wüsste da was!«, sagt Doreen sofort. Sie hält ihm die Flasche Sharbah hin. »Wir könnten tauschen. Dein Obst gegen das fertige Produkt. Die Salatsoße ist damit zubereitet.«

»Warum nicht? Es wäre dann aber auch schön, wenn ihr mir zeigen könntet, wie ich mich darum kümmern muss. Ich habe keinen blassen Schimmer, wie viel Wasser die Pflanzen brauchen, ob und wann sie beschnitten werden müssen ...«

»Ich auch nicht«, sagt Doreen. »Das finden wir aber raus.«

»Abgemacht.« Bernd zeigt auf seinen riesigen Grill. »Wollen wir sofort loslegen? Es ist ein Gasgrill, der wird sehr schnell heiß.«

»Ach so, das habe ich ja ganz vergessen. Ich hoffe, es ist in Ordnung für dich, aber wir haben unverschämterweise Mandy mit zu dir eingeladen. Sie wohnt in Kinnbackenhagen. Sie kommt aber erst um halb acht.«

»Kein Problem, das reicht dicke für eine Person mehr.«

Er zeigt auf den Tisch neben dem Grill, auf dem allerlei Köstlichkeiten stehen. »Isst sie Fleisch?«

»Keine Ahnung«, sagt Doreen. »Wir kennen sie noch nicht so lange.«

»Na, dann lassen wir uns mal überraschen.« Er sieht zu mir. »Und du hast deine Unterlagen dabei. Soll ich direkt mal einen Blick draufwerfen, bis eure Freundin hier eintrudelt?«

»Ja, sehr gern.«

Wir setzen uns alle um den Tisch, den Bernd schon für drei Personen gedeckt hat. Schmunzelnd bemerke ich, wie akkurat er alles platziert hat. Gabel, Messer und Löffel liegen im gleichen Abstand und auf einer Höhe neben den Tellern. Die beiden Weingläser und das Wasserglas sind alle sehr symmetrisch platziert. In der Mitte des Tisches steht eine Vase mit drei verschiedenfarbigen Rosen. Da hat sich jemand sehr viel Mühe gegeben, denke ich. Doch als ich Bernd die Ordner gebe, schiebt er sein Gedeck mit beiden Händen zur Seite.

»Dann wollen wir mal.« Er zeigt auf eine Kühltasche. »Darin sind Getränke. Der Rotwein steht auf dem Ablagetisch. Bedient euch einfach.«

Doreen springt sofort auf. »Was möchtest du, Sarah?«

»Wasser.«

»Und du, Bernd?«

»Ich bediene mich gleich selbst, danke.«

Doreen kommt mit einer Flasche Wasser und einer Spezi zurück. »Gibt es doch sonst nie«, erklärt sie. »Hab ich schon Ewigkeiten nicht mehr getrunken.«

Schweigend sieht Bernd die Unterlagen durch. Da er sehr konzentriert dabei aussieht, sagen auch Doreen und ich nichts – bis Bernd den Versicherungsordner zuklappt und sagt: »Darf ich fragen, wie deine Mutter gestorben ist, Sarah?«

Sofort macht sich ein flaues Gefühl bei mir in der Magengegend breit. »Sie ist von einem Auto angefahren worden.«

»Es war also ein Unfall?«

Ich nicke. »Aber die Fahrerin hatte keine Schuld. Meine Mutter ist einfach über die Straße gegangen. Sie hat nicht aufgepasst.«

»Um die Schuldfrage geht es mir dabei gar nicht. Aber deine Mutter hat eine Unfallversicherung abgeschlossen, in der auch der Todesfall versichert ist. Die Summe ist nicht sehr hoch, nur fünftausend Euro. Du bist als Bezugsberechtigte eingetragen, sie stehen dir zu. Allerdings musst du dich schnell bei der Versicherung melden. Hast du schon eine Sterbeurkunde?«

»Ja, das hat der Bestatter veranlasst.«

»Sehr gut.«

Bernd steht auf und kommt kurz darauf mit einem Block und einem Stift zurück. »Ich mach Notizen, damit du nicht vergisst, was du alles erledigen musst.« Er blättert im Ordner. »Das Gleiche gilt für die Lebensversicherung, da musst du die Urkunde auch einreichen. Sie ist 2019 mit hundertzwanzigtausend Euro beliehen worden, das sind sechzig Prozent des Rückkaufwertes. Das bedeutet, dass da schon Kapital von Zweihunderttausend drinsteckt. Die restlichen

Achtzigtausend stehen dir auf jeden Fall zu.« Er sieht sich die Dokumente noch einmal an. »Der Todesfall wurde nicht explizit abgesichert, aber mit der Unfallversicherung kommt zumindest eine Summe von Fünfundachtzigtausend zusammen.«

»Wow!«, sage ich.

Da fragt Doreen: »Die Versicherung wurde 2019 beliehen? Da hat sie laut Testament ihre andere Tochter ausbezahlt.«

»Du hast eine Schwester?«, fragt Bernd.

Ich räuspere mich, bevor ich antworte. »Eine, von der ich bisher nichts wusste.« Mit ein paar Worten schildere ich die Umstände, wie wir davon erfahren haben.

Bernd hört aufmerksam zu. Schließlich sagt er: »Wegen des Testaments und des Grundbuchauszugs solltest du dich umgehend an den Notar wenden, Sarah.«

»Mach ich morgen, ich schreibe ihm vorab eine Mail. Und spätestens Montag rufe ich ihn an.«

»Gut!« Er greift wieder zum Stift. »Denk auch daran, die anderen Versicherungen zu kündigen, wie die Haftpflicht und Hausrat. Wohnte deine Mutter zur Miete, oder hatte sie ein Haus?«

»Nur das in Nürnberg, sie hat zur Miete gewohnt.«

»Dann musst du auch den Vertrag kündigen, es sei denn, du willst die Wohnung übernehmen. Auf jeden Fall solltest du aber den Vermieter benachrichtigen.«

»Ich werde sie kündigen«, entscheide ich, ohne weiter darüber nachzudenken.

»Na gut, dann notieren wir das auf deinem Merkzettel.«

Zehn Minuten später sind wir fertig. Ich nehme dankbar die Liste mit den Aufgaben entgegen, die ich noch zu erledigen habe.

»Um einige Sachen hätte ich mich längst kümmern sollen, aber ich war einfach nicht dazu in der Lage«, erkläre ich.

»Ist doch verständlich. Das kannst du jetzt doch immer noch erledigen.« Er reibt sich das Kinn. »Ich hoffe, deine plötzlich aufgetauchte Schwester macht nicht noch Stress. Wenn es was zu erben gibt, erwacht in manchen Menschen die Gier.«

»Das hoffe ich nicht«, erwidere ich. »Für einen Rechtsstreit fehlt mir echt die Kraft.«

»Du hast ja uns, wir stehen dir bei«, sagt Bernd.

Ich lächle ihn an und sehe, dass er mit dem Spruch auch Doreen, die mir gegenübersitzt, ein Lächeln ins Gesicht gezaubert hat. »Danke, Bernd.«

Er reibt sich den Bauch. »So, und jetzt habe ich Hunger. Wenn ihr nichts dagegen habt, werfe ich jetzt den Grill an. Es ist schon fünf nach halb. Und zehn Minuten dauert es, bis mein Schätzchen grillbereit ist.«

»Ich habe auch Hunger«, meldet sich Doreen zu Wort.

Prompt hören wir eine schrille Fahrradklingel. Von hier aus können wir nicht bis zur Straße sehen, aber ich bin mir sicher, dass es Mandy ist. Und da ruft sie auch schon.

»Bin da!«

»Einfach neben dem Haus lang, direkt nach hinten in den Garten«, brüllt Bernd.

Kurz darauf kommt Mandy, sie schiebt ihr Rad den kleinen gepflasterten Weg entlang auf uns zu.

»Habt ihr schon angefangen?«, fragt sie.

»Wir haben auf dich gewartet«, antwortet Bernd.

»Das ist nett. Hi, ich bin Mandy.« Sie zeigt auf den Fahrradkorb, der vorne an ihrem Lenker angebracht ist. »Ich hab auch was mitgebracht, verschiedene Chutneys. Die schmecken alle total gut zu Fleisch, aber auch zu Gemüse jeglicher Art.«

»Du bist keine Vegetarierin und auch keine Veganerin?«, fragt er.

»Leider nicht«, antwortet Mandy. »Ich habe es ein paarmal versucht, aber nie durchgehalten.«

Die Freude steht Bernd ins Gesicht geschrieben. »Das ist sehr schön, dann habe ich eine, die mit mir ein saftiges Steak genießt«, sagt er.

»Mmh«, macht Mandy und wendet sich an Doreen und mich. »Hallo, ihr beiden.«

Meine Freundin ist etwas ungeduldig. »Beeil dich, setz dich zu uns«, sagt sie. »Wir haben ein Geschenk für dich.«

11

Der Abend ist so unterhaltsam, dass ich zwischendurch manchmal sogar vergesse, wie traurig ich bin. Aber das sind nur kurze Momente. Tief in mir verankert ist das Gefühl von Verlust. Ich trauere um meine Mutter, die mir sehr fehlt. Bernd hat tatsächlich eisgekühlten Sekt aus der Kühltasche gezaubert. Mandy und Doreen genießen ihn gemixt mit dem Birnen-Sharbah. Dabei lausche ich dem Gespräch der beiden, die gerade in der Herstellungsplanung für das Café sind.

»Wir könnten ihn Barbaras Sharbah nennen«, schlägt Mandy da plötzlich vor und sieht mich an.

Sofort verstärkt sich das flaue Gefühl bei mir in der Magengegend. Ich suche noch nach den richtigen Worten, um zu erklären, dass mir das nicht recht ist. Da legt Bernd plötzlich kurz seine Hand auf meine Schulter.

»Was haltet ihr von Bernds Sharbah? Immerhin sollen die Früchte aus meinem Garten kommen.«

Doreen wirft mir einen kurzen Blick zu. »Ich würde es einfach nur Sharbah nennen«, schlägt sie vor. »Mit der entsprechenden Obstsorte davor, und natürlich eventuell den

Kräutern. So hieß er schon immer. Und außerdem musst du dann nicht immer erklären, wer Barbara oder Bernd ist, Mandy. Denn deine Gäste werden dich sicherlich danach fragen.«

Mandys Blick fliegt zu mir. »Das war unüberlegt von mir, tut mir leid.«

»Schon gut, die Idee an sich ist ja ganz süß«, erkläre ich. »Aber mir wäre es tatsächlich auch lieber, wenn ihr meine Mutter hier aus dem Spiel lasst.«

»Natürlich, ganz, wie du magst.« Mandy wendet sich an Bernd. »Ich wusste gar nicht, dass das Obst von dir kommt.«

Er deutet hinter sich in den Garten. »Ihr dürft alles ernten, was hier wächst und gedeiht. Dafür brauche ich nur etwas Unterstützung bei der Gartenpflege. Ich kenne mich nämlich so was von nicht aus damit.«

Mandy wischt mit der Hand durch die Luft. »Ach, das ist ja das geringste Problem. Da kenn ich mich aus. Ich helfe immer meiner Großtante im Garten. Sie wohnt nur ein paar Häuser entfernt von mir.« Sie sieht Doreen direkt in die Augen. »Übrigens gar nicht weit weg von Konstantin. Er hat mir erzählt, dass ihr euch kennengelernt habt.«

Gespannt horche ich auf.

Dass meine Freundin auch überrascht ist, kann man nicht nur sehen, sondern auch hören. Sie verschluckt sich an ihrem Sektcocktail und hustet.

Mandy grinst breit. »Wir waren nur drei Monate zusammen, bis ich mitbekommen habe, dass er noch an seiner Ex hängt. Also habe ich es beendet. Wie sagt man so schön? Lieber ein Ende mit Schrecken als ein Schrecken ohne Ende.

Ich habe die Reißleine gezogen, und wir haben beschlossen, trotzdem weiter befreundet zu sein. Und das funktioniert tatsächlich sehr gut. Ich bin mittlerweile glücklich mit Jens. Wir sind seit etwas über einem Jahr ein Paar. Ich warte nur auf den Heiratsantrag, dann bin ich weg vom Markt.« Sie trinkt einen Schluck Sekt und schaut über den Rand des Glases zu Doreen, bevor sie sagt: »Schnapp ihn dir, wenn du kannst. Sie sind mittlerweile geschieden. Und ich bin mir ganz sicher, dass er über sie hinweg ist.«

Neben mir seufzt Bernd wohlig auf. »Ach, was ist das schön hier mit euch. Noch einmal dreißig sein ...«

»Was ist mit dir, Bernd, wenn ich mal so ganz direkt fragen darf. Bist du Single?«, fragt Mandy.

Er hebt sein Bier und prostet ihr zu. »Ja. Und nun auch offiziell. Meine Frau hat mich vorhin am Telefon darüber informiert, dass sie einen Neuen hat. Und die Scheidung möchte sie auch.« Er nimmt einen kräftigen Schluck aus der Flasche. »Tja, das kommt davon. Da habe ich sie wohl unterschätzt. Sie hat sich in ihren Tennispartner verguckt.«

»Tennisspieler konnte ich noch nie leiden«, sagt Doreen. »Dich dafür umso mehr, Bernd. Wie kommst du damit klar? Du wirkst sehr relaxed dafür, dass du heute so eine unschöne Nachricht bekommen hast.«

Er seufzt. »Ganz ehrlich? Im ersten Moment war ich sauer. Aber dann habe ich einmal tief durchgeatmet und festgestellt, dass es mich emotional nicht weiter trifft. Vom verletzten Stolz mal abgesehen, aber den lassen wir mal beiseite. Mir geht es sehr gut hier, was ich im Übrigen euch zu verdanken habe.« Er lächelt, etwas schief, wie ich finde. Mit

Sicherheit belastet es ihn mehr, als er zugibt. »Das Gute an der Sache ist, dass sie ein richtig schlechtes Gewissen hat. Ich gehe also davon aus, dass da wahrscheinlich schon vorher was lief.«

»Und was ist daran gut?«, frage ich und entscheide mich dafür, ganz offen zu ein. »Als mein Freund, Kai, mich betrogen hat und ich es rausgefunden habe, hatte er auch ein schlechtes Gewissen. Aber die Tatsache, dass die beiden sich heimlich getroffen haben, er aber noch abends bei mir ins Bett gekrochen ist, hat mich noch mehr verletzt als die Sache an sich. Er hat mich nicht nur betrogen, er hat es verheimlicht und ist erst mit der Sprache rausgerückt, nachdem ich es rausgefunden habe. Daraufhin hat er seine Sachen gepackt und ist zu seiner Affäre gezogen.«

»Schön finde ich den Gedanken auch nicht«, sagt Bernd. »Aber immerhin will sie ausziehen. Und weil sie besagtes schlechtes Gewissen hat, möchte sie so gut wie nichts mitnehmen. Rentenansprüche mir gegenüber hat sie nicht. Wir haben in etwa gleich viel verdient. Unterhalt im Trennungsjahr bekommt sie auch nicht. Sie ist noch voll berufstätig. Und da es sich bei dem Haus um mein Elternhaus handelt, steht sie nicht im Grundbuch. Sie hat nur Anspruch auf den Mehrwert durch einen Anbau. Aber das bekommen wir finanziell geregelt. Kinder haben wir keine, also wird ab jetzt jeder seinen eigenen Weg gehen. Sie will schon nächste Woche ihre Sachen packen und ist dann weg.«

»Schon sehr traurig«, sage ich.

Er zuckt mit den Schultern. »Was soll man machen?«

»Und du?«, fragt Doreen. »Ziehst du dann zurück, sobald sie weg ist?«

»Nein! Ich verkauf das olle Reihenhaus und baue hier an. Ich mach's mir richtig schick. Oder ich kauf das Haus meiner Nachbarn, das ist größer. Als sie mir letzte Woche erzählt haben, dass sie einen Käufer suchen, habe ich mich diebisch gefreut, weil der blöde Mops dann endlich weg ist. Nach dem Gespräch mit meiner Ex war dann einer der ersten Gedanken, dass ich es vielleicht erwerben könnte.«

Doreen räuspert sich, ein Zeichen dafür, dass sie etwas Wichtiges zu sagen hat. »Könntest du dir auch vorstellen, es nicht zu kaufen, weil Sarah gern hierherziehen würde?«

»Au ja«, kommt es prompt von Mandy.

Er sieht zu mir. »Hast du Interesse? Das nötige Kleingeld hättest du ja. Aber teuer sind die Hütten hier ja sowieso nicht.«

»Puh!« Ich streiche mir durchs Haar. Alle Augen sind auf mich gerichtet, bis ich schließlich nicke. »Das wäre eigentlich ideal.«

»Und wir wären Nachbarn«, stellt Bernd fest.

Doreen strahlt über das ganze Gesicht. »Und wir Nachbarinnen.«

Mandy klatscht in die Hände. »Schön, darauf trinken wir einen. Hast du vielleicht auch was anderes außer Sekt und Bier, Bernd, vielleicht einen Schnaps? Der würde mir nach dem üppigen Essen guttun.«

»Bernd springt sofort auf. »Klar oder Kräuter?«

»Klar!«, entscheidet Mandy sich.

»Und ihr?«

»Gerne was mit Geschmack, Kräuter klingt gut«, sagt Doreen.

Ich schüttele den Kopf. »Für mich nicht, danke, aber das tut mir momentan nicht gut.«

»Du kannst dir gar nicht vorstellen, wie sehr ich mich darüber freue, dass du vielleicht bald hier wohnen wirst«, sagt Doreen. »Das wird schön!«

Ich reibe mir über die Arme. Obwohl es noch angenehm warm ist, fröstelt es mich plötzlich. Was, wenn ich momentan gar nicht in der Lage bin, Entscheidungen zu treffen, weil meine Sicht auf die Dinge getrübt ist?

»Alles in Ordnung, Sarah?«, fragt meine Freundin.

»Mir ist ein bisschen kalt«, antworte ich. »Und irgendwie geht mir das alles zu schnell. Die Ereignisse überschlagen sich. Und ich bin momentan nicht besonders schnell im Denken.«

Doreen geht auf meinen Stimmungswandel sofort ein. »Möchtest du lieber nach Hause gehen?«, fragt sie.

Ich schenke ihr ein kleines Lächeln. »Nach Hause?«

Auch meine Freundin lächelt. »Mein Zuhause ist auch deins.«

»Wir können gern noch bleiben. Ich finde es schön hier. Es lenkt mich ab. Wenn es mir zu viel wird, sag ich Bescheid.«

Da kommt Bernd mit zwei Flaschen Schnaps auf einem Tablett zurück zum Tisch. »Was ist los, ihr seht so ernst aus?«

»Sarah friert, hast du vielleicht eine Decke für sie?«, fragt Mandy für mich.

Bernd dreht um. »Wird sofort erledigt!«

Er kommt mit einer kuscheligen roten Wolldecke zurück und legt sie mir um die Schultern. »Was hältst du davon, wenn ich erst mal mit meinen Nachbarn spreche?«

»Glaubst du, das ist eine so gute Idee?«, fragt Doreen. »Ich mein nur, weil du immer über den Mops schimpfst.«

Bernd winkt ab. »Ach was, ich hab letztens erst ihren Rasenmäher repariert. Seitdem sind sie gut auf mich zu sprechen. Dabei haben sie mir das mit den Verkaufsplänen erzählt.« Er wendet sich an mich. »Und, was sagst du, Sarah?«

»Okay, du kannst ja mal vorsichtig anklopfen und fragen, ob sie schon jemanden gefunden haben.«

»Mach ich gern. Und jetzt trinken wir einen darauf.« Er stellt auch mir ein Schnapsglas hin und füllt eine dunkle Flüssigkeit hinein.

Ich hebe abwehrend die Hände, doch Bernd lächelt mich an und erklärt: »Holunderbeersaft, leicht gesüßt. Der wird dir guttun.«

Ich greife zu. »Das ist lieb, vielen Dank.«

»Na dann!« Bernd schaut in die Runde und prostet uns zu. »Auf die bestehende und hoffentlich die zukünftige Nachbarschaft.«

Der Holundersaft schmeckt sehr gut. Ich genieße ihn in kleinen Schlückchen, bis Bernd zu mir sagt: »Es ist noch mehr davon da. Petra hat ihn immer auf Vorrat eingekocht.« Er schluckt. »Ach, Mist!«

Ich verstehe sofort, was in Bernd vorgeht.

Mandy braucht etwas länger. »Was ist los?«

Jetzt bin ich diejenige, die ihre Hand auf seinen Arm legt.

»Ich hätte nie gedacht, dass Petra mich einfach so wegen eines anderen Kerls verlässt«, erklärt er. »Das tut ehrlich gesagt schon verdammt weh.« Er legt seine Hand auf meine. »Manchmal ist das Leben echt hart.«

Ich seufze auf. »Du sagst es!«

»Manchmal ist es aber auch wunderschön«, meldet sich Mandy zu Wort. »Oder komisch. Soll ich euch mal was Lustiges erzählen?« Sie runzelt die Stirn. »Oder nee, ich lass es lieber, das könnte auch nach hinten losgehen.«

»Schieß schon los!«, ermuntert Bernd sie.

»Na gut. Es ist nämlich so ... Jens und ich haben uns beim Tennisspielen kennengelernt.«

Bernd starrt sie einen Moment lang an, aber dann lacht er laut los, und wir stimmen mit ein.

»Du spielst echt Tennis?«, fragt Doreen, als wir uns alle wieder beruhigt haben.

»Ja, als ich damals in die Finnhütte gezogen bin, ist mir irgendwann die Decke auf den Kopf gefallen, besonders, nachdem ich mich von Konstantin getrennt hatte. Ich musste raus, wollte Leute kennenlernen. Da hat mich eine Bekannte dazu überredet, mal eine Probestunde im Klub zu machen. Ich bin hin, und es hat mir überraschenderweise echt gut gefallen. Da habe ich dann später auch Jens kennengelernt.« Sie sieht zu Bernd. »Aber wir waren beide Singles.«

»Mach dir keinen Kopf, alles gut«, erklärt er.

»Und bei dir, Doreen?«, fragt Mandy.

»Bei mir auch, wieso?«

»Weil du doch vorhin gesagt hast, dass du Tennisspieler noch nie leiden konntest. Gilt das auch für Spielerinnen?«

»Ach, das meinst du.« Doreen grinst. »Das habe ich doch nur gesagt, um Bernd ein wenig aufzumuntern. Ehrlich gesagt habe ich …«

Doreens Stimme dringt nur noch wie durch Watte zu mir. Ich bin müde, fühle mich erschöpft, bin aber auch dankbar für die lieben Menschen, mit denen ich den Abend verbringen darf.

»Wir schaffen das«, sagt Bernd da leise neben mir. Obwohl er fast flüstert, kann ich jedes Wort genau verstehen.

»Ja.« Ich kuschele mich tiefer in die Decke. »Irgendwann, ganz bestimmt!«

Es ist Viertel nach elf, als wir alle gemeinsam den Tisch abdecken. Bernd und ich bleiben in der Küche. Er räumt die restlichen Lebensmittel weg, ich kümmere mich um die Spülmaschine. Doreen und Mandy holen das restliche Geschirr und wischen den Tisch ab.

»Das Essen war sehr, sehr lecker, Bernd«, sage ich.

»Können wir jederzeit wiederholen. Morgen zum Beispiel. Es ist noch jede Menge Zeug übrig.«

»Ganz sicher bin ich noch nicht, aber morgen Abend werde ich wohl in Stralsund sein«, erkläre ich. »Ab Montag gehe ich wieder arbeiten. Und davor brauche ich noch etwas Zeit für mich. Aber ein anderes Mal sehr gern.«

»Dann sollten wir Telefonnummern austauschen«, schlägt Bernd vor. »Damit ich dich erreichen kann wegen des Hauses.«

»Mein Handy habe ich bei Doreen gelassen. Aber du

kannst dir meine Nummer notieren und kurz durchrufen, dann hab ich deine.«

Während Bernd noch nach einem Zettel sucht, schaue ich mich in der Küche um. An hochwertigen Elektrogeräten fehlt es hier nicht. Neben der Spülmaschine sind auch ein großer Kühlschrank, ein Induktionsherd und eine Mikrowelle vorhanden. Und sogar eine Küchenmaschine entdecke ich. Als ich die Kaffeemaschine entdecke, frage ich: »Hast du mittlerweile eigentlich wieder Kapseln besorgt?«

»Vergessen«, antwortet Bernd. »Aber mit dem Mist höre ich sowieso auf. Ich kauf mir einen Porzellanfilter und brühe meinen Kaffee von Hand auf.«

»Find ich gut, mach ich zu Hause auch so. Ich kann dir einen empfehlen. Wenn du magst, schicke ich dir einen Link dazu.«

Er kommt mit Block und Stift bewaffnet zurück. »Gerne, dann schieß mal los. Wie lautet deine Handynummer?«

Ich komme nicht weit. Zwei Nummern nach der Vorwahl des Netzbetreibers fällt mir die nächste nicht mehr ein.

»Ich habe meine Handynummer vergessen«, erkläre ich und schüttele den Kopf. »Das ist mir noch nie passiert. Zahlen sind absolut mein Ding.«

»Macht doch nix, ich schreib dir meine auf, und dann rufst du mich an.«

Da kommt Doreen zur Tür rein.

»Gut, dass du da bist, kannst du Bernd meine Handynummer geben? Ich habe gerade einen kleinen Filmriss.«

»Klar: 0176 34 ...«

Sie kennt sie wie aus dem Effeff. Nachdem Bernd sie notiert hat, sage ich: »Ist besser so, Zettel verschlampe ich seit Neuestem auch mal ganz gern.«

Doreen streicht mir über den Rücken. »Du musst ins Bett. Lass uns gehen. Mandy schläft im Gästehaus. Ich habe ihr verboten, jetzt noch mit dem Rad zu fahren.«

Wie auf Kommando kommt Mandy in die Küche. »So, das war alles.« Sie gähnt. »Wollen wir los? Ich muss morgen um sieben raus und brauche unbedingt noch eine Mütze Schlaf.«

»Ja, ab nach Hause mit euch«, sagt Bernd. Er grinst. »Ist ja nicht weit.«

Um Viertel vor zwölf liege ich neben Doreen im Bett. Sie schließt die Augen, nuschelt »Gute Nacht« und schläft sofort ein. Da sie dabei auf dem Rücken liegen bleibt, schnarcht sie. Ich überlege, ob ich sie anstupsen soll, damit sie sich zur Seite dreht, aber meine Augen sind so schwer, dass sie fast von allein zufallen. Ich kuschele mich in meine Decke und schlafe ebenfalls ein.

12

Am nächsten Morgen wache ich sehr früh auf. Es ist zwar schon hell draußen, aber ein leichter Schleier hängt noch über dem Tag. Doch alle Versuche, noch mal einzuschlafen, scheitern. Also stehe ich auf und gehe möglichst leise in Richtung Treppe. Doreen wird trotzdem wach.

»Ich komm mit«, nuschelt sie, »ich muss auch zur Toilette«, und tapst verschlafen hinter mir her.

»Du zuerst«, sage ich und werfe einen Blick auf die kleine Funkuhr, die neben dem Fernseher steht. Es ist Viertel nach sechs.

»Nicht wundern, ich komme gleich nicht mehr hoch.« Ich deute mit dem Kopf nach draußen. »Ich mache einen kleinen Spaziergang.«

»Um die Uhrzeit?«

»Ich bin hellwach. Wahrscheinlich bereitet sich mein Körper schon auf Montag und die Schule vor. Ich stehe sonst auch immer früh auf, allerspätestens aber um halb sieben.«

»Soll ich mitkommen?«

»Nein, aber ich nehme mein Handy mit und gehe wieder Richtung Kinnbackenhagen. Dann treffe ich unterwegs vielleicht Mandy. Sie hat gesagt, sie muss um sieben los. Entweder überholt sie mich auf dem Hinweg mit dem Rad, oder sie kommt mir auf dem Rückweg entgegen.«

Keine Viertelstunde später, nach einer kurzen Katzenwäsche, verlasse ich das Haus. Außer mir ist keine Menschenseele unterwegs. Ich gehe auf direktem Weg zum Bodden und bleibe überwältigt stehen, als ich am Wasser ankomme. Die Sonne geht um diese Jahreszeit schon gegen fünf auf, aber sie hüllt den Bodden noch immer in goldorangenes Licht. Es ist nur ein leichter Schimmer, aber es sieht bezaubernd aus. Ein Schwanenpaar schwimmt nicht weit von mir entfernt durch das Wasser. Im Schilf raschelt es, und ein paar Sekunden später erhebt sich eine Rohrdommel in den Himmel. Ich folge mit den Augen ihrem Flug über den Bodden – und halte die Luft an. Wie aus dem Nichts ist plötzlich der König der Lüfte auf der Bildfläche erschienen. Ein Seeadler fliegt knapp über dem Wasser auf die beiden Schwäne zu. Doch sie haben ihn bemerkt und retten sich schnell ins schützende Schilf. Der Adler setzt seinen Suchflug fort und gibt sich schließlich mit einem Fisch zufrieden.

Immer noch ergriffen von dem herrlichen Naturschauspiel, das sich gerade vor meinen Augen zugetragen hat, setze ich meinen Weg fort. Dabei sehe ich plötzlich sehr klar. Es ist die richtige Entscheidung, hier einen Neuanfang zu wagen. So habe ich nicht nur jeden Tag liebe Menschen in meiner Nähe, sondern auch die unbeschreiblich schöne Natur. Und das fast vor der Haustür.

Heute meditiere ich bei meinem Spaziergang entlang des Boddens nicht. Ich lasse meinen Gedanken freien Lauf, wobei ich versuche, mich an die positiven zu halten. Der gestrige Abend war sehr schön. Ich habe wunderbare Freunde, einen Beruf, den ich mag, und meine Mutter hat mich so sehr geliebt, dass sie mich auch über ihren Tod hinaus versorgt wissen wollte. Dass sie das Testament erst vor drei Wochen erstellt hat, jagt mir einen kleinen Schauer über den Rücken. Es fühlt sich für mich so an, als hätte sie geahnt, dass sie bald nicht mehr für mich da sein kann. Wäre sie an einer Krankheit verstorben, würde ich es verstehen, sie hatte ein untrügliches Gefühl für ihren Körper. Mit dem Unfall kann sie unmöglich gerechnet haben.

Ich atme tief durch, bleibe stehen und lasse noch einmal den wundervollen Anblick auf mich wirken. Das kannst du jeden Tag haben, denke ich. Und dass meine Mutter mir ermöglicht hat, es auch in die Tat umzusetzen. Mit den fünfundachtzigtausend Euro, die mir zustehen, hat sie eine gute Grundlage dafür geschaffen, und zwar unabhängig davon, ob ich tatsächlich auch ein Haus in Nürnberg geerbt habe und was am Ende das Testament ergibt. Gleich heute werde ich dem Notar schreiben und um einen Termin bitten. Und am Montag werde ich mich um die Liste kümmern, die Bernd für mich erstellt hat. Bei dem Gedanken erscheint das Bild meiner Mutter vor meinem inneren Auge.

Schreib alles auf, was du noch zu erledigen hast. Dann vergisst du es nicht.

Sie war ein großer Fan von Listen. Das Problem war nur,

dass sie hin und wieder nicht mehr wusste, wo sie sie hingelegt hatte.

Lächelnd gehe ich weiter. Mein Kopf hat mir die letzten Tage immer wieder gesagt, dass ich es schaffen werde und irgendwann wieder glücklich bin. Jetzt habe ich das erste Mal auch das Gefühl, dass es so sein wird.

Hinter dem kleinen Waldstück, kurz vor der Schafweide und der Pferdekoppel, höre ich eine Fahrradklingel. Ich drehe mich um und winke. Mandy kommt in schnellem Tempo auf mich zugerast. Kurz bevor sie bei mir ist, bremst sie ab und steigt vom Rad.

»Morgen«, sagt sie fröhlich. »Ich begleite dich ein Stück zu Fuß. Ein paar Minuten habe ich noch.«

»Guten Morgen.« Wir gehen in gemütlichem Tempo nebeneinander weiter.

»Du bist aber früh unterwegs.«

Ich atme tief durch. »Ja, und es ist herrlich!«

»Meine Lieblingszeit ist der Abend, kurz vor Sonnenuntergang. Ich versuche, wenigstens einmal am Tag einen langen Spaziergang zu machen. Seitdem ich das Café eröffnet habe, gelingt mir das nicht immer. Aber wenn ich unterwegs bin, genieße ich es sehr.«

»Dann drück mal die Daumen, dass es was wird mit dem Haus neben Bernd.«

Mandy bleibt stehen. »Du willst echt zu uns ziehen? Das ist ja toll! Du kannst dir gar nicht vorstellen, wie sehr ich mich darüber freue.«

»Hier ist alles, was mir wichtig ist«, sage ich, und wir gehen in gemütlichem Tempo weiter. »Der Abend gestern war wunderschön, und heute Morgen, so ganz allein am Bodden, dachte ich plötzlich, dass ich das immer haben möchte.«

»Kann ich gut verstehen.« Sie lacht. »Ich fand den Abend gestern auch sehr schön. Beim nächsten Mal lass ich aber den Schnaps weg. Ehrlich gesagt hatte ich ganz schön einen sitzen. Normalerweise trinke ich nicht so viel. Aber es war ein perfekter Abend. Und das Essen war verdammt lecker. Schade, dass du heute Abend nicht mehr da bist, wenn Bernd den Grill wieder anschmeißt.«

»Ja, irgendwie schon, aber ich möchte einfach mal versuchen, wieder allein klarzukommen. Wenn es nicht funktioniert, komme ich zu euch. So weit ist es ja nicht.«

»Gute Strategie, setz dich nicht unter Druck, und handele so, wie es für dich am besten ist.«

»Das versuche ich.« Mittlerweile sind wir an der Stelle angekommen, wo der Weg in die Straße nach Kinnbackenhagen mündet. »Ich bring dich noch bis nach Hause, dann drehe ich um.«

»Ich kann dich auch wieder fahren.«

»Das ist lieb, aber diesmal gehe ich zu Fuß. Florian und Leonie kommen erst um elf, da habe ich noch genügend Zeit.«

Vor Konstantins Haus bleiben wir stehen.

»Er hat eines der größten Grundstücke hier«, erklärt Mandy. »Das Haus hat er selbst entworfen. Er nennt es Bauhausstil, die Anwohner sagen Karnickelbau dazu.«

»Ich weiß. Das hat er uns erzählt, als wir uns im Supermarkt getroffen haben. Und ich finde, der Name passt auf eine gewisse Weise sogar.« So eine Art Haus habe ich noch nie gesehen. Durch seine kubische Form wirkt es sehr schlicht. Es besteht aus Holz und im oberen Stockwerk aus riesigen Fenstern, die Konstantin genau gegenüberliegend angeordnet hat. Man kann also durch das Haus hindurchschauen. »Allerdings wird der Name Karnickelbau ihm nicht gerecht. Es ist wunderschön!«

»Das ist es, warte mal, bis du es von innen siehst.«

Ich muss lachen. »Du gehst also davon aus, dass Doreen und er ein Paar werden?«

»Nicht unbedingt. Aber da ihr mit mir befreundet seid, kann es durchaus passieren, dass wir uns mal alle gemeinsam treffen. Konstantin kann verdammt gut kochen. Wenn er einlädt, würde ich an eurer Stelle nicht Nein sagen.«

»Klingt verlockend.«

»Du hast gerade gesagt, dass du ihn schon im Supermarkt gesehen hast. Und? Wie findest du ihn?«

»Nett – und unverschämt gut aussehend.«

»Ja, absolut. Aber das Gute an Konstantin ist, dass ihm das absolut egal ist. Er ist überhaupt nicht eingebildet. Ich würde mir wünschen, dass das mit Doreen und ihm passt. Er hat etwas Glück verdient.«

»Und Doreen auch.«

»Das sowieso.« Mandy deutet mit dem Kopf auf die schmale, aber umso höhere Glasfront. »Siehst du das Bild?«

»Ja, es ist sehr schön. Ich mag Grün.« An der Wand steht eine große bemalte Leinwand. Die Grüntöne leuchten in den unterschiedlichsten Nuancen. »Ist das Schilf?«

»Ja, Konstantin hat es gemalt. Es ist eines meiner Lieblingsbilder von ihm.«

»Ach was, er malt. Das ist ja ein Ding. Das ist jetzt schon der zweite Künstler, den ich hier kennengelernt habe. Florian, Daisys Herrchen, ist Illustrator.«

»Hat Doreen mir erzählt, auch, dass er sehr nett ist.«

»Ja, und Leonie auch.«

»Sagst du ihr bitte, dass ich mich über die Kette sehr gefreut habe und dass ich sie wunderschön finde?«

»Mach ich gern.«

Sie fährt sich durch Haar und macht »Hm«.

»Was?«

»Ich erweitere gerade mein Sortiment an Mitbringseln. Die Ketten würden sich da bestimmt gut machen, besonders in den Sommerferien, wenn die ganzen Touristen uns wieder überrennen.« Sie seufzt. »Oh Mann, davor graut mir jetzt schon. Momentan ist es noch ganz gemütlich, was die Anzahl meiner Gäste angeht, aber wenn die Saison losgeht, werde ich alle Hände voll zu tun haben – hoffe ich.«

Gerade als ich zur Antwort ansetzen will, fragt jemand laut: »Kaffee?«

Konstantin steht im Türrahmen seines Hauses gelehnt, die Arme vor der Brust gekreuzt, und sieht zu uns rüber.

Wir waren so vertieft in unser Gespräch, dass wir ihn gar nicht bemerkt haben.

»Du bist schon wach?«, ruft Mandy.

»Ja, schon eine ganze Weile. Und, wie sieht es aus, Kaffee oder vielleicht lieber einen Tee?«

Mandy schüttelt den Kopf. »Ich muss los, es ist schon zu

spät, weil wir uns verquatscht haben.« Sie sieht zu mir. »Der Kaffee schmeckt unbeschreiblich lecker, besonders, wenn du ihn mit Milchschaum magst. Konstantin gibt eine Prise Muskatnuss darüber. In meinem Café ist das der Renner.«

»Wir können ihn auch gern auf der Straße trinken, dann bring ich ihn raus.«

Neben mir steigt Mandy aufs Rad. »Ich bin dann weg, macht's gut, ihr beiden.« Sie düst los und betätigt zum Abschied zweimal kurz hintereinander die Klingel an ihrem Rad.

Ich schaue ihr kurz hinterher und drehe mich zu Konstantin um. Er ist nett, und außerdem bin ich neugierig darauf, wie das Haus eingerichtet ist. »Über einen Kaffee würde ich mich freuen, aber ich komme rein, wenn das Angebot noch steht.«

Er macht eine einladende Handbewegung. »Dann hereinspaziert.«

Im Haus gibt es keinen Flur. Man tritt ein und steht im Wohnzimmer, an das sich auf der linken Seite eine offene Küche anschließt. In der Mitte des Raumes hängt ein großer Kronleuchter über einem schweren Eichentisch. Rechts davon steht ein niedriges Holz-Sideboard an der Wand, über dem ein großes Bild hängt. Es ist etwas dezenter in den Farben als das, was wir von draußen gesehen haben. Aber es überwiegen auch hier die Grüntöne, die allerdings von Beige und Ocker durchbrochen werden.

»Schön hast du es hier«, sage ich. »Ich bin echt beeindruckt.«

Er lacht. »Es ist dir nicht zu kühl und geradlinig? Das habe ich nämlich schon oft gehört.«

»Ich unterrichte Mathe«, erkläre ich. »Ich mag Zahlen, Geometrie und klare Formen. Mit anderen Worten: Es ist ganz mein Geschmack. Du willst es nicht zufällig verkaufen?«

Der letzte Satz ist mir einfach so rausgerutscht, umso überraschter bin ich, als Konstantin antwortet: »Ich denke tatsächlich immer mal wieder darüber nach. Aber lass uns gleich darüber reden. Erst mal mach ich den Kaffee. Willst du dich schon setzen?«

Zur Straßenseite gehen die großen Fenster nur im oberen Stockwerk. Hier unten jedoch gibt es zum Garten hin keine Wand, die ganze Front besteht aus Glas. »Lieber würde ich mal einen Blick nach draußen werfen, wenn ich darf.«

»Klar, fühl dich ganz wie zu Hause. Kaffee mit Milch?«
»Und Muskatnuss.«

Konstantin ist schon auf dem Weg zur Küche. »Aber gern doch.«

»Wow«, sage ich leise. Konstantins Grundstück zieht sich bis runter zum Bodden. Ein Steg führt genau in der Mitte des von Schilf bewachsenen Ufers hinaus auf das Wasser. An seinem Ende liegt ein Motorboot still im dunklen Boddenwasser. Ein Tüpfelsumpfhuhn, das über die Wiese tippelt, lenkt meinen Blick in den Garten. Auf der linken Seite steht ein großer Apfelbaum. Am Zaun entlang hat Konstantin große Rosmarinbüsche und Lavendel gepflanzt. Obststräucher oder Beete entdecke ich nicht. Auch hier hat er sich auf das Wesentliche beschränkt.

»Kaffee ist fertig«, sagt er. Ich höre, dass er die Tassen auf dem Tisch abstellt, und will gerade zu ihm gehen, da stockt mir der Atem. Ein Storch landet auf der Wiese, dreht seinen Kopf zu mir und beginnt zu klappern. Gänsehaut breitet sich auf meinem ganzen Körper aus. Wie gebannt schaue ich ihm zu, im Kopf die Stimme meiner Mutter.

Ach, Sarah, irgendwann kommt der Klapperstorch auch zu dir und singt sein Lied für dich.

Wieder einmal laufen mir die Tränen über das Gesicht. Zwei Jahre lang haben Kai und ich intensiv versucht, ein Kind zu bekommen. Irgendwann haben wir aufgegeben, weil wir merkten, dass der Sex zwischen uns zur Terminsache wurde. Der Druck hat uns beiden nicht gutgetan, also haben wir entschieden, ihn rauszunehmen und nur noch Sex zu haben, wenn wir Lust haben. Und uns dann umso mehr zu freuen, wenn es trotzdem klappt. Ich war der Meinung, dass das eine gute Lösung war, Kai allerdings nicht. Er hat sich in eine Affäre gestürzt.

»Sarah ...« Konstantin legt seine Hand behutsam auf meinen Arm.

Ich drehe mich zu ihm. »Tut mir leid, ich habe nur, ich ...« Ein Schluchzer bricht aus mir heraus, und ich zucke hilflos mit den Schultern.

»Es bricht mir das Herz, dich so leiden zu sehen und tatenlos neben dir zu stehen«, sagt Konstantin. »Darf ich dich in den Arm nehmen?«

Ich schniefe ein paarmal, bevor ich ein zaghaftes »Ja« über die Lippen bringe.

»Komm her …«

Er zieht mich an sich ran und schließt mich fest in seine Arme. Ich lasse meinen Kopf gegen seine Brust sinken und atme tief ein und aus. Seine Nähe tut gut, ich fühle mich beschützt und geborgen. Nach und nach werde ich immer ruhiger, bis ich wieder normal atme.

Gerade als ich mich von ihm lösen will, hebt er seinen rechten Arm und legt seine Hand auf mein Haar. Ich bleibe stehen, meinen Kopf immer noch an seine Brust gelegt, und lausche seinem Herzschlag. Als meiner plötzlich schneller wird, trete ich einen kleinen Schritt zurück und sage: »Danke, das hat gutgetan.«

Er lässt mich sofort los, stellt sich wieder neben mich und fragt: »Was hältst du jetzt von einer Tasse Kaffee?«

»Sehr viel!«

»Dann mach ich uns neuen, der muss heiß sein, damit er schmeckt.« Er lächelt mich an. »Das Bad ist eine Etage höher. Gästehandtücher findest du in der ersten Schublade der Kommode.«

»Woher weißt du, dass ich dich gerade danach fragen wollte?«

»Weil eine sehr gute Freundin von mir, Nora, vor zwei Jahren in einer ähnlichen Situation war und sie danach gefragt hat.«

»Danke, genau das hatte ich auch vor.«

Auf dem Weg zum Badezimmer komme ich an dem Schilfbild vorbei, das ich gerade mit Mandy von draußen betrachtet habe. Jetzt, wo ich direkt davorstehe, sehe ich, dass Konstantin feine Linien und kleine Kleckse in Rot, Violett und Pink in das grüne Schilf eingearbeitet hat. Das passt erstaunlich gut, obwohl die Farben nicht unbedingt zu meinen Favoriten gehören.

Das Gemälde ist sehr groß, bestimmt eins fünfzig hoch und mindestens einen Meter breit, vielleicht auch zehn, zwanzig Zentimeter mehr.

Ich kann nicht anders. Ich messe die Breite mit gespreiztem Daumen und kleinem Zeigefinger nach und komme auf einen Meter zwanzig. Die Höhe muss ich nicht kontrollieren, da sagt mir das Augenmaß, dass es dreißig Zentimeter mehr sind.

»Du bist viel zu groß für diesen Platz«, sage ich. »Man kann dich nur von draußen gebührend bewundern«, und öffne die Tür zum Bad, das sich direkt neben dem Kunstwerk befindet.

Konstantin hat Sinn für Symmetrie. Die Formen der Möbel sind ebenso geradlinig wie die des Hauses. Waschbeckenuntertisch, die Kommode, ein schmaler Schrank – ich entdecke keine einzige Rundung. Und sogar die beiden Waschbecken an der Wand haben nicht die klassische Form, die man in jedem Haushalt findet. Sie sind rechteckig und flach. Ich nehme einen flauschigen grauen Waschlappen aus der Kommode, lasse kaltes Wasser darüberlaufen, wringe ihn etwas aus, setze mich auf den Rand der großen Badewanne und drücke ihn sanft gegen mein Gesicht. Das kalte

Wasser tut gut. Ich lasse es einen Moment wirken, bevor ich den Waschlappen wieder abnehme. Dabei fällt mir auf, dass auf einer der beiden Ablagen neben dem Waschbecken eindeutig Frauen-Pflegeprodukte stehen – und eine zweite elektrische Zahnbürste. Das muss ich unbedingt Doreen erzählen, denke ich und gehe wieder nach unten.

13

»Besser?«, fragt Konstantin und betätigt die Kaffeemaschine.

»Ja. Viel besser.«

»Schön, ich habe mit dem Kaffee gewartet, damit er nicht gleich wieder kalt wird. Es dauert nur einen Moment.«

»Okay.«

»Setz dich doch schon mal. Ich hab uns etwas Wasser eingeschenkt. Such dir einfach aus, wo du sitzen möchtest.«

Ich wähle den Platz mit Blick zur Fensterfront. Konstantin stellt einen kleinen Teller mit etwa haselnussgroßen, appetitlich aussehenden Plätzchen hin und bringt den Kaffee. Schließlich setzt er sich ans Kopfende des Tisches zu mir, sodass er mir nicht die Sicht auf den Bodden nimmt.

»Das sieht alles sehr gut aus«, sage ich.

»Die kleinen Kekse in der Schale sind Traumstücke. Das Rezept habe ich von meiner Schwester, die sie regelmäßig mit ihrer Tochter backt«, erklärt er. »Es ist ein Mürbeteig mit relativ vielen Eiern und viel Vanille. Nach dem Backen werden sie noch in Puderzucker gewälzt.«

»Sie haben die richtige Größe, um sie einfach so zwischendurch aufzufuttern. Sehr verführerisch.«

»Du sagst es.« Er seufzt. »Und verdammt lecker.«

Ich greife nach meinem Kaffee und verrühre mit dem Löffel den Milchschaum. »Ich probiere gleich eins.«

Als ich die Tasse an den Mund setze, beobachtet Konstantin mich und wartet auf meine Reaktion.

»Mmh«, mache ich, lecke den Milchschaum von meiner Oberlippe und trinke noch einen Schluck, aber nur einen kleinen, da der Kaffee sehr heiß ist. »Die Muskatnuss darauf ist genial.«

Konstantin lächelt zufrieden und greift auch nach seiner Tasse.

Einen Moment genießen wir schweigend. Er den Kaffee, ich den Kaffee und den Blick zum Bodden.

»Hast du das ernst gemeint, dass du vielleicht das Haus verkaufen möchtest?«, frage ich. Leisten könnte ich mir es wahrscheinlich nicht, aber es interessiert mich doch.

»Wie gesagt, ein paarmal habe ich schon darüber nachgedacht, wieder nach Berlin zu ziehen. Generell genieße ich die Einsamkeit hier, aber manchmal fällt mir dann doch die Decke auf den Kopf. Wieso? Hättest du Interesse?«

»Dein Haus ist ein Traum, und ich möchte aus Stralsund hier in die Gegend ziehen, am liebsten nach Nisdorf, aber Kinnbackenhagen wäre auch in Ordnung. Ich liebe den Bodden, und außerdem leben Menschen hier, die ich sehr gernhabe und die mir momentan Halt geben.«

»Das ist gut und so ungemein wichtig«, sagt Konstantin.

»Falls das bei mir mit dem Verkaufen aktuell wird, bist du die Erste, die es erfährt.«

»Und du würdest wirklich hier wegziehen?«, frage ich. »Ins laute Berlin?«

»Dort leben die Menschen, die mir Halt geben. Das sind meine Schwester und meine Nichte.«

»Da wird Mandy aber traurig sein.« Und Doreen auch, aber das behalte ich für mich.

Er lacht. »Mandy? Sie ist ein Wirbelwind, den ganzen Tag beschäftigt, mit ihrem Café und ihren Torten. Die wenige freie Zeit verbringt sie bei ihrer Großtante Klara oder mit ihrem Freund Jens, was ich absolut verstehen kann. Aber wie gesagt, noch habe ich es nicht vor, ich denke nur gelegentlich darüber nach.«

»Es wäre wahrscheinlich eh eine Nummer zu groß für mich. Aber wenn ich Glück habe, kann ich ein kleines Haus in Nisdorf erwerben. Und dafür ...« Ich schaue zum Sideboard. »Verkaufst du deine Bilder?«

»Oh Mann.« Er schüttelt den Kopf.

»Habe ich was Falsches gesagt?«

»Nein, ich habe nur gerade das Gefühl, eine Art Déjà-vu-Erlebnis zu haben, allerdings mit einer neuen Person.«

»Mit mir?«

»Ja, hier wiederholen sich gerade auf wundersame Weise Dinge, die so ähnlich schon vor zwei Jahren passiert sind.«

»Nora?«

Er nickt. »Sie hat hier geweint, ist hoch ins Bad, und als sie wieder nach unten kam, hat sie mich gefragt, ob ich ihr das Bild verkaufe, das oben neben der Tür hängt.«

»Ah, aber du verkaufst es nicht, denn es hängt noch dort.«

»Jein, ich habe es ihr zum Tausch angeboten, dafür, dass sie mir Modell steht. Ich wollte unbedingt ein Porträt von ihr malen, weil sie ein wahnsinnig schönes Gesicht hat und wundervolles kupferfarbenes Haar.«

»Doch sie wollte nicht, sonst wäre das Bild jetzt weg.«

»Falsch. Sie hat gehandelt. Sie hat mich ein Porträt von ihr anfertigen lassen als Gegenleistung für ein Bild, das ich extra für sie male. Da Brombeerkonfitüre eine große Rolle in ihrem Leben spielt, hat sie ein tiefviolettes Bild bekommen, das seinen Platz über ihrer Couch gefunden hat.« Er lächelt. »Das Porträt ist mittlerweile auch nicht mehr in meinem Besitz. Ich habe es ihr zur Hochzeit geschenkt, als sie ihren Alex geheiratet hat. Und sie hat es dann ihm geschenkt. Es hängt nun in seinem Arbeitszimmer.«

»Eine schöne Geschichte«, sage ich. »Aber verkaufst du nur das Bild oben nicht? Das wäre mir sowieso zu groß, eins fünfzig mal eins zwanzig bekomme ich bei mir sicher nicht unter. Außerdem gefällt mir das über dem Sideboard besser. Das oben mag ich auch, aber die violetten und pinken Linien, die du eingearbeitet hast, sind nicht so ganz mein Fall, wenn ich ehrlich sein darf, auch wenn sie nur ganz dezent sind und sehr gut dazu passen. Ich mag die warmen Ocker- und Beigetöne in dem Bild hier unten lieber, sie harmonieren mit den satten Grüntönen und haben etwas Beruhigendes.«

»Das ist gut«, sagt Konstantin. »Damit hast du das Déjà-vu beendet.« Er lächelt. »Das beruhigt mich, ich habe mir schon Sorgen gemacht.«

»Ich verstehe nicht ganz …«

Um seine Augen bilden sich viele kleine Lachfältchen. »Das erkläre ich dir, wenn der richtige Zeitpunkt dafür kommt.«

»Na gut, wie du meinst. Und was ist jetzt mit dem Bild über dem Sideboard?«

»Das ist unverkäuflich, wie alle meine Bilder. Es soll ein Hobby bleiben, mein Ausgleich zum Beruf.« Er lächelt schelmisch. »Aber ich tausche.«

»Gegen ein Porträt von mir?«, frage ich und ärgere mich im nächsten Moment über mich selbst. Eben erst hat Konstantin erklärt, wie wunderschön Nora ist, und ich setze mich einfach mal so mit ihr gleich.

»Ja«, antwortet Konstantin jedoch. »Du bist ein ganz anderer Typ als Nora, viel sanfter, aber mit einem ebenso schönen Gesicht. Und da ist irgendwas in dir …« Er sucht nach den richtigen Worten, findet sie aber nicht. »Irgendetwas Besonderes, das ich jetzt im Moment noch nicht so ganz erklären kann. Aber wenn ich es weiß, sage ich es dir.«

Auf einmal wird mir das Gespräch unangenehm. Ich merke, dass ich rot werde, greife nach dem Kaffee und versuche, beim Trinken mein Gesicht hinter der Tasse zu verstecken. Mit Komplimenten kann ich schlechter umgehen als mit Kritik, eine Eigenschaft, die ich unbedingt ablegen möchte, woran ich bisher aber immer gescheitert bin.

»Dann müssen wir die Verhandlungen auf später verschieben«, sage ich schließlich. »Momentan steht mir nicht der Sinn danach, Modell zu sitzen.« Es sei denn, ich bekomme es nicht mit, so wie bei Florian, denn er hat mich aus dem Gedächtnis gemalt.

»Schade.«

»Zurzeit bin ich einfach zu nah am Wasser gebaut«, erkläre ich.

»Möchtest du darüber reden?«

»Nein«, sage ich schlicht.

»In Ordnung, aber ich muss doch noch was loswerden.«

»Schieß los.«

»Du hast was mit meinem Haus gemeinsam, das ist auch nah am Wasser gebaut.«

Ich lächle. »Da hast du allerdings recht.«

Konstantin greift zum Teller und hält ihn mir hin. »Nimm dir noch eins. Meine Nichte sagt immer, die Plätzchen helfen dabei, dass Träume wahr werden. Vorausgesetzt, dass man ganz fest daran glaubt.«

»Das ist natürlich ein Argument.« Ich greife zu, stecke das buttrig-mürbe Stückchen in den Mund und lasse es auf der Zunge zergehen. »Was ist mit dir? Hat es schon gewirkt?«

»Leider nicht, obwohl ich gefühlt schon etliche Kilo davon gefuttert habe.« Er nimmt sich auch eins. »Aber das kann ja noch werden, ich gebe die Hoffnung nicht auf. Wenn du magst, kannst du welche mitnehmen, ich habe noch genug da.«

»Au ja, darüber wird Doreen sich bestimmt freuen.« Ich schnalze mit der Zunge. »Mist, die macht sich bestimmt schon Sorgen. Ich bin um halb sieben los, wie spät ist denn?«

»Viertel nach acht.«

»So spät schon? Dann schreibe ich ihr lieber schnell eine Nachricht, bevor sie nach mir sucht. Beim letzten Mal hat sie mich bei Mandy gefunden, weil ich auch die Zeit vergessen habe. Normalerweise passiert mir das nicht, aber momentan ...« Ich hole mein Smartphone aus der Tasche und atme erleichtert auf. Doreen hat sich bisher nicht gemeldet. Allerdings hat Kai mir schon wieder eine Nachricht geschickt, die ich aber nicht öffne.

Nicht wundern, dass ich noch nicht zurück bin, schreibe ich flink an Doreen. *Ich habe mich erst mit Mandy und danach mit Konstantin verquatscht, mache mich aber jetzt gleich auf den Rückweg.*

»Erledigt.«

»Noch einen Kaffee?«

»Danke, aber ich gehe jetzt wieder nach Nisdorf. Um elf bin ich verabredet, und vorher wollte ich noch ein paar Dinge erledigen.«

»Aber du nimmst auf jeden Fall ein paar Traumstücke mit.«

»So was von gern!«

Konstantin steht auf. »Dann hol ich mal was zum Einpacken.«

Ich nutze die Zeit, gehe noch einmal zur Fensterfront und schaue über den Bodden. Falls Konstantin doch eines Tages verkauft, würde ich keinen Moment zögern, sofern ich finanziell dazu in der Lage wäre.

»Da stehe ich auch oft«, sagt Konstantin da.

Ich seufze. »Es ist wunderschön.«

»Besonders bei Gewitter, wenn man beobachten kann, wie die Blitze über dem Bodden leuchten.«

»Das wären dann die Momente, in denen ich mich im Badezimmer verkriechen würde«, erwidere ich. »Frag mich nicht, warum, aber ich hatte schon als Kind Angst vor Gewitter. Generell komme ich mit plötzlich auftretenden lauten Geräuschen nicht klar, aber wenn es donnert, ist es besonders schlimm.«

»Das Haus ist sehr gut geschützt, hier wärst du ganz sicher.«

»Tja, mein Kopf versteht das, aber mein Bauch fühlt da was anderes.« Ich zucke mit den Schultern. »Man kann eben nicht alles mit Logik erklären.«

Auf dem Weg zur Tür schaue ich noch einmal zu dem Schilfbild. »Welche Größe hat es, ein Meter mal siebzig?«

»Stimmt genau, du hast ein gutes Augenmaß«, antwortet Konstantin. »Das ist mir eben schon aufgefallen, weil du das Maß des Bildes oben richtig geschätzt hast.«

Ich lächle schelmisch, spreize den Daumen und den kleinen Finger und erkläre: »Meine große Handspanne beträgt fast genau zwanzig Zentimeter.« Ich schließe sie zur Faust. »Jetzt sind es zehn.«

»Du hast mit der Hand nachgemessen?«

»Ich konnte nicht anders«, gebe ich zu. »Das ist eine kleine Marotte von mir. Wie schon erwähnt, Zahlen haben es mir angetan. Und ich mag Geometrie.«

Konstantin schüttelt den Kopf. »Du bist unglaublich!«

Gemeinsam gehen wir zur Tür, wo er mir eine kleine Papiertüte gibt.

»Danke«, sage ich und umarme ihn, als würden wir uns schon Ewigkeiten kennen – und als wäre es das Selbstverständlichste der Welt.

Er legt seine Arme um mich und hält mich fest, so wie vorhin. Und wieder geht mein Herzschlag etwas schneller ...

Irritiert rücke ich von ihm weg.

»Oh Mann, Sarah«, sagt er mit rauer Stimme und fährt sich durchs Haar. »Was passiert hier gerade?«

Auch ich habe das Knistern zwischen uns sehr deutlich gespürt und schüttle erschrocken den Kopf. »Tut mir leid. Ich hätte dich nicht einfach so umarmen dürfen. Momentan bin ich nicht ich selbst.«

»Puh!«, macht er und atmet tief durch.

Ich husche an ihm vorbei, öffne die Tür und gehe nach draußen. Mein Instinkt rät mir, einfach die Beine in die Hand zu nehmen und so schnell wie möglich wegzulaufen, aber ich widerstehe dem Drang, drehe mich noch einmal zu ihm um und sage: »Danke – für alles!«

Konstantin hat sich wieder gefangen. »Liebe Grüße an Doreen!«

»Werde ich ihr ausrichten.« Ich winke kurz und gehe los.

Erst auf Höhe der Koppel bleibe ich stehen, innerlich aufgewühlt und immer noch erschrocken über die Gefühle, die da gerade zwischen Konstantin und mir hochgeschwappt sind.

Einatmen, ausatmen, Sarah ...

Es dauert einen Moment, bis ich mich wieder gefasst habe. Wie sagte Doreen doch gleich: »Du befindest dich im absoluten Ausnahmezustand.« Sie hat recht. Ich bin emotional momentan neben der Spur – und tatsächlich nicht ich selbst.

»Alles in Ordnung?«, fragt da plötzlich jemand ganz in meiner Nähe. Es ist eine ältere Frau mit schneeweißem Haar, einer kleinen zierlichen Nase und vollen Lippen. Sie trägt ein schlichtes schwarzes Shirt über schwarzen Caprihosen. Ihre Füße stecken in Sandalen.

»Ich ruhe mich nur kurz aus«, flunkere ich.

Sie mustert mich von oben bis unten. »Heißen Sie zufällig Sarah?«

»Ja, kennen wir uns?«

Sie lächelt schelmisch. »Nein, aber Mandy hat mir von Ihnen erzählt und hat auch Ihr Äußeres sehr genau beschrieben. Ich bin ihre Großtante, Klara.«

»Ach ja, Sie wohnen auch in Kinnbackenhagen, schön, Sie kennenzulernen.«

»Freut mich auch. In welche Richtung gehen Sie?«

»Nisdorf.«

»Also in die andere Richtung. Hätte ich mir denken können. Sie kommen gerade von Konstantin.«

Mir klappt die Kinnlade runter.

Als Mandys Tante meinen irritierten Gesichtsausdruck bemerkt, grinst sie und zeigt auf die Tüte. »Die gibt es nur bei Konstantin. Normalsterbliche kaufen weiße Tüten oder naturbraune, Konstantin bevorzugt graue.«

Ich halte sie hoch und betrachte sie zum ersten Mal genauer. »Das ist mir noch gar nicht aufgefallen. Er hat kleine Kekse für mich darin verpackt.«

»Ah, Traumstücke. Sie lassen Träume wahr werden. Essen Sie am besten alle allein auf.«

Oder noch besser gleich kiloweise, so wie Konstantin, schießt es mir durch den Kopf, aber ich sage: »Ich teile schwesterlich mit meiner Freundin Doreen. So bekommen wir beide eine Chance.«

»Das ist sehr großzügig. Wenn ich welche bekomme, verstecke ich sie, damit Mandy sie nicht findet und mir welche wegisst.«

»Ehrlich?«

Sie schüttelt lächelnd den Kopf. »Natürlich nicht. Außerdem habe ich das Rezept. Wenn ich sie backe, gebe ich gern zerstoßene Fenchelsamen statt Vanille in den Teig. Probieren Sie das mal aus, es klingt vielleicht ungewöhnlich, schmeckt aber hervorragend. Mandy verkauft sie in ihrem Café, als kleine Näscherei für unterwegs. Sie kommen sehr gut an.«

»Das glaube ich gern.« In meiner Tasche piept mein Handy. Bestimmt Doreen, denke ich. »Jetzt muss ich aber weiter.«

»Dann viel Vergnügen. Der Weg am Bodden entlang ist herrlich. Und wenn Sie wieder mal da sind, klopfen Sie doch einfach mal bei mir an. Ich würde mich freuen. Oder kommen Sie mit Konstantin auf einen Kaffee vorbei. Ich backe einen verdammt guten Hefezopf.«

»Die Einladung nehme ich gern an, vielen Dank«, erwidere ich. »Ich werde Mandy sicher noch oft besuchen. Aber jetzt muss ich wirklich los.«

Mandys Großtante nickt. »Dann mal los. Bis zum nächsten Mal.«

»Ja, bis zum nächsten Mal. Auf Wiedersehen.«

Ich gehe weiter, Konstantins graue Tüte fest in der Hand.

14

Doreen ist in ihrer Werkstatt. Sie strahlt mich an, als ich durch die Tür komme, und sagt: »Da bist du ja endlich. Schau mal, was ich gerade mache. Sie liegen auf der Ablage neben dem Ofen.«

»Kleine Kugeln«, stelle ich fest. Und zwar verdammt viele.

»Sie haben ein Loch im oberen Teil, das sind Engelsköpfe. Mandy ist gestern auf die Idee gekommen, beim Tischabräumen, während du mit Bernd in der Küche beschäftigt warst. Sie meint, ich soll die Engel herstellen, und sie verkauft sie für mich. Und da ich Töpferin bin, kommen Holzkugelköpfe für mich natürlich nicht infrage.«

»Das passt super, macht sie wertvoller und auch einzigartiger, da jeder Kopf anders aussehen wird.«

»Eben!«

»Mandy ist verdammt geschäftstüchtig«, sage ich. »Sie verkauft die Marmeladen für ihre Freundin, demnächst Sharbah, deine Engel ...« Ich halte die Tüte hoch. » ... und Konstantins Traumstücke.«

»Was ist das denn?«

»Etwas, das dir sehr gut schmecken wird.«

Da Doreens Hände voll mit Ton sind, hole ich ein Plätzchen raus, halte es ihr vor die Nase und sage: »Mund auf.«

Sie reagiert wie ich. »Mmh!«

»Es ist ein Mürbegebäck«, erkläre ich. »Wenn man genug davon isst, erfüllen sich Träume.«

»Dann sollten wir am besten gleich eimerweise davon bestellen«, sagt Doreen. »Davon mal ganz abgesehen sind sie verdammt lecker.«

»Finde ich auch.«

Sie pflückt ein Stück Ton von einem großen Klumpen und rollt ihn zwischen ihren Handflächen. »Und, wie war's in Kinnbackenhagen? Du warst ganz schön lang unterwegs.«

»Zuerst habe ich Mandy getroffen, wir sind vor Konstantins Haus stehen geblieben, haben uns festgequatscht, und da stand Konstantin plötzlich vor der Tür und hat uns zum Kaffee eingeladen. Mandy musste los, aber ich hab die Einladung angenommen.«

»Cool«, sagt meine Freundin. »Du hast sein Haus von innen gesehen. Ist es so fantastisch, wie Mandy erzählt hat?«

»Es ist perfekt. Aber das Beste ist die Lage, es ist ganz nah am Wasser gebaut – so wie ich.«

Doreen sieht zu mir hoch. »Ist irgendwas passiert? Du klingst plötzlich so traurig.«

Verwirrt trifft es wohl eher. Allerdings muss ich erst einmal meine Gedanken sortieren, bevor ich mit Doreen darüber spreche. Im Moment weiß ich selbst nicht, was da vorhin mit mir los war. »Ich hatte einen Heulanfall, ziemlich heftig. Aber das würde ich dir gern später erzählen, ganz in Ruhe. Erst mal muss ich unbedingt was frühstücken, und unter die Dusche möchte ich auch gern.«

»Dann reden wir gleich. Ich bin noch ein Weilchen hier beschäftigt. Du weißt ja, wo du alles findest.«

»Okay, bis später.«

In der Küche bereite ich eine Schüssel Porridge für mich zu und koche mir noch eine Tasse Kaffee, mit der ich mich nach draußen setze.

Gerade, als ich den Löffel zur Hand nehme, sehe ich Bernd zum Gartentor kommen. Jetzt nicht, denke ich und habe Glück.

Bernd winkt und ruft: »Guten Morgen, können wir gleich reden? Vielleicht in einer halben Stunde? Ich muss jetzt noch mal kurz weg.«

»In Ordnung, hier oder bei dir?«

Er zeigt in Richtung seines Hauses. »Viertel vor zehn?«

»Okay!«

Ich häufe Porridge auf den Löffel. Heute habe ich eine ordentliche Portion Honig dazugegeben – Nervennahrung. Genau das, was ich jetzt brauche.

Das Frühstück tut gut. Es wärmt von innen, und zwar nicht nur meinen Bauch. Der Kaffee schmeckt bei Weitem nicht so gut wie Konstantins, aber er belebt meinen Geist.

Es ist zwecklos, mir einzureden, dass es keine prickelnden Momente zwischen uns gegeben hätte. Es hat geknistert, und er hat das auch gespürt. Da war jedoch noch mehr, aber das kann ich noch nicht einordnen. Die Frage ist nur, ob es auch passiert wäre, wenn ich nicht gerade um meine

Mutter trauern würde. Immerhin habe ich mir sogar manchmal gewünscht, wieder von Kai in den Armen gehalten zu werden. Ich bin empfänglich für körperliche Nähe. Sie fehlt mir – allerdings in erster Linie die meiner Mutter. Ich würde alles dafür geben, wenn sie mich noch einmal in ihre Arme nehmen könnte.

Auf jeden Fall muss ich aber Doreen davon erzählen. Immerhin wollte sie sich mit ihm treffen.

Ich hole mein Handy aus der Tasche und schaue nach der Uhrzeit. Es ist zwanzig nach neun, also noch genügend Zeit für eine warme Dusche. Aber vorher will ich noch wissen, was Kai mir geschrieben hat. Es sind mittlerweile zwei Nachrichten. Die, die vorhin bei mir eingetroffen ist, war also doch nicht von Doreen. Ich lese Nummer eins:

Ich schicke dir viel Kraft, Sarah, und ich bin immer in Gedanken bei dir. Kai

Und dann Nummer zwei:

Bitte sag mir ganz direkt, wenn du nichts mehr mit mir zu tun haben möchtest. Dass du nicht antwortest, macht mich schier wahnsinnig. Nicht, weil ich sehnlichst darauf warte. Ich mache mir Sorgen, dass es dir vielleicht so schlecht geht, dass du dazu nicht in der Lage bist. Für ein kleines Piep wäre ich dir dankbar.

Die letzte Nachricht lese ich ein zweites Mal. Kai hat mich

betrogen und verlassen, aber an sich war er kein schlechter Kerl. Er hat recht, ich sollte ihm antworten. Ich tippe also:

> *Kai, es geht mir so weit gut. Ich bin umgeben von sehr lieben Menschen, die für mich da sind und mir viel bedeuten. Du gehörst nicht mehr dazu. Ich bitte dich also nicht nur, mir keine Nachrichten mehr zu schicken, ich werde deinen Kontakt löschen und blockieren. Wir sind kein Paar mehr und auch keine Freunde. Zwischen uns ist alles geklärt. Für deine Zukunft wünsche ich dir von Herzen alles Gute! Sarah*

Ich schicke die Nachricht ab und mache danach direkt Nägel mit Köpfen. Ohne weiter zu zögern, lösche ich Kai aus meinem Handy und meinem Leben.

»Das war's!«, sage ich laut zu mir selbst und spüre, wie eine kleine Last von mir abfällt. Es wurde Zeit, da einen klaren Schnitt zu machen.

Einen Moment bleibe ich noch sitzen, bevor ich das Geschirr in die Küche bringe.

Um zwanzig vor zehn sage ich Doreen Bescheid, dass ich rüber zu Bernd gehe, und pünktlich um Viertel vor stehe ich vor seiner Tür.

»Hallo, da bist du ja«, sagt er. »Komm kurz rein, ich habe Neuigkeiten.«

»Hallo, Bernd, hört sich spannend an.«

»Am besten gehen wir in die Küche. Möchtest du vielleicht einen Kaffee?«

»Nein, danke, ich hatte heute schon zwei.«

Er runzelt die Stirn. »Ich auch, den Koffeinkonsum sollte

ich wohl etwas reduzieren. Mit dem Alkohol werde ich nämlich auf jeden Fall sparsamer umgehen. Ab heute trinke ich nur noch eine Flasche Bier am Abend. Ich habe nachgelesen. Das Robert-Koch-Institut bezeichnet einen halben Liter Bier am Tag als risikoarm.«

»Das freut mich, Bernd. Das ist ein guter Vorsatz.«

Er nickt. »Es wird sich einiges ändern in meinem Leben. Nun aber zu der eigentlichen Sache. Ich habe mit den Nachbarn gesprochen. Sie haben leider schon einen Kaufinteressenten, irgendeinen Kerl aus Groß Mohrdorf. Aber wenn der abspringt, bist du an der Reihe. Sie wollen Hundertzwanzigtausend, was meiner Meinung nach zu viel ist für die alte Hütte. Die muss komplett saniert werden, wenn du mich fragst, Heizung, Dach, Elektrik ... Aber der andere Interessent wäre angeblich bereit, den Preis zu zahlen.«

»Hundertzwanzigtausend hört sich aber ehrlich gesagt nicht viel an.«

»Warte, bis du es siehst. Außerdem darfst du nicht vergessen, dass wir in Nisdorf sind, nicht in München oder Düsseldorf.«

»Stimmt allerdings auch wieder.« Doreen hat damals etwas mehr als die Hälfte bezahlt. Aber ihr Häuschen ist auch sehr klein.

»Es sind dreiundachtzig Quadratmeter im Haupthaus. Und außerdem gibt es noch ein kleines Ferienhaus, das ich allerdings eher als Gartenlaube bezeichnen würde. Das hat vierundfünfzig Quadratmeter. Wenn du es auf Vordermann bringst, könntest du es an Feriengäste vermieten. Besonders wenn die Kraniche fliegen, verirren sich ja immer mal wieder Touristen hierher.«

»Vermieten würde ich auf keinen Fall«, sage ich. »Aber der Rest hört sich doch ganz gut an. Allerdings würde ich es mir schon gern anschauen, bevor ich da offiziell Kaufinteresse anmelde.«

»Klar.« Er sieht auf die große runde Uhr über der Tür. »Sie sind gerade einkaufen, wollten aber um zehn wieder da sein. Ich würde vorschlagen, wir gönnen ihnen eine Viertelstunde länger und gehen dann rüber.« Er lächelt schelmisch. »Aber wenn du Lust hast, könntest du schon mal einen Blick in den Garten werfen. Er ist recht schön, wie ich finde. Von meinem aus kann man an einer Stelle sehr gut rüberschauen. Hast du Lust?«

»Warum nicht?«

Wir gehen fast bis zum Ende des Gartens. Dabei fallen mir die vielen reifen Früchte auf, die hier wachsen: gleich zwei Büsche voll mit schwarzen Johannisbeeren, einer mit roten, einer mit weißen, Himbeeren, ein kleiner Baum Sauerkirschen ... Gestern Abend habe ich das gar nicht bewusst wahrgenommen, weil wir uns nur auf der Terrasse aufgehalten haben.

»Mandy und Doreen werden ihre Freude haben, wenn sie hier ernten dürfen«, sage ich.

»Und du, für dich ist das nichts?«

»Doch, schon. Noch wohne ich allerdings in Stralsund. Wenn ich am Wochenende hier bin, helfe ich aber gern mit.«

»Du tust ja gerade so, als wäre das eine Weltreise. Wie viele Kilometer sind das? Fünfundzwanzig?«

»Zwanzig.«

»Pff!«, macht Bernd und schüttelt den Kopf.

»Du hast ja recht, aber meistens bin ich nach der Schule erst mal ausgepowert und muss mich ausruhen, dann Unterricht vorbereiten ...«

»Ja, als Lehrerin hast du schon ein verdammt schweres Leben«, unkt Bernd.

Ich knuffe ihn in die Seite. »He, du bist ganz schön frech. Aber mal ernsthaft. Der Job ist schon sehr aufreibend. Du kannst dir nicht vorstellen, wie froh ich bin, wenn ich aus der Schule komme und endlich nichts mehr höre. Die ständige Lautstärke ist das Schlimmste für mich. Ansonsten liebe ich meinen Beruf und wünsche mir keinen anderen.«

»Ruhe hast du hier genug«, sagt Bernd. Da fängt der Mops an zu kläffen. »Wenn der garstige kleine Giftzwerg endlich weg ist.« Er geht in die Hocke und macht: »Buh!«

Hugo verfällt einen kurzen Augenblick in Schockstarre, bevor er davondüst. Da ertönt ein lang gezogenes Miau, das eindeutig aus dem anderen Garten kommt. Ich gehe etwas näher an den Zaun heran. Die Nachbarn haben als Sichtschutz eine hohe Hecke gepflanzt, aber an der Stelle ist sie fast kahl, sodass man gut nach drüben schauen kann.

»Miau«, ertönt es wieder. »Das ist doch Lucifer!«

Er liegt auf dem großen Kirschbaum und beobachtet von dort die Goldfische im Teich.

»Das gibt es ja nicht!«

»Er kommt nur, wenn die Herrschaften aus dem Haus sind. Sobald sie zurückkommen, verkrümelt er sich wieder.

Wenn Hugo ihn entdeckt, ist hier der Teufel los.« Er lacht. »Schönes Wortspiel, oder?«

»Stimmt.« Auch ich muss lachen. Besonders, als ich sehe, dass Lucifer seinen Schwanz provokativ vom Ast baumeln lässt, und Hugo nun realisiert, dass der Feind sich im Garten aufhält. Kläffend rennt er um den Baum herum.

»Verstehst du jetzt, dass ich manchmal die Nase gestrichen voll habe von Hugo? Ist ja nicht so, als wäre Lucifer der einzige ungebetene Gast. Ab und zu schaut der Fuchs vorbei, ein Hase hoppelt über die Wiese, und eine Taube sitzt im Baum.«

»Das würde mich auch nerven.« Ich stelle mich auf die Zehenspitzen, um noch besser sehen zu können. »Da ist eine Fasssauna.«

»Jawoll, in Nisdorf sind überall Nackedeis unterwegs. Ich hab schon überlegt, ob ich mir auch eine baue, aber vor das Haus, in den Vorgarten, damit mich auch alle sehen können.«

Ich knuffe Bernd wieder in die Seite. »Wag es!«

»Ist doch wahr!«

»Doreens Nachbarn hatten doch gar keine andere Wahl, da ist der Garten neben dem Haus, dahinter konnten sie nicht bauen.«

»Stimmt auch wieder, darüber habe ich noch gar nicht nachgedacht.«

»Und eine Sauna an sich ist doch nicht schlecht. Platz genug hättest du – hinter dem Haus.«

»Sauna ist nichts für mich. Ist mir zu heiß.«

»Für mich schon«, sage ich. Da schießt Lucifer plötzlich

über die Wiese der Nachbarn und verschwindet ein paar Meter von uns entfernt in der Hecke. Nur ein paar Sekunden später miaut er wieder, und zwar auf unserer Seite.

»An der Stelle ist die Hecke unten kahl, und der Zaun ist kaputt«, erklärt Bernd. »So haben wir uns kennengelernt. Der gute Lucifer ist zu mir geflüchtet. Irgendwann habe ich angefangen, ihm etwas Futter hinzustellen, mal etwas Leberwurst, Pastete ...«

»Pastete? Da können wir ja froh sein, dass er sich überhaupt noch mit uns abgibt. Bei Doreen gibt es Katzenfutter und ab und an mal ein Leckerchen.«

»Ich war einsam, da hab ich mich immer über seinen Besuch gefreut.«

»Jetzt hast du ja uns.« Ich lehne mich an ihn und seufze. »Geteiltes Leid ist halbes Leid.«

Er tätschelt meine Schulter. »Ja, und jetzt uns lass uns rübergehen und schauen, ob wir vielleicht Nachbarn werden.«

Die Besitzer des Hauses habe ich mir wesentlich älter vorgestellt, auf keinen Fall aber habe ich mit einem Pärchen in meinem Alter gerechnet.

Die Frau begrüßt uns mit den Worten: »Hi, ich bin Nele, schön, dass ihr hier seid.« Sie zeigt auf den Mann neben sich. »Das ist Lenny, mein Noch-Lebensgefährte.«

Die beiden haben sich also getrennt, denke ich. Deswegen wollen sie verkaufen. »Hallo, ich heiße Sarah.«

»Kommt rein«, sagt Nele.

Ähnlich wie bei Doreen und auch bei Konstantin gibt es

in dem Haus keinen Flur. Aber wir stehen nicht im Wohnzimmer, sondern in der Küche.

»Die Aufteilung ist etwas ungewöhnlich«, erklärt Nele, »aber man könnte einiges draus machen, wenn man über die nötige Zeit und das Kleingeld verfügt.« Sie zeigt auf eine Tür neben dem Kühlschrank. »Da ist ein Gäste-WC.« Sie deutet auf die offen stehende Tür inmitten der Küchenzeile. »Und da das Wohnzimmer mit Wintergarten.«

Schweigend gehen Bernd und ich hinter den beiden her. Das Wohnzimmer ist recht groß, ich schätze es auf etwa zwanzig Quadratmeter, die Küche hat zehn, das wären also dreißig.

»Der Blick in den Garten ist schön«, sage ich. Der alte Kirschbaum hängt voller Früchte, die in der Sonne leuchten. Außerdem entdecke ich noch einen Apfelbaum und fast am Ende des Gartens eine hohe Brombeerhecke. In einem großen Beet blühen kunterbunte Wildblumen und Kräuter.

»Der Garten hat uns auch immer am besten gefallen«, erklärt Nele. »Uns fehlt leider das Geld, um das Haus zu renovieren. Und jetzt, wo ich schwanger bin ...« Sie legt ihre Hand auf ihren Bauch und lächelt glücklich. »Wir bekommen Nachwuchs. Nächsten Monat heiraten wir.« Sie sieht zu Lenny. »Dann ist mein Noch-Lebensgefährte mein Ehemann.«

Er wirft ihr einen liebevollen Blick zu, räuspert sich und sieht zu mir.

»Du hast also Interesse an unserem Schlösschen«, sagt er. »Schade, dass wir das nicht früher gewusst haben. Jetzt haben wir schon dem anderen Interessenten zugesagt – zumindest halbwegs.« Er legt eine bedeutungsvolle Pause ein. »Aber nur mündlich. Außerdem haben wir vereinbart, dass wir beide bis Montag Bedenkzeit haben. Beim Kaufpreis sind wir nämlich stark unter dem geblieben, was wir eigentlich veranschlagt hatten.«

Nun mischt Bernd sich ein. »Ach so ist das. Und an wie viel hattet ihr gedacht?«

»Hundertfünfzig.«

»Nicht euer Ernst«, blafft Bernd. »Die Hütte ist neunzig-, maximal achtzigtausend wert.« Er sieht zu mir. »Die wollen uns vergackeiern, lass uns gehen.«

Ich will gerade protestieren, da sagt Lenny: »Hundertvierzig.«

»Hundertfünfunddreißig, das ist die absolute Schmerzgrenze.«

»Abgemacht!«

Nele strahlt über das ganze Gesicht. »Das ging ja schnell.«

Jetzt melde ich mich zu Wort. »Aber ich würde schon gern noch die Etagen darüber sehen.«

»Da sind noch mal dreißig Quadratmeter«, sagt Lenny. »Das Dachgeschoss hat fünfzehn. Es müsste aber noch ausgebaut werden. Und der Wintergarten hat zehn. Insgesamt sind es fünfundachtzig. Und dann ist da neben dem Haus noch der Anbau, der hat auch so um die fünfzig. Platz ist hier genug.«

Ich bin immer noch skeptisch. Hundertfünfunddreißigtausend Euro sind viel Geld. Der Anbau wird sicher auch nicht günstig. Und genau genommen weiß ich bisher nicht von offizieller Seite, dass mir die Versicherungen meiner Mutter ausbezahlt werden. Mein Bauch fängt an zu grummeln.

»Geht ruhig hoch, und schaut euch um«, schlägt Lenny vor. »Wir müssen noch die Einkäufe auspacken, da muss einiges in die Gefriertruhe.«

Erst als wir oben im Schlafzimmer der beiden stehen, sage ich zu Bernd: »Meinst du nicht, dass das alles ein bisschen zu teuer wird? Und was ist, wenn mit den Versicherungen oder dem Erbe etwas schiefgeht?«

»Dann kaufe ich die Hütte, baue sie um und vermiete sie dir«, antwortet Bernd. »Das Haus hier ist Schrott. Fünfzigtausend muss man bestimmt noch reinstecken. Aber ich gehe davon aus, dass es da keine Probleme bezüglich der Versicherungen geben wird. Wie wohnst du jetzt, zur Miete?«

Ich nicke.

»Was zahlst du?«

»Sechshundert kalt.«

»Wenn du Pi mal Daumen Hunderttausend finanzieren musst und sie monatlich mit sechshundert tilgst, wie viele Jahre zahlst du dann ab? Ich schätze, maximal fünfzehn.«

»Knapp vierzehn«, erwidere ich. »Wobei wir hier die Zinsen nicht berücksichtigt haben.«

»Und wenn es zwanzig werden, dann bist du gerade mal fünfzig und hast ein abbezahltes Eigenheim. Aber wie gesagt, ich würde das Ding auch kaufen.«

»Du hast recht, ich mach mir mal wieder zu viele Gedanken. Ein bisschen Erspartes habe ich auch noch. Kai und ich hatten auch vor, irgendwann zu kaufen.«

»Wie viel?«, fragt Bernd.

»Knapp über zwanzig.«

»Na also, das passt doch!« Er sieht sich im Schlafzimmer um. »Hier muss echt einiges gemacht werden.«

Kurz schauen wir uns noch das Badezimmer, ein kleines Arbeitszimmer und den Dachboden an. Ich bin mir sicher, dass der Umbau teurer wird als Bernds in den Raum geworfene fünfzigtausend Euro. Aber er hat recht, am Ende habe ich ein Haus, das mir gehört. Und außerdem könnte ich es mir leisten, mehr als sechshundert Euro im Monat zu tilgen.

Lenny und Nele sitzen unten am Küchentisch.

»Geht klar!«, sagt Bernd. »Aber wir setzen heute noch einen Vorverkaufsvertrag auf, in dem wir den Kaufpreis festhalten und dass ich der Käufer werde, falls es bei Sarah aus irgendeinem Grund nicht hinhaut.«

Lenny nickt. »Geht in Ordnung!«

»Danke«, sagt Nele und legt die Hand wieder auf ihren Bauch. »Das ist viel Geld für uns. Eine Wohnung haben wir schon gefunden. Wir ziehen in die Nähe meiner Eltern. Wenn die kleine Maus da ist, werde ich Unterstützung brauchen.«

»Wann soll der Umzug denn stattfinden?«, fragt Bernd.

»Ende August, ab September könnt ihr hier rein«, antwortet Lenny.

»Das klingt doch perfekt, oder, Sarah?«, sagt Bernd. »Dann feierst du dein nächstes Weihnachtsfest in Nisdorf.«

Mir ist immer noch ein wenig mulmig zumute, aber der Gedanke gefällt mir.

»Die Sauna ist übrigens erst ein Jahr alt«, sagt Nele. »Das ist wohl das Einzige, was ich hier vermissen werde. Im Winter war es herrlich, erst ins Fässchen, dann in den Schnee.«

»Darauf freue ich mich auch.« Ich schaue raus in den Garten und denke, dass es hier auch meiner Mutter gefallen hätte.

15

Ich finde Doreen unter der Dusche.

»Nicht erschrecken, ich bin es«, rufe ich.

Sie dreht sofort das Wasser ab. »Und, wie sieht es aus?«

»Schrecklich, aber das Grundstück ist toll.« Ich grinse übers ganze Gesicht. »Deswegen kaufe ich es trotzdem. Bernd setzt gerade einen Vorverkaufsvertrag auf.«

Sie quietscht vor Freude, jetzt schon zum zweiten Mal in kürzester Zeit. »Wie genial ist das denn? Du musst mir alles gleich ganz genau erzählen.«

Ich gähne herzhaft. »Mach ich, aber ich bin auf einmal müde. Das war alles ein bisschen viel für mich heute – mal wieder. Dusch du in Ruhe fertig, und gib mir eine Viertelstunde. Ich leg mich raus ins Gartenbett. Du kannst mich ja dann gleich wecken. Aber nicht zu spät, Leonie und Florian kommen um elf.«

»Ich fass es nicht. Du wirst es tatsächlich kaufen. Das ist der Hammer!« Sie strahlt über das ganze Gesicht. »Ja, leg dich hin, ruh dich aus, ich kitzle dich dann wach.«

»Bloß nicht!«

Die Ruhe ist Balsam für meine Seele. Ich strecke mich

lang aus, Arme und Beine im Fünfundvierzig-Grad-Winkel, wie bei der Entspannung nach dem Yoga. Mit geschlossenen Augen atme ich tief ein, wieder aus, ein, aus. Da macht es plötzlich Miau, und ich bekomme Besuch von Lucifer. Er springt aufs Bett und macht es sich neben mir bequem.

»Hallo, Luci, altes Haus!« Ich drehe mich zur Seite und schlafe sofort ein.

Ein Kribbeln an meiner Nase weckt mich auf, aber ich halte meine Augen geschlossen und ignoriere es. Wie ich Doreen kenne, streicht sie gerade mit einem Grashalm über meine Nase. Doch beim nächsten Kribbeln halte ich es nicht mehr aus. »Doreen, lass das! Ich werde gerade wach.«

Das helle Kichern, das ich nun höre, kommt jedoch nicht von meiner Freundin. Ich öffne die Augen und sehe Leonie, die bewaffnet mit einem langen Grashalm vor dem Bett steht.

»Du bist das!«, sage ich und lache.

»Doreen hat gesagt, ich soll dich wecken.«

»Und hat sie dir auch gesagt, dass du dafür einen Grashalm benutzen sollst?«

Sie kichert und nickt.

Ich setze einen gespielt bösen Blick auf. »Das gibt Rache!«

»Ich wollte dich von Daisy wecken lassen.« Sie kichert wieder. »Die hätte dir dann über das Gesicht geleckt. Aber das haben Papa und Doreen mir nicht erlaubt.«

»Da habe ich mit deiner angewandten Methode noch richtig Glück gehabt«, sage ich und verziehe das Gesicht. »Hundegeschlabber mag ich nämlich gar nicht.«

»Papa auch nicht, er versucht, es Daisy abzugewöhnen. Aber sie macht es trotzdem, besonders dann, wenn man nicht damit rechnet.«

»Clevere kleine Daisy.«

»Stimmt«, sagt Leonie.

Ich setze mich im Schneidersitz auf und klopfe mit der flachen Hand auf das Bett. »Komm, setz dich einen Moment zu mir.«

Die Kleine setzt sich ebenfalls in den Schneidersitz. »Das Bett ist megacool, so eins hätte ich auch gern im Garten. Das muss Papa sich unbedingt gleich anschauen.«

»Mir gefällt es auch sehr. Das hat Doreen selbst gebaut.«

»Echt? Mega!«

»Voll!«, stimme ich zu. »Und weißt du, was noch cooler ist? Doreen ist Töpferin. Sie macht wunderschöne Sachen aus Ton. Das solltest du dir gleich unbedingt mal ansehen.«

Ihre Augen leuchten. »Wir haben im Kindergarten auch mal was mit Ton gemacht, mit Keksausstechern. Wir haben Tonfiguren bunt angemalt und dann aufgehängt. Das sah hübsch aus.«

»Das glaube ich dir. Du machst überhaupt sehr schöne Sachen. Deine Engel sind wunderschön. Ich habe mich so sehr gefreut, das kannst du dir gar nicht vorstellen. Und natürlich auch über das wunderschöne Bild. Und Mandy, das ist die Frau, die auch einen Engel bekommen hat, gefallen sie auch. Das soll ich dir ausrichten – und ein ganz dickes Dankeschön, natürlich auch von mir.«

»Papa hat mir dabei geholfen«, sagt sie. »Früher hat

meine Mama das gemacht.« Sie sieht nach oben. »Aber die passt vom Himmel auf mich auf.«

Ich spüre einen Stich im Herz und weiß einen Moment lang nicht, was ich sagen soll.

Da fährt Leonie fort: »Aber ich kann mich nicht mehr daran erinnern. Ich war nämlich erst vier.«

»Und jetzt bist du sechs. Und du kannst dich bestimmt daran erinnern, wann du die Engel mit deinem Papa gemacht hast, die du uns geschenkt hast.«

»Na klar, das war gestern. Die Muscheln haben wir aber schon früher gesammelt. Wir fahren nämlich jeden Tag an den Strand.«

»Siehst du, habe ich doch gewusst, dass du dich daran erinnern kannst, weil du nämlich jetzt schon sechs bist und bald in die Schule kommst.«

»Das stimmt. Und was hast du mit deiner Mutter gebastelt, als du vier warst?«

»Wir haben Blumen gepflückt, haben sie getrocknet und in ein Buch geklebt«, erzähle ich. »Oder wir haben Kastanien und Eicheln gesammelt und Tiere daraus gebastelt.«

»Die Tiere bastele ich auch manchmal, mit Oma und Opa. Aber Blumen habe ich noch nie in ein Buch geklebt.« Sie zeigt zum Haus. »Wohnt deine Mama auch hier, dann kann sie mir zeigen, wie das geht?«

»Hier wohnt nur Doreen, sie ist meine allerbeste Freundin«, erkläre ich.

»Und deine Mama?«, hakt Leonie nach.

»Die passt auch vom Himmel auf mich auf«, sage ich und wische mir verstohlen eine Träne aus dem Auge.

Leonie hat das gemerkt. »Bist du traurig deswegen?«, fragt sie.

»Ja.«

»Dann musst du an was Schönes denken, das sagt Papa immer zu mir. Oder knuddeln, das hilft auch gut.«

Damit hat Leonie wieder ein Lächeln in mein Gesicht gezaubert. »Das ist eine sehr gute Idee.«

»Wenn du willst, zeig ich dir, wie man die Engel bastelt. Aber du musst das mit dem Kleber machen. Der kommt nämlich heiß aus einer Pistole, und die darf ich nicht anfassen. Das hat Papa mir verboten, mit seinem echten strengen Gesicht.«

»Was ist denn ein echtes strenges Gesicht?«, frage ich.

»Na, wenn er es auch wirklich so meint. Manchmal tut er nämlich nur so, aber das merke ich immer sofort.« Sie legt ihren Zeigefinger auf den Mund. »Aber psst, nicht verraten, dass ich das weiß.«

»Versprochen!«

»Da kommt er nämlich«, flüstert sie.

Ich schaue auf und winke ihm.

»Guck mal, Papa, was Doreen für ein megatolles Bett gebaut hat«, ruft sie. »Komm schnell!«

»Wow, das ist wirklich schön!« Er lächelt mich an. »Hallo.«

»Hi.«

»Und richtig gemütlich. Papa, komm, leg dich mal hin.«

Florian lacht. »Ich weiß ganz genau, was du vorhast.«

Leonie blinzelt ihm zu. »Ach bitte, Papa!«

Ich rücke ein Stück zur Seite. »Hier ist Platz für drei.«

Er setzt sich auf den Rand des Bettes und wippt ein paarmal hoch und runter. Aber das reicht Leonie nicht. Sie hängt sich an seine Schultern und zieht ihn nach hinten. Damit hat Florian nicht gerechnet. Er fällt auf das Bett und Leonie auf mich.

»Hoppla!«, rufe ich.

»Hoppla!«, ahmt Leonie mich nach.

Florian rappelt sich auf und sieht Leonie ernst an. »Nicht so ungestüm, Leo!«

Sie nickt und sieht verschwörerisch zu mir. Ich verkneife mir das Grinsen. Das war sicher nicht das echte strenge Gesicht. Überhaupt kann ich mir nicht vorstellen, dass Florian sehr streng oder gar böse gucken an. Er hat sehr sanfte braune Augen, und ich bin mir sicher, dass er ein sehr liebevoller Vater ist, der sich wunderbar um seine Tochter kümmert.

»Ich habe Sarah gesagt, dass ich ihr zeige, wie man die Engel bastelt.«

»Das ist eine sehr schöne Idee, Leo«, sagt Florian. »Wenn Sarah das möchte.«

»Sie möchte. Ihre Mama ist auch im Himmel, und sie ist immer noch traurig deswegen«, sagt Leonie nun. »Was meinst du, vielleicht würde es helfen, wenn sie eins von den Büchern liest, für die du die Bilder gemalt hast. Dann hat sie was Schönes, an das sie denken kann.«

Florian sieht zu mir. Ich schlucke den Kloß im Hals herunter und wische mir die nächste Träne aus dem Auge.

»So«, sagt er. »Und an welches hast du da gedacht?«

Leonie legt ihren Zeigefinger an ihr Kinn und schürzt die

Lippen. »Hm ... vielleicht das mit Bruno, der Stubenfliege. Das ist lustig!«

»Gute Idee, das geben wir ihr, wenn wir sie das nächste Mal treffen.«

»Oh, das ist ja lieb. Danke!« Ich habe mich wieder gefasst. »Auch für das wunderschöne Bild von mir und Daisy, über das ich mich sehr gefreut habe.«

»Es hat mir sehr viel Spaß gemacht, das Bild für dich zu malen. Ich – wir sind dir immer noch sehr dankbar.«

»Du bist meine Superheldin, Sarah«, sagt Leonie und kuschelt sich noch etwas enger an mich.

Da ruft Doreen plötzlich laut: »Daisy!«

Und da kommt die kleine goldige Hundedame auch schon über die Wiese auf uns zugeschossen.

»Sie ist mir stiften gegangen«, ruft Doreen, die nun auch um die Ecke kommt. »Der Garten hat keinen Zaun, passt auf!«

Aber das müssen wir nicht. Daisy bremst bei uns ab, hebt ihr Köpfchen hoch und wedelt aufgeregt mit dem Schwanz. Florian setzt sich auf und greift sich die Leine.

Mittlerweile ist auch Doreen bei uns angekommen. »Puh, das war knapp. Ich weiß echt nicht, wie das passiert ist. Eben war sie noch bei mir in der Küche und hat brav ihre Leckerchen gefuttert, und nachdem ich den Napf mit Wasser gefüllt habe, sehe ich gerade noch, wie ihre Schwanzspitze aus der Tür verschwindet.«

Leonie hebt ihren Zeigefinger, sieht Daisy ernst an und sagt: »Böses Mädchen.«

Den echten strengen Blick muss auch sie noch üben, denke ich.

Da fragt Doreen: »Wie sieht es aus? Habt ihr Lust auf einen kleinen Spaziergang?«

Leonie rümpft die Nase. »Müssen wir?«

»Oder wir fahren mit den Rädern, für Sarah können wir bestimmt eins ausleihen. Wir machen, was immer ihr wollt.«

»Egal, was?«, hakt die Kleine nach.

»Na ja«, kommt es von Florian. »Das kommt darauf an, was du meinst.«

»Papa, ich bin doch nicht doof. Es ist nichts Verrücktes oder so.« Leonie sieht zu Doreen. »Sarah hat erzählt, dass du eine Töpferin bist. Darf ich mir deine Sachen angucken?«

»Na klar, ich kann dir sogar meine Werkstatt zeigen und auch, was ich gerade so fleißig töpfere. Ich glaube, das wird dir gefallen. Vielleicht hast du sogar Lust, mir zu helfen.«

Leonies Gesicht ist ein einziges Lächeln. »Au ja.« Sie stupst Florian an. »Können wir, Papa, bitte! Spazieren gehen wir doch immer.«

Er streicht ihr liebevoll über das Haar. »Töpfern wollte ich schon immer mal. Das machen wir! Aber was ist mit Daisy? Darf sie mit?«

»Wenn wir sie an der Leine irgendwo anbinden, ja«, sagt Doreen.

»Wisst ihr was, ich habe eine bessere Idee. Daisy und ich gehen spazieren, ihr töpfert«, schlage ich vor.

»Sicher?«, fragt Florian.

»Ja, ich kann Ruhe im Moment sehr gut gebrauchen.«

Eine Dreiviertelstunde später bin ich wieder da, Daisy halte ich in meinen Armen. Die kleine Maus hat sich auf dem Rückweg einfach hingelegt und sich geweigert weiterzugehen. Sie mit piepsiger Stimme zu locken brachte nichts. Und sogar, als ich etwas fester an der Leine gezogen habe, hat das nichts bewirkt. Sie war platt und hatte keine Lust mehr. Also habe ich sie getragen.

Nun hebt sie ihr Köpfchen und wedelt mit dem Schwanz. Sie hat Leonies Stimme gehört. Die Tür steht offen. Ich setze Daisy auf den Boden, nehme die Leine etwas straffer und gehe mit ihr zur Werkstatt. In der Tür bleibe ich stehen und schaue den dreien einen Moment zu. Sie scheinen jede Menge Spaß zu haben. Leonie sitzt an der Drehscheibe, ihre kleinen Hände umfassen den Ton. Doreen hält ihre darüber, und gemeinsam lassen sie ein längliches Gefäß entstehen. Leonie arbeitet sehr konzentriert. Sie hat ihre Stirn in Falten gelegt, die Zungenspitze drückt sie gegen den Mundwinkel. Florian steht neben den beiden und schaut zu, bemerkt haben sie uns noch nicht.

Doch dann bellt Daisy, und alle schauen gleichzeitig zu uns.

»Wir machen eine Vase«, ruft Leonie.

Mein Herz geht auf. Es ist schön, sie so unbefangen glücklich zu sehen, obwohl sie schon in so jungen Jahren einen so schlimmen Verlust erleben musste. Das spricht dafür, dass ihr Umfeld stimmt. Da haben alle mitgeholfen, denke ich; der Papa, die Oma, der Opa ...

»Die sehe ich mir gleich an, die wird bestimmt wunderschön. Aber ich gehe erst mal in die Küche. Daisy hat bestimmt Durst.«

Leonie ist wieder ganz auf ihre Arbeit konzentriert, sie hat nicht mehr mitbekommen, was ich gerade zu ihr gesagt habe.

»Ich komme mit«, Florian sieht auf seine Uhr. »Es ist gleich halb eins. Die Madame bekommt jetzt auch etwas Futter. Das muss ich aber noch aus der Fahrradtasche holen.«

»Wir sind auch gleich fertig.« Doreen sieht kurz zu mir und lächelt selig. Sie ist ganz in ihrem Element.

In der Küche stürzt Daisy sich sofort auf die Schüssel mit Wasser, die ihr hinstelle.

»Du hattest Durst, das habe ich mir gedacht«, sage ich.

Da kommt Florian zur Tür rein. Die Tüte, in der er das Futter verpackt hat, raschelt etwas, nicht laut, aber Daisy lässt sofort vom Wasser ab und flitzt zu ihm.

»Du kleiner Staubsauger, du.« Er stellt eine kleine silberne Schüssel neben die andere. »Normalerweise bekommt sie nur zweimal am Tag etwas, aber wenn wir viel mit ihr unterwegs sind, geben wir ihr noch eine kleine Zwischenmahlzeit.« Er schüttet etwas Futter hinein und sagt in strengem Tonfall: »Sitz, Daisy, warte!«

Diesmal meint er es ernst. Leonie hat recht, Florian ist leicht zu durchschauen.

»Möchtest du auch etwas trinken?«, frage ich.

»Ein Wasser, sehr gern.« Er schließt die Tür. »Nicht, dass Daisy wieder stiften geht.«

Ich schenke auch mir ein Glas ein, und wir stellen uns nebeneinander mit dem Rücken zur Arbeitsplatte.

»Wie lange ist es her?«, fragt Florian unvermittelt.

»Acht Tage, vorgestern war die Beerdigung. Wir hatten Glück, dass die Einäscherung so kurzfristig möglich war – wenn man da überhaupt von Glück sprechen kann. Aber ich bin froh, dass ich es hinter mir habe.«

»Kann ich sehr gut verstehen. Liana, meine Frau und Leonies Mutter, hat plötzlich sehr starke Kopfschmerzen bekommen, die immer schlimmer wurden. Ich habe einen Krankenwagen gerufen, und sie haben sie sofort in die Klinik gebracht. Dort ist sie an einer Hirnblutung gestorben.« Er fährt sich mit den Fingern durch das strubbelige blonde Haar. »Das war vor zwei Jahren. Es stimmt nicht, dass die Zeit alle Wunden heilt, aber ich habe gelernt, mit dem Schmerz umzugehen, vor allem Leonie zuliebe.«

»Sie ist ein fröhliches kleines Mädchen, das auf mich sehr unbeschwert wirkt. Das hast du verdammt gut hinbekommen.«

»Ich hoffe es. Es ist nicht leicht, wenn man von einem Tag auf den anderen beide Rollen übernehmen muss. Zum Glück kann ich zu Hause arbeiten. Und mittlerweile läuft es auch finanziell recht gut. Aber ohne meine Eltern, die mich besonders in der ersten Zeit unterstützt haben, wäre es verdammt schwer für uns geworden.«

»Schön, dass du sie hast. Leonie hat mir erzählt, dass sie mit ihnen Kastanientiere bastelt.«

»Das sind Lianas Eltern, sie kommen hin und wieder zu Besuch«, erklärt Florian. »Aber besonders die Oma hat die

Tendenz, regelmäßig in Tränen auszubrechen, wenn sie sich mit Leonie beschäftigt.«

»Kann ich gut verstehen. Ich habe meine Emotionen momentan auch nicht im Griff. Und es war immerhin ihre Tochter.«

»Das stimmt, das vergesse ich manchmal, weil ich in erster Linie um Leonies Wohl bemüht bin.«

»Was ich auch verstehen kann, eine schwierige Situation.«

»Aber es ist auch schön zu sehen, wie sie sich freut, wenn sie ihr Enkelkind sieht«, sagt er. »Vielleicht muss ich da etwas lockerer rangehen. Aber das fällt mir schwer, denn ich leide auch immer, wenn die Oma in Tränen ausbricht. Es erinnert mich daran, was passiert ist. Ich hoffe, das legt sich irgendwann.«

»Ganz sicher! Ich glaube schon, dass die Zeit alle Wunden heilen kann. Aber es werden Narben zurückbleiben.«

»Ja, damit hast du wahrscheinlich recht.« Er leert sein Glas in einem Zug und lächelt plötzlich. »Schau mal, was unsere Daisy macht.«

Sie liegt auf dem Rücken, alle vier Pfoten von sich gestreckt, und schläft.

»Das ist jemand kaputt.«

»Und glücklich«, sagt Florian. »Wenn sie auf dem Rücken schläft, ist sie glücklich und zufrieden.«

»Der Titel ›Aber dann kam Daisy‹ gefällt mir übrigens. Ich freue mich schon auf das Buch.«

»Erst einmal muss ich einen Verlag finden«, winkt Florian ab. »Das wird nicht so einfach.«

»Dann drücke ich ganz fest die Daumen. Wir waren auf deiner Homepage und haben uns deine Illustrationen angesehen, sie sind wunderschön.«

»Danke, freut mich, dass sie euch gefallen. Was machst du, wenn ich fragen darf?«

»Ich bin Lehrerin ...«

Wir unterhalten uns angeregt und vergessen dabei die Zeit, bis plötzlich die Tür aufgerissen wird und Leonie in die Küche stürmt. »Wir sind fertig, Papa, unsere Vase ist super geworden. Und jetzt kochen wir Nudeln mit einer Tomatensoße für Kinder, die wir dann aus Tassen essen. Aber nur, wenn du es erlaubst, sagt Doreen. Ich soll dich fragen. Sie kommt auch gleich, sie räumt nur noch auf.«

»Auf Nudeln hätte ich auch Lust«, sagt Florian. »Aber meinst du nicht, wir sollten Doreen beim Aufräumen helfen?«

Sie runzelt die Stirn. »Stimmt!«

»Dann bereite ich in der Zeit das Essen vor«, sage ich. »Das geht ganz schnell.«

»Weißt du, wie man die macht, also die Kindersoße meine ich?« Leonie sieht mich fragend an.

»Ja, das weiß ich ganz genau. Die hat nämlich meine Mama früher immer mit mir gekocht. Und wir haben sie nicht von Tellern, sondern aus großen Tassen gegessen. Doreen war schon meine beste Freundin, als wir noch Kinder waren. Wir haben die Tassennudeln geliebt. Und später, als wir selbst kochen konnten, haben wir sie auch noch ganz oft gekocht.«

»Heute auch noch?«

Ich nicke. »Sie schmecken immer noch so gut wie früher.«

»Dann geh ich schnell Doreen helfen«, sagt Leonie und ist schon aus der Tür raus.

»Dass wir sie im Schneidersitz auf der Couch gegessen und dabei ferngesehen haben, habe ich lieber nicht verraten. Das war immer das absolute Highlight für uns. Nudeln aus der Tasse und dabei eine unserer Lieblingssendungen gucken dürfen.«

Florian schmunzelt. »So was machen wir auch. Immer dann, wenn es Pizza gibt.«

Ich setze einen großen Topf mit Wasser auf und hole ein Glas pürierte Tomaten aus dem Schrank, die meine Mutter eingekocht hat. Die werden wir demnächst auch selbst machen müssen, denke ich. Die gekauften aus der Dose sind kein Vergleich dazu. Während das Wasser heiß wird, schütte ich den Inhalt in eine große Pfanne, gebe ein ordentliches Stück Butter dazu, etwas Salz und ein Löffelchen Zucker. Jetzt darf alles vor sich hin köcheln. Lächelnd hole ich vier Tassen aus dem Schrank. Früher waren sie kleiner, aber heute haben wir auch mehr Hunger, da passen Doreens große Pötte perfekt. Auf der Fensterbank steht ein Topf Basilikum. Ich zupfe ein paar Blättchen ab, zerkleinere sie etwas und gebe sie in ein Schüsselchen. Sie werden ganz zum Schluss darübergestreut, wenn die Nudeln schon in den Tassen sind. So kann jedermann und jedefrau selbst entscheiden, ob sie und wie viel davon auf die Nudeln gehören. So hat es meine Mutter früher immer gesagt, und das halten wir auch heute noch so.

Beim Nudelabgießen fällt eine neben das Sieb. Ob Daisy sie haben darf?, überlege ich und drehe mich zu ihr um. Aber sie ist nicht mehr da. Die Tür steht offen. Entweder hat Florina sie mit in die Werkstatt genommen, oder ...

»Mist«, fluche ich und renne los. Weit komme ich jedoch nicht. Ich entdecke Daisy mitten auf der Wiese. Aber sie ist nicht allein. Ihr gegenüber steht Lucifer, sein Schwanz ist bauschig und in die Höhe gestellt. Der von Daisy hingegen wackelt kräftig, vor Freude oder Aufregung. Mit ihrem kleinen Näschen schnuppert sie an Lucifers Schnauze. Er bewegt sich keinen Zentimeter weit weg, er lässt es zu. Einen Moment beobachte ich fasziniert, was sich gerade abspielt, aber dann bekomme ich doch Angst, dass Lucifer es sich am Ende anders überlegt. Seine Krallen sind verdammt scharf.

»Daisy«, rufe ich mit Piepsstimme, »mmh, das ist aber lecker. Schau mal, was ich hier für dich habe.«

Es funktioniert. Sie kommt sofort zu mir. Ich greife die Leine und sehe zu Lucifer, aber er ist verschwunden.

»Dann schauen wir mal, ob wir noch ein kleines Stück Käse für dich finden«, sage ich. »Oder vielleicht eine Nudel?«

Als ich wieder in der Küche bin, schließe ich sofort die Tür.

»Die beiden müssen besser auf dich aufpassen, Daisy.« Ich öffne den Kühlschrank, finde einen milden Gouda und schneide zwei kleine Stückchen davon ab.

Daisy lässt sich auf den Hintern plumpsen und sieht mich erwartungsvoll an.

»Immerhin haben sie dir ›Sitz‹ beigebracht«, sage ich.

»Und auch sonst bist du ein artiges kleines Mädchen.« Ich werfe ihr ein Stückchen Käse zu, das sie aus der Luft schnappt. Da höre ich Kinder- und danach ein tiefes Männerlachen. Die hungrige Meute kommt zum Tassennudel-Essen.

16

»Das war ein richtig schöner Tag bisher«, sagt Doreen und stellt zwei Tassen Kaffee auf den Gartentisch.

»Das finde ich auch. Ich mag die beiden sehr.«

»Florian und Leonie sind toll.« Sie lächelt mich an. »Ihr habt süß ausgesehen, so zu dritt auf dem großen Gartenbett.«

»Leonie hat Florian daraufgelockt, weil sie ihn davon überzeugen wollte, dass er ihr auch eins baut.«

Sie lächelt. »Er sieht gut aus, findest du nicht?«

Jetzt dämmert mir, worauf meine Freundin hinauswill. »Das stimmt, mein Typ ist er aber nicht, auch wenn ich ihn sehr nett finde.«

»Nettigkeit ist eine gute Grundlage für einen Mann, wenn du mich fragst«, sagt sie. »Aber warte kurz, ich hole uns noch was.« Sie geht zurück ins Haus und kommt mit einem flachen Teller zurück. »Die Traumstücke, wir sollten alle aufessen.«

»Das passt ja gut«, sage ich. »Ich muss dir nämlich noch was erzählen. Es geht um Konstantin.« Ich nippe an meinem Kaffee. »Es ist nämlich so …«

Ich nehme kein Blatt vor den Mund. Doreen ist meine Freundin, wir sind immer offen und ehrlich miteinander umgegangen. Und ich möchte nicht, dass irgendetwas oder irgendwer zwischen uns steht. Sie hört still zu und lässt mich erzählen. »Ich vermute, dass das passiert ist, weil ich emotional momentan sehr neben der Spur bin. Du weißt ja, dass ich mir zwischenzeitlich sogar gewünscht habe, wieder von Kai in den Arm genommen zu werden. Von dem habe ich mich übrigens mittlerweile mit ein paar netten Worten verabschiedet und ihn dann aus meinem Handy gelöscht und die Nummer blockiert.«

»Wow!«, sagt meine Freundin. »Und ich dachte, du stehst auf Florian.«

»Nein, ich fand ihn von Anfang an sehr nett, mehr nicht«, erkläre ich und greife nach meinem Kaffee.

»Das ist gut. Es ist nämlich so ...« Sie lächelt. »Er hat mich vorhin gefragt, ob ich Lust habe, ihn auch mal allein zu treffen. Aber ich habe abgelehnt, weil ich dir nicht in die Quere kommen wollte. Ich mag ihn, sehr sogar. Und mein Typ ist er auch.«

Zum Glück ist der Kaffee nicht mehr so heiß. Ich verschlucke mich und pruste ihn über den Tisch. Doreen zieht geistesgegenwärtig den Teller mit den Traumstücken weg. Dann steht sie auf, geht wieder zum Haus und kommt mit der Taschentuchbox zurück, die sie mir hinhält.

»Danke.«

Sie setzt sich wieder an den Tisch. Grinsend schauen wir uns an, bis Doreen das Wort ergreift: »Wir beide wieder!«, sagt sie. »Wir passen echt zusammen wie Arsch auf Eimer.«

Ich schüttele unwillkürlich den Kopf. »Ich habe gar nicht mitbekommen, dass du Florian gut findest, normalerweise merke ich sowas immer sofort.« Ich seufze. »Aber es ist ja auch nicht weiter verwunderlich.«

»So ganz sicher bin ich mir natürlich noch nicht«, erklärt sie. »Ich will mich nicht in ihn verlieben, weil ich mir genau so immer den Vater vorgestellt habe, den ich nie hatte.«

Ich denke einen Moment über Doreens Worte nach, schließlich sage ich: »Wäre das so schlimm? Du willst ja keinen Vaterersatz für dich. Mir gefällt auch, wie er mit Leonie umgeht. Aber ich finde ihn als Mann nicht attraktiv, du schon.«

»Da hast du recht.« Sie nimmt sich ein Traumstück. »Dann esse ich jetzt mal schnell ein paar Plätzchen.« Sie hält mir den Teller hin. »Hier!«

»Die sind echt gut.« Ich lasse eins in meinem Mund verschwinden. »Weißt du, was verrückt ist? Wenn das mit dir und Florian klappen sollte, dann hast du eine Daisy.«

Doreen hebt abwehrend die Hände. »Jetzt mal halblang, alles, was ich bisher habe, ist eine Einladung zum Date. Ich rufe ihn nachher an und frage ihn, ob er noch will.«

»Er will.« Ich lehne mich in den Stuhl und halte mein Gesicht in Richtung Sonne. »Du, Florian, Leonie und Daisy, der Gedanke gefällt mir.«

»Mir auch. Und du? Was machst du mit Konstantin?«

»Nichts. Es wäre der denkbar schlechteste Zeitpunkt, mich auf irgendeinen Mann einzulassen. Es waren nur zwei kurze Momente, in denen ich sehr durcheinander war. Ich muss jetzt erst einmal mit mir selbst klarkommen. Ich habe

Tausende Sachen zu erledigen: Bernds Liste abarbeiten, mich um das Testament kümmern, die Wohnung meiner Mutter auflösen. Und wenn das mit der Finanzierung für das Haus klargeht, habe ich gleich wieder die nächste Baustelle. Und außerdem ist da noch was. Ich habe ganz vergessen, dir zu erzählen, dass Konstantin zwei Waschbecken hat. An einem der beiden hat irgendeine Sie eindeutig Frauen-Hygieneartikel verteilt.«

»Oh!«

»Genau. Oh!«

»Das kriegen wir schnell raus. Wir könnten Mandy fragen.«

»Lieber nicht, wir kennen sie noch nicht gut genug, und ich will nicht, dass sie damit direkt zu Konstantin rennt. Immerhin sind die beiden gut befreundet.«

»Sie denkt doch, dass ich diejenige bin, die Interesse an ihm hat. Das können wir doch so stehen lassen. Ich frag sie heute Abend, aber natürlich nur, wenn du nichts dagegen hast.«

Ich fühle einen Moment in mich hinein und antworte schließlich: »Lass es bitte. Über so etwas möchte ich mir zurzeit keine Gedanken machen.«

»In Ordnung. Bist du denn heute Abend dabei?«

»Nein, ich gehe gleich noch kurz rüber zu Bernd, den Vorverkaufsvertrag unterschreiben. Könntest du mich dann nach Hause fahren? Ab Montag werde ich versuchen, meinen Alltag wieder auf die Reihe zu kriegen. Irgendwie freue ich mich schon ein bisschen auf die Schule. Die Kinder werden mir guttun.«

Um halb sechs parkt Doreen ihren Wagen vor meinem Haus. Der unterschriebene Vorvertrag liegt in der Mappe auf dem Testament meiner Mutter. Richtig wohl fühle ich mich damit noch nicht. In den letzten Tagen haben sich die Ereignisse geradezu überschlagen. Es hat mich zwar recht gut vom Tod meiner Mutter abgelenkt, aber nun bin ich froh, dass ich der Trauer wieder mehr Raum geben kann. Die Ruhe zu Hause wird mir guttun, auch wenn sie nur bis Montag andauern wird. Aber die Sommerferien stehen auch schon vor der Tür.

»Da wären wir«, sagt Doreen. »Ich helfe dir die Sachen hochzutragen.«

Sie nimmt die Sporttasche mit meiner Kleidung, die ich vorsorglich gepackt habe, weil ich nicht sicher war, wie lange ich bei Doreen bleibe. Ich greife mir den Wäschekorb mit den Unterlagen.

Vor der Haustür bleiben wir stehen. »Schließ du auf«, bitte ich sie. »Mein Schlüssel liegt irgendwo zwischen meinen Klamotten, den finde ich so schnell nicht.«

Sie zückt ihren Schlüsselbund, an dem auch mein Schlüssel befestigt ist. Kai war es damals gar nicht recht, dass Doreen einen Ersatzschlüssel von mir bekommen hat. Aber das haben wir schon immer so gehandhabt, ich habe auch ihren.

Wir müssen bis ganz nach oben. Dachgeschosswohnungen haben ihren Charme, aber die Schlepperei hat mich schon manchmal gestört.

Doreen kann meine Gedanken lesen. »Demnächst

kannst du deine Einkäufe und dein Gepäck einfach so ins Haus schieben«, sagt sie.

»Ja!« Ich bleibe stehen und schnaufe durch. Der Korb ist nicht sonderlich schwer, aber ich fühle mich plötzlich erschöpft.

»Alles in Ordnung?«, fragt Doreen sofort.

Ich gehe weiter. »Ich bin nur ein bisschen platt.«

In meiner Wohnung stelle ich den Ordner auf den Esstisch und öffne die Balkontür, um frische Luft hereinzulassen.

»Hast du überhaupt was zum Essen da?«, fragt Doreen, geht in die Küche und öffnet den Kühlschrank.

Ich muss lachen. »Keine Sorge, ich verhungere schon nicht. Nudeln und Reis habe ich immer und die Gefriertruhe ist voll mit Gemüse.«

»Okay.« Sie kommt zurück, bleibt unschlüssig stehen und sieht sich im Raum um.

»Ich komme klar, und wenn nicht, rufe ich dich an«, sage ich. »Du kannst ruhig fahren. Richte den anderen bitte einen lieben Gruß von mir aus.«

»Na gut.« Sie drückt mich fest. »Du kannst dich ja zwischendurch mal melden. Mein Handy nehme ich auf jeden Fall mit.«

»Mach ich.«

Die Haustür klappt zu, und plötzlich ist es still.

Das Wohnzimmer geht nach hinten raus, hier bekommt man von der viel befahrenen Straße, an der das Haus steht, nichts mit. Die Wohnung habe ich immer gemocht. Die Schrägen und die Dachgauben lassen sie sehr gemütlich wirken. Die Sonne scheint am Nachmittag auf den Balkon, sodass ich nach Unterrichtsende schon einige Stunden darauf genossen habe. Nachdem mir Kai seinen Trennungswunsch mitgeteilt hatte, habe ich kurz gezögert. Ein Neuanfang ohne Erinnerungen an gemeinsame Stunden schien mir verlockend, aber dann hat doch die Vernunft gesiegt, und ich habe mich dazu entscheiden, erst mal hierzubleiben. So hat eben doch alles seinen Sinn, denke ich. Jetzt muss ich nur einmal umziehen.

Ich trage den Korb in mein Arbeitszimmer und nehme die Ordner raus. Dabei fällt mein Blick auf meinen Computer, und mir fällt ein, dass ich eigentlich dem Notar schreiben wollte. Das werde ich gleich noch erledigen, denke ich, gehe zurück ins Wohnzimmer und schütte kurzerhand den Inhalt meiner Sporttasche in den Wäschekorb.

Mein schwarzes Schlüsseletui habe ich erst vor ein paar Wochen gegen ein pinkes ausgetauscht, damit es mehr auffällt und ich es in meiner Schultertasche nicht lang suchen muss. Nun leuchtet es zwischen meinen Kleidungsstücken, und ich starre es einen Augenblick lang an.

»Das gibt es doch nicht ...« Ich fische es aus dem Korb, öffne den Reißverschluss an der kleinen Tasche für das Münzgeld und ziehe einen Einkaufszettel heraus, auf dem eine Festnetznummer steht.

Ich habe ihn extra dort hineingesteckt, schießt es mir durch den Kopf, damit ich ihn nicht verliere. Das war, nachdem ich das Kleid ausgezogen und ihn dort in der Tasche gefunden habe.

Am liebsten würde ich sofort Doreen anrufen und ihr davon erzählen. Aber die sitzt jetzt im Auto, und ich will sie nicht dazu verführen, während der Fahrt das Gespräch anzunehmen, weil sie denkt, dass es mir jetzt schon nicht gut geht. Ich speichere die Nummer in meinem Handy ab, kann mich aber nicht dazu überwinden, Rosa jetzt gleich anzurufen. Es ist zehn vor sechs, das kann noch etwas warten. Stattdessen lasse ich Wasser in meine Wanne ein, setze mich auf den Rand und schütte in einem dünnen Strahl etwas Lavendel-Badeöl dazu, das meine Mutter regelmäßig selbst hergestellt hat. Wenn sie das Öl angesetzt hat, hat sie auch ein paar Blättchen Thymian hinzugegeben.

Ob da ein Zusammenhang besteht, frage ich mich, als ich mich in das zartviolette warme Wasser setze. Immerhin hat Rosa Quendel zur Beisetzung mitgebracht.

In der Hoffnung, dass ich bald mehr darüber erfahre, schließe ich die Augen, lasse meinen ganzen Körper in das Wasser gleiten und tauche kurz mit dem Kopf unter.

Das warme Wasser tut unbeschreiblich gut. Ich muss unbedingt eine Wanne in meinem Badezimmer einplanen, denke ich – und fast im selben Augenblick, dass ich erst einmal das Finanzielle regeln sollte, bevor ich mir Gedanken über das Inventar mache.

Um halb sieben binde ich mir einen Handtuchturban um den Kopf und ziehe meinen Bademantel über. Danach koche ich eine Kanne Tee und inspiziere den Kühlschrank. Immerhin finde ich noch einen großen Becher Joghurt. Ich verrühre etwas davon mit Haferflocken, gebe Honig dazu und reibe darüber einen Apfel, den ich im Obstkorb auf dem Tisch entdecke. Mein Abendessen nehme ich im Schneidersitz auf der Couch ein. Das Handy liegt neben mir. Ich lege den Löffel zur Seite und rufe Rosa an.

»Landauer.«

Ich erkenne ihre Stimme sofort.

»Guten Abend, hier ist Sarah«, sage ich.

»Sarah, das ist ja eine schöne Überraschung!«, erwidert Rosa. »Schön, dass du dich meldest. Ich habe es mir sehr gewünscht.«

Mein Herzschlag verlangsamt sich etwas, mein Herz klopft aber noch immer viel zu schnell.

»Wir hatten nach der Beisetzung gar keine Zeit, um uns richtig zu unterhalten«, erkläre ich. »Ich wollte schon früher anrufen, aber dann war deine Nummer weg. Eben habe ich sie wiedergefunden.«

»Das freut mich sehr, Liebes. Wie kommst du klar? Geht es einigermaßen?«

»›Einigermaßen‹ trifft es ganz gut. Zum Glück habe ich liebe Menschen, die mir beistehen.«

»Doreen«, sagt Rosa. »Sie hat eine schöne Aura, so wie du übrigens auch. Schön, dass ihr euch gefunden habt, ihr ergänzt euch gut.«

»Wir kennen uns schon, seitdem wir klein sind. Meine Mutter hat sie zu uns zum Spielen eingeladen, seitdem sind wir befreundet.«

»Barbara hatte immer ein gutes Gefühl für Menschen.« Sie schweigt einen Moment. »Dass wir uns so weit auseinandergelebt haben, bereue ich sehr. Umso mehr freue ich mich darüber, dass du mich jetzt angerufen hast.«

»Kanntest du meine Mutter sehr gut?«, frage ich.

»Ja.«

»Das ist gut. Ich habe nämlich ein paar Unterlagen in ihrer Wohnung gefunden, die viele Fragen aufgeworfen haben. Vielleicht kannst du mir ja helfen, momentan bin ich ziemlich ratlos.«

»Ich werde mein Bestes geben«, sagt Rosa. »Was möchtest du denn wissen?«

»Kennst du meine Schwester?«, falle ich direkt mit der Tür ins Haus.

»Schwester?«

»Julia. Meine Mutter hat sie im Testament erwähnt. Oder genauer gesagt steht darin, sie habe ihr ihren Erbteil schon ausgezahlt. Es ist nur so, dass ich noch nie von einer Julia gehört habe.«

Sie atmet tief durch. »Ach, Liebes …«

»Du kennst sie also?«

»Ja, ich kenne sie.«

»Es stimmt also. Ich frage mich nur, warum sie mir das nie erzählt hat. Und jetzt spuken alle möglichen Theorien in meinem Kopf herum, von denen einige nicht wirklich schön sind. Aber ich möchte es trotzdem gern wissen.«

»So ganz einfach verhält sich die Sache nicht …«

»Das ist mir klar, sonst hätte sie es mir nämlich erzählt. Wir hatten ein ausgesprochen gutes Verhältnis.«

»Das glaube ich dir, Liebes. Barbara hat dich sehr geliebt.«

»Und ich sie auch.«

»Nun gut, ich denke, dass du ein Recht darauf hast, etwas darüber zu erfahren. Aber bitte sei mir nicht böse, wenn ich am Telefon nicht darüber sprechen möchte. Dafür ist es zu wichtig. Was hältst du davon, wenn wir uns in Nürnberg treffen? Du hast doch sicherlich das Haus geerbt.«

»Ich habe einen Grundbuchauszug gefunden und das Testament, in dem ich als Alleinerbin bestimmt wurde. Aber ich war noch nicht beim Notar.«

»Es ist ein altes Fachwerkhaus, das schon seit Jahrhunderten im Besitz der Familie ist. Es ist nicht sehr groß, aber dafür umso schöner. Was hältst du davon, wenn du nach Nürnberg kommst? Das letzte Mal warst du mit drei Jahren hier. Das ist schon sehr lange her.«

»Ich war schon mal da?«

»Ja, aber darüber sprechen wir, wenn du hier bist.«

»Die Sommerferien beginnen bald, dann hätte ich Zeit.«

»Du bist Lehrerin?«

»Du auch?«

Sie lacht. »Oh Gott, nein, mich um die Erziehung anderer Eltern Kinder zu kümmern wäre mir zu anstrengend gewesen. Ich bin Heilpraktikerin, aber seit ein paar Jahren bin ich in Rente, wie man so schön sagt. Ich praktiziere nur noch im privaten Umfeld.«

Das passt, denke ich. »Ich unterrichte an einer Förderschule.«

»Eine anspruchsvolle und sehr wichtige Aufgabe.«

»Ja, übermorgen geht es wieder los.«

»Möchtest du nicht lieber noch etwas warten?«

»Ich habe mir das gut überlegt.«

»Darf ich dir dafür etwas Energie übertragen?«

»Über das Telefon etwa?«

»Alles ist Energie, auch unsere Gedanken und Emotionen«, erklärt sie ernst. »Aber wenn du es nicht möchtest, lasse ich es.«

»Ich habe nichts dagegen, ich bin nur eher rational veranlagt.«

»Gut, dann werde ich dir gleich die Kraft meiner Gedanken schicken. Und du meldest dich, sobald du weißt, wann du kommst.«

»Das mache ich. Aber sag mal, ich habe in der Küche meiner Mutter ein Herbarium gefunden, das du angefertigt hast. Hattet ihr denn die letzte Zeit Kontakt?«

»Barbara hat es aufgehoben.« Sie seufzt. »Wir waren früher oft gemeinsam in der Natur unterwegs. Und ja, sie hat mich angerufen. Aber wir haben nur kurz miteinander gesprochen. Sie wollte wissen, ob ich in den nächsten Wochen zu Hause bin. Ich vermute, dass sie mich besuchen wollte. Sie wollte sich noch mal melden. Aber das hat sie nicht. Ich habe gespürt, dass etwas passiert sein muss. Mein Enkelsohn hat dann herausgefunden, dass ich mit meiner Vermutung richtig lag.«

»Ach so, ich habe mich schon gewundert ...«

»Lass uns in Ruhe sprechen, wenn du hier bist. Und bring Doreen mit.«

»Sie würde mich sowieso nicht allein fahren lassen«, erkläre ich. »Sie beschützt mich wie eine Löwin.«

»Dann freue ich mich umso mehr, auf euch beide.«

»Okay, ich melde mich bald wieder.«

»Vielleicht bringst du das Testament mit – als Nachweis, wenn du dir das Haus anschauen möchtest. Und bis dahin überanstrengst du dich bitte nicht!«, sagt Rosa. Und sie klingt dabei so, als wäre ihr Gesichtsausdruck echt ernst dabei.

Nach dem Telefonat geht es mir besser. Aber das liegt bestimmt nicht an irgendwelchen Energiesendungen, sondern schlicht daran, dass ich bald erfahren werde, was es mit meiner Schwester auf sich hat. Zwar graut mir auch etwas davor, aber es ist mir wichtig, es zu wissen. Ich nehme mein Handy, fotografiere den Kassenzettel mit der Telefonnummer und schicke ihn mit den Worten an Doreen:

Habe gerade mit Rosa gesprochen. Fährst du in den Sommerferien mit mir nach Nürnberg?

17

Es dauert nur zwei Minuten, bis mein Telefon klingelt.

»Das gibt es ja nicht. Du hast ihn gefunden? Wo war er?«

»In meinem pinken Schlüsseletui.«

»Da wäre ich nie draufgekommen. Und? Was sagt Rosa, weiß sie was?«

»Kannst du jetzt reden, sollen wir das nicht lieber später in Ruhe machen? Du bist doch sicher gerade bei Bernd.«

»Nachdem ich deine Nachricht gelesen habe, bin ich in seinen Garten gegangen. Hier habe ich Ruhe, außerdem würde ich es jetzt sowieso nicht mehr aushalten zu warten. Also, erzähl!«

»Sie weiß etwas, aber sie möchte nicht am Telefon mit mir darüber sprechen. Und außerdem hat sie vorgeschlagen, dass du mitkommst. Ich schätze also, dass das, was sie mir erzählen will, unangenehm werden könnte.«

»Oh, das klingt ja nicht so gut. Ich komme auf jeden Fall mit! Wann fahren wir?«

»Anfang der Sommerferien, vorausgesetzt, dass ich hier bis dahin alles geregelt habe.«

»Ist gut. Was sagt sie noch?«

Ich gebe Doreen kurz den Inhalt unseres Gesprächs wieder.

»Das passt zu ihr«, sagt sie schließlich. »Heilpraktikerin, Energie versenden … Und, hast du schon was gespürt?«

»Nö.«

»Kommt vielleicht noch.«

»Du glaubst daran?«

»Bei ihr schon.«

»Vielleicht wollte sie dich auch deswegen dabeihaben«, unke ich. »Sie spürt, dass du auf ihrer Wellenlänge tanzt.«

»Könnte durchaus sein.«

Ich seufze. »Was für eine Aufregung.«

»Apropos Aufregung, Mandy ist heute in Begleitung gekommen. Sie heißt Manou, hat dunkelbraunes, langes Haar, ist neunzehn Jahre alt und über das Wochenende zu Besuch bei ihrem Onkel. Die Sachen auf dem Waschbecken dürften also ihr gehören. Sie hat vorhin von irgendeiner Party erzählt, dass der Abend länger geworden ist und sie bis um elf geschlafen hat.«

»Seine Nichte?« Ich bin automatisch davon ausgegangen, dass sie noch klein ist, weil sie gemeinsam mit der Mutter Plätzchen backt. Aber vielleicht hat er ja auch mehrere …

»Jepp, seine Nichte, die sich übrigens nach dir erkundigt hat.«

»Wieso das denn?«

»Keine Ahnung, aber sie hat gefragt, ob du auch noch kommst.«

»Merkwürdig.«

»Oder Neugierde.«

»Mag sein.« Ich strecke meine Beine aus, weil mir ein Fuß durch das lange Sitzen im Schneidersitz eingeschlafen ist. »Lass uns morgen wieder telefonieren. Ich mache es mir gleich mit einem Film auf der Couch gemütlich. Aber vorher will ich noch die Mail an den Notar schicken.«

Das Schreiben habe ich schnell verfasst. Ich lese noch einmal den kurzen Text, in dem ich schildere, was ich im Nachlass meiner Mutter gefunden habe, und drücke auf Senden. Es ist mittlerweile zehn nach acht. Ich sitze im Schlafanzug an meinem PC und fühle mich plötzlich wieder sehr erschöpft. Da mir auch ein bisschen kalt ist, obwohl die Sonne das Dach ordentlich aufgeheizt hat, nehme ich meine Bettdecke mit ins Wohnzimmer, mache es mir auf der Couch gemütlich und zappe mich durch das Fernsehprogramm. Aber schließlich entscheide ich mich doch für eine DVD. Wenn ich als Kind krank war, hat meine Mutter mir Hühnersuppe gekocht, und ich durfte mir mein Lieblingsvideo anschauen, *Pocahontas*.

Mitten in der Nacht wache ich plötzlich auf, weil es mir unter der Decke zu heiß geworden ist. Ich stehe auf, öffne das Fenster, atme die frische Luft ein und betrachte den Himmel, der voller Sterne hängt. Meine Gedanken sind bei meiner Mutter. Sie fehlt mir so sehr … Tränen schießen aus meinen Augen, und meine Beine werden wackelig. Schnell lege ich mich wieder ins Bett. Dort rolle ich mich zusammen wie ein Embryo. Ich schluchze so heftig, dass es mich schüttelt – bis ich keine Kraft mehr dazu habe und erschöpft einschlafe.

Am nächsten Morgen wache ich um zehn nach elf auf, bleibe aber im Bett liegen. Das Weinen in der Nacht hat gutgetan. Zwar fühle ich mich ein bisschen gerädert, aber wie hat meine Mutter so oft gesagt ... Tränen reinigen die Seele. Ich greife nach meinem Handy und schreibe eine Nachricht an Doreen.

Es geht mir gut. Bin gerade erst aufgewacht. Melde mich gleich noch mal.

Bestimmt hat sie schon ein paarmal kontrolliert, ob ich heute schon online war, denke ich. Prompt bekomme ich die Antwort.

Hab schon gewartet.

Dahinter blinkt ein kleines rotes Herz.
Ich schicke ein Herz zurück und schreibe:

Ich weiß.

Da schrillt plötzlich die Türklingel.

Es hat geklingelt, tippe ich in mein Handy.

Ich bin es nicht, ich habe einen Schlüssel. Bestimmt Kai, mach bloß nicht auf.

Ich guck aus dem Fenster, melde mich gleich.

Von hier oben hat man die ganze Straße im Blick und auch die Haustür. Dort kann ich jedoch niemanden sehen. Da muss also jemand vor der Wohnungstür stehen.

Vielleicht Annemarie, denke ich und habe richtig getippt. Ich schaue durch den Spion und sehe gerade noch, wie sie die Treppe wieder nach unten geht. Schnell öffne ich die Tür. »Annemarie!«

Sie bleibt stehen, dreht sich zu mir und hält ein Tablett hoch. »Ich habe gehört, dass du gestern zurückgekommen bist, und da habe ich mir gedacht, du freust dich vielleicht über etwas Nahrhaftes.«

»Das ist ja lieb. Ich bin eben erst aufgewacht, noch im Schlafanzug, aber wenn dich das nicht stört, komm doch kurz rein. Auf einen Kaffee vielleicht?«

»Das trifft sich gut. Ich habe Brötchen aus Quark-Öl-Teig gebacken. Du hast bestimmt noch nicht gefrühstückt.«

»Stimmt. Komm rein.«

»Ich will dich aber nicht stören.«

»Tust du nicht, ich muss nur eben noch mal kurz ins Bad. Du kennst dich ja hier aus.« Ich werfe einen Blick auf das Tablett. »Das sind aber nicht nur Brötchen.«

»Mittag ist auch dabei. Kartoffelsalat und Buletten, natürlich ohne Fleisch, sie sind aus Kichererbsen und Linsen.«

»Das hört sich lecker an. Ich brauche nur ein paar Minuten.«

»Lass dir Zeit.«

Ich schicke Doreen eine kurze Nachricht, husche schnell ins Bad und danach ins Schlafzimmer, wo ich den Schlafanzug gegen ein T-Shirt und eine leichte Jogginghose tausche, die viel zu locker sitzt. Obwohl ich die letzten beiden Tage recht gut gegessen habe, habe ich anscheinend noch etwas Gewicht verloren.

Das fällt auch Annemarie auf, die gerade heißes Wasser durch meinen Porzellanfilter laufen lässt. »Du bist ganz dünn geworden, Schätzchen«, sagt sie. »Komm, setz dich, iss was, der Kaffee ist gleich fertig.«

Sie hat auch Schokocreme, ein paar Scheiben Gouda und Frischkäse auf den Tisch gestellt, die eindeutig nicht aus meinem Haushalt stammen.

»Du bist ein Engel«, sage ich.

»Ich wusste nicht, was du morgens lieber magst, herzhaft oder süß.«

»In der Reihenfolge«, erkläre ich.

»Die Brötchen sind ohne Zucker, die schmecken auch mit Käse.«

Sie sind noch lauwarm, Annemarie scheint sie gerade erst gebacken zu haben. Obwohl ich keinen großen Hunger habe, schaffe ich drei Hälften. Dabei unterhalten wir uns über belanglose Themen, wie zum Beispiel das Rezept für die leckeren Brötchen oder die Nachbarn. Sie fragt nicht nach der Beisetzung oder danach, wie es mir in den letzten Tagen ergangen ist. Annemarie ist einfach da. Aber ich bald nicht mehr ...

»Ich muss dir noch was sagen, Annemarie, es sieht so aus, als würde ich in den nächsten Monaten ausziehen, und zwar nach Nisdorf«, erzähle ich, damit sie sich gar nicht erst zu sehr an mich gewöhnt.

Aber ich habe falsch gedacht. »Da haben wir ja was gemeinsam«, sagt sie. »Bei mir steht auch ein Wohnungswechsel an. Allerdings bleibe ich in Stralsund.«

»Du ziehst auch aus?«

»Ja, ich habe eine kleine Wohnung in einer Anlage für betreutes Wohnen bekommen. In zwei Monaten ist es so weit. Dann steht das Umzugsunternehmen vor der Tür.«

»Ach so, ich dachte ...«

Plötzlich schießt mir die Anliegerwohnung auf dem Grundstück durch den Kopf, aber da sagt Annemarie:

»Eine Freundin von mir wohnt dort, Hanni. Sie ist leider nicht mehr gut zu Fuß, deswegen ist es an mir, sie zu besuchen. Aber ich bin jetzt auch schon achtundsiebzig, und man weiß ja nie, wie lange man noch fit ist. Hanni wohnt gerne dort. Man kann für sich sein, wenn man will, aber es gibt auch gemeinsame Treffen und Veranstaltungen für alle, die dort leben. Ich denke, dass es mir dort gefallen wird. Meine Wohnung dort ist nicht sehr groß, aber das Haus hat einen Fahrstuhl, und falls ich doch mal Hilfe brauchen sollte, ist immer jemand in der Nähe.«

»Das hört sich nach einer vernünftigen Entscheidung an und so, als könntest du dich da sehr wohlfühlen. Aber weißt du was, ich hätte dich auf Anfang bis maximal Mitte siebzig geschätzt!«, sage ich. »Du siehst noch so jung aus.«

»Jung?« Sie lacht. »Erklär das mal meinem Körper.«

»Aber dann musst du mich unbedingt mal besuchen kommen, wenn ich umgezogen bin. Ich hol dich auch ab ...«

Nun erzähle ich doch, was die letzten zwei Tage passiert ist, zumindest in groben Zügen. Das Reden mit ihr tut mir gut. Ich erfahre auch etwas aus Annemaries Leben, zum Beispiel, dass sie als Erzieherin gearbeitet hat, dass ihr Mann bereits vor zehn Jahren verstorben ist und sie leider keine eigenen Kinder bekommen konnten.

Um halb eins verabschiedet Annemarie sich mit dem Hinweis, dass nun Mittagessenszeit sei und ich die Schüssel mit dem Salat und den Buletten im Kühlschrank finde.

Ich bringe sie bis zur Tür und nehme mir vor, sie regelmäßig zu besuchen, wenn sie ausgezogen ist, und vielleicht kleine Erledigungen für sie zu übernehmen, so, wie meine Mutter das auch gemacht hat.

Der restliche Tag verläuft ohne größere emotionale Einbrüche. Ich bin traurig, komme aber relativ gut klar. Ich schreibe Briefe, Kündigungen und fotokopiere die Sterbeurkunde. Nach und nach hake ich alle Punkte auf Bernds Liste ab. Zwischendurch telefoniere ich mit Doreen, esse etwas von Annemaries köstlichem Salat und auch eine Bulette. Gegen Abend suche ich Unterrichtsmaterial für den nächsten Schultag zusammen. Die individuellen Förderpläne, die meine Schüler und Schülerinnen am Ende des Schuljahres statt des klassischen Zeugnisses erhalten, habe ich glücklicherweise schon vor ein paar Wochen geschrieben. Ich kann es die nächsten Tage also ruhig und ganz entspannt angehen lassen, zumindest was meinen Unterricht angeht.

Am nächsten Morgen gehe ich pünktlich um zwanzig nach sieben aus dem Haus. Bis zur Schule brauche ich nur zehn Minuten, aber ich bin immer gern etwas früher da, damit ich nicht abgehetzt zum Unterricht erscheine. Beim Öffnen der Haustür fällt mir auf, dass in meinem Briefkasten jede

Menge Post steckt. Ich hole sie raus und nehme sie mit ins Auto. Beim Durchsehen fällt mir ein Brief sofort ins Auge. Der Absender ist Dr. Klaus Weber, der Notar meiner Mutter. Ich bin zu neugierig, um ihn nicht sofort zu öffnen und zu lesen.

Sehr geehrte Frau Stauffenberg,

mit großem Bedauern habe ich vom Tod Ihrer Mutter, Frau Barbara Stauffenberg, erfahren, die ich persönlich sehr geschätzt habe. Ich spreche Ihnen von ganzem Herzen mein herzliches Beileid aus und wünsche Ihnen Kraft für die kommende Zeit. Das Testament Ihrer Mutter ist beim Nachlassgericht hinterlegt.
Falls Sie Fragen haben, können Sie sich jederzeit an mich wenden.
Anbei meine Visitenkarte, auf der Sie auch meine Mobilfunknummer finden.

Mit den besten Wünschen für Ihre Zukunft
Klaus Weber

Diesmal stecke ich die Karte in meine Geldbörse, direkt vor meine EC-Karte. Den Brief falte ich wieder zusammen und lege ihn ins Handschuhfach. Ich möchte ihn nicht in meiner Tasche mit in die Schule nehmen. Sonst würde ich jedes Mal, wenn ich sie anschaue, an meine Mutter denken.

Ich gebe mir noch zwei Minuten, um mich zu sammeln, und fahre los.

Um zwanzig vor acht gehe ich über den Schulhof. Wie immer befinden sich schon einige Schüler hier. Und da ertönt auch schon ein schrilles »Frau Stauffenbeeerg!«.

Milena hat mich entdeckt und stürmt auf mich zu. Und schon klebt sie an mir fest. Sie schlingt ihre Arme um meine Taille und drückt mich. Für ihre acht Jahre ist sie sehr klein, aber sie hat erstaunlich viel Kraft. »Ich hab dich so vermisst, Frau Stauffenberg. Alle haben dich vermisst.«

Ich schiebe sie sanft, aber bestimmt von mir weg. »Und ich euch auch.«

In meiner Klasse sind nur zwölf Kinder, jedes davon ist besonders, und jedes habe ich besonders gern. Der Beruf ist zwar manchmal sehr anstrengend, aber dafür bekomme ich von den Kindern sehr viel zurück.

Dass ich wieder da bin, haben nun auch andere bemerkt. Es dauert nicht lang, da bin ich von Schülern und Schülerinnen umringt.

»Wie geht es dir, Frau Stauffenberg?«

»Was hast du gehabt?«

»Bist du jetzt wieder gesund?«

Da schiebt Luca sich durch die Gruppe hindurch und baut sich vor mir auf. »Gut, dass du wieder da bist, Frau Stauffenberg«, sagt er, »wir haben die ganze Zeit Unterricht bei Herrn Wiesner gehabt, das war voll schrecklich, der ist so was von krass mies drauf. Der geht gar nicht.«

Ich werfe ihm einen strengen Blick zu und muss dabei an Leonie denken. Wenn ich später in der Klasse bin, werde ich die Kinder fragen, ob man mir ansieht, wenn ich ein echtes strenges Gesicht mache.

18

Der Schulalltag war anstrengend, aber das lag nicht an den Kindern. Meine Kollegen und Kolleginnen haben sich ein wenig zu viel um mich gekümmert. Auf meinem Platz habe ich eine Packung mit Nougatpralinen gefunden und dazu einen kleinen Zettel mit dem Hinweis »Nervennahrung«. Gleich mehrere haben mir angeboten, in der nächsten Zeit die Pausenaufsichten für mich zu übernehmen. Darunter sogar zwei Kollegen, die normalerweise immer etwas Wichtiges zu tun haben, wenn es darum geht, dass jemand bei Krankheit vertreten werden muss. Aber ich habe dankend abgelehnt. Gerne habe ich mich an die frische Luft gestellt und auf die Kinder aufgepasst. Das war mir lieber als die mitfühlenden Blicke im Konferenzzimmer. Die Schulleitung hat meine Bitte, nicht auf den Tod meiner Mutter angesprochen zu werden, im Kollegium bekannt gegeben. Alle haben sich daran gehalten, doch ein paar wollten mich ‚wenigstens mal eben kurz drücken‘. Natürlich freut mich die mir entgegengebrachte Anteilnahme, aber es war schon seit jeher mein Prinzip, Privates von Beruflichem zu trennen. Mit zwei Kolleginnen verstehe ich mich zwar besonders gut, aber eine Freundschaft ist daraus bisher nicht entstanden. Das liegt zweifelsohne an mir. Kai hat nicht nur einmal zu mir gesagt, ich könnte auch sehr gut als Einsiedlerin leben. Mir hat nichts gefehlt. Ich hatte Kai, Doreen – und meine Mutter. Das reichte. Und auf einmal war nur noch Doreen da. Aber so, wie es aussieht, hat sich das in den letzten drei Tagen geändert. Mandy, Bernd, Florian mit Leonie und auch Annemarie haben mein Leben bereichert. Insofern hat Rosa recht gehabt: Der Tod ordnet die Welt neu. Davon abgesehen, dass mir meine Mutter auch zukünftig sehr fehlen wird, ist die Aussicht auf das Haus in Nisdorf ein Lichtblick.

Es ist kurz nach zwei. Obwohl heute, wie die Tage davor auch das Wetter schön ist, verzichte ich auf einen Spaziergang nach der Schule und auch auf die kurze Meditationseinheit zu Hause. Ich bin so müde, dass ich es gerade so schaffe, meine Sandalen von den Füßen zu streifen, bevor ich mich bleischwer in mein Bett sinken lasse, wo mir sofort die Augen zufallen.

Erst zwei Stunden später wache ich auf. Da ich mein Handy in der Schule auf lautlos stelle und den Ton noch nicht wieder eingestellt habe, habe ich Doreens Anruf nicht mitbekommen. Außerdem entdecke ich eine mir unbekannte Rufnummer auf dem Display, bei der mir die Vorwahl sofort ins Auge sticht – sie gehört zu Barth. Das könnte der Notar gewesen sein, denke ich. In der Mail habe ich ihm meine Handynummer mitgeteilt.

Ich öffne das Fenster, lasse frische Luft ins Zimmer, atme ein paarmal tief durch und rufe ihn an. Doch leider nimmt keiner ab. Aber immerhin weiß ich ja, wo seine Visitenkarte steckt. Ich hole sie aus meinem Portemonnaie und denke diesmal auch daran, das Testament griffbereit zu haben.

»Weber.« Seine Stimme klingt angenehm tief.

»Guten Tag, Herr Weber, mein Name ist Sarah Stauffenberg. Sie haben mir netterweise Ihre Mobilfunknummer hinterlassen in dem Brief, den Sie an mich geschickt haben – für den Fall, dass ich Fragen habe. Und nun ja …, die habe ich.«

»Frau Stauffenberg, ja, warten Sie bitte einen Moment. Nicht auflegen, ich bin gleich für Sie da.« Das Gespräch wird unterbrochen, und meine Wartezeit wird mit Klavierklängen untermalt.

Es dauert jedoch nicht lange, bis ich wieder seine Stimme höre. »Tut mir leid, ich war schon fast zur Tür raus, als Sie angerufen haben. Nun bin ich wieder in meinem Büro und habe Zeit für Sie.«

»Vielen Dank.«

»Nicht dafür, das ist doch selbstverständlich. Ich freue mich, wenn ich Ihnen helfen kann. Sie machen sicher gerade eine schwere Zeit durch. Außerdem habe ich Ihre Mutter sehr geschätzt. Sie hat sich weiterhin regelmäßig um meinen Vater gekümmert, nachdem sie in Rente gegangen war. Wenn ich nur einen Bruchteil dessen, was sie für ihn getan hat, zurückgeben kann, freut mich das sehr.«

Ich schlucke den Kloß im Hals runter. Meine Mutter hat viel Gutes bewirkt. »Sie kannten sich also.«

»Ja, aber nicht persönlich, wenn Sie das meinen. Wir haben hin und wieder wegen meines Vaters telefoniert. Meistens hat sie mich in der Kanzlei angerufen. Deswegen wusste sie, dass ich Notar bin, und hat mich gefragt, ob ich sie beraten könne. Was ich natürlich sehr gern gemacht habe.«

Das ist für mich der richtige Moment. »Deswegen rufe ich auch an. Ich habe in der Wohnung meiner Mutter ein Testament gefunden, das einige Fragen aufgeworfen hat.«

»Ein Testament?«, hakt er nach.

»Ja, ein handgeschriebenes. Sie werden darin erwähnt, da Sie im Jahr 2019 die Auszahlung des Erbteils an meine Schwester beglaubigt haben.«

»Ah, der Entwurf Ihrer Mutter.« Er zögert einen Moment, bevor er weiterspricht. »Darüber darf ich Ihnen leider keine Auskunft geben, so gern ich es auch möchte. Aber wie alle Anwälte unterliege ich der Schweigepflicht.«

»Natürlich, daran habe ich gar nicht gedacht. Können Sie mir denn sonst irgendwas sagen, was mir vielleicht weiterhilft?«

»Sie sind als Alleinerbin Ihrer Mutter eingesetzt worden. Das Testament liegt, wie ich Ihnen ja schon mitgeteilt habe, dem Nachlassgericht vor. Der Tod Ihrer Mutter wurde dort schon bekannt gegeben. So schwer das auch sein mag, Sie müssen nun warten, bis das Erbe eröffnet wird.«

»Bei Ihnen in der Kanzlei?«

Er lacht leise. »Das ist die gängige Hollywoodvariante. Im echten Leben läuft es etwas anders. Ich habe Ihre Mutter in Sachen ihres Nachlasses beraten, das Schriftstück beglaubigt und dem Nachlassgericht zukommen lassen. Dort wird nun zeitnah das Erbe eröffnet. Das bedeutet, dass die letztwilligen Verfügungen auf ihre Richtigkeit geprüft werden. Sie bekommen demnächst Post vom Nachlassgericht. Neben dem Eröffnungsprotokoll finden Sie darin auch eine Abschrift des Testaments. Das dauert leider seine Zeit. Bei einer solch klaren Sachlage dürften die Unterlagen aber in etwa vier bis fünf Wochen bei Ihnen eintreffen.«

»Puh«, mache ich. »Das ist zeitnah?«

»Ja, ich weiß, das geht den meisten so. Manchmal zieht sich so ein Prozess monatelang hin, aber das wird bei Ihnen nicht passieren. Was halten Sie davon, wenn Sie bei mir vorbeischauen, sobald es eingetroffen ist? Ich bin Ihnen gerne bei der Eintragung in das Grundbuch behilflich.«

»Für das Haus in Nürnberg?«

»Ja, wie schon gesagt, Sie sind als Alleinerbin eingetragen.«

»Ja, ich weiß. Allerdings war mir bisher nicht bekannt, dass meiner Mutter ein Haus in Nürnberg gehört.«

»Oh ...« Er räuspert sich. »Ich bin davon ausgegangen, dass Sie das wussten.«

»Nein, und auch nicht, dass ich eine Schwester habe.«

»Was soll ich dazu sagen – außer, dass ich dazu nichts sagen darf. Tut mir leid.«

»Ist schon in Ordnung ...« Immerhin ist Rosa bereit, mit mir zu sprechen. »Mir bleibt also nichts anderes übrig, als zu warten.«

»Leider ja.« Er räuspert sich. »Auch wenn ich mich jetzt auf dünnes Eis begebe, so möchte ich Sie aber doch gern wissen lassen, dass Ihre Mutter mit Ihnen über das Testament reden wollte. Sie sind Lehrerin, wie sie mir erzählt hat.

Sie wollte bis zu den Sommerferien warten und gemeinsam mit Ihnen nach Nürnberg fahren.«

»Danke.« Meine Augen werden feucht. »Es bedeutet mir sehr viel, dass Sie mir das gesagt haben.«

»Wenn Sie anderweitig Hilfe brauchen, melden Sie sich bitte. Wie gesagt, ich freue mich, wenn ich mich wenigstens ein wenig revanchieren kann.«

»Das mache ich, lieben Dank.«

Es ist schön zu wissen, dass meine Mutter vorhatte, mit mir über das Testament zu reden. Sie wollte mir also von meiner Schwester erzählen. Umso trauriger bin ich, dass wir nun nicht mehr gemeinsam nach Nürnberg fahren können. Aber Doreen begleitet mich, und die werde ich nun anrufen. Aber erst einmal koche ich mir einen Kaffee und backe eins von Annemaries Brötchen auf dem Toaster auf. Gefrühstückt habe ich nicht. Und in der Aufregung habe ich heute Morgen vergessen, ein Pausenbrot mit in die Schule zu nehmen. Dabei bin ich immer diejenige, die darauf achtet, dass die Kinder ein Frühstück dabeihaben. Für die, die trotzdem jedes Mal wieder ohne in die Schule kommen, habe ich eine große Frühstücksbox in der Schulklasse stehen. Sie ist gefüllt mit Vollkornbrot, Aufstrich, frischem Gemüse und Obst: Tomaten, Gurken, Möhren, Äpfel. So hat jedes Kind die Möglichkeit, sich sein Frühstück notfalls selbst zuzubereiten. Das Brot war heute jedoch verschimmelt, das Gemüse verschrumpelt, die Äpfel alle. Also hatte auch ich Hunger. Um die vielen Süßigkeiten, die in Schüsseln im Lehrerzimmer verteilt sind, habe ich einen großen Bogen gemacht. Nur bei den Nougatpralinen konnte ich doch nicht widerstehen und habe in der zweiten großen Pause drei davon genascht.

Die Quarkbrötchen beschmiere ich dick mit Frischkäse und mit Marmelade. Zwei Sorten gab es bei meiner Mutter immer: Erdbeere und Aprikose. Sie hat sie im Sommer frisch eingekocht und für den Winter samt der Gläser in den Gefrierschrank gestellt. Am Wochenende hat sie immer kleine Marmeladentörtchen für Doreen und mich gezaubert. Dazu hat sie einen Schokoladenbiskuit gebacken und mit einem Ring kleine Böden ausgestochen. Darüber hat sie eine feste Sahnecreme gehäuft und obendrauf eine Schicht Marmelade gegeben. Garniert hat sie die kleinen Törtchen mit frischen Früchten. Wir haben die kleinen Törtchen geliebt.

Im Spätsommer hat sie Pflaumenmus im Ofen gebacken, und im Winter gab es Orangenmarmelade. Als Kind habe ich oft mit ihr am Herd gestanden. Das gemeinsame Kochen und Backen hat mir Spaß gemacht, auch später, als ich älter war. Besonders, wenn wir die Weihnachtsplätzchen schon Anfang September gebacken haben, weil uns der Sinn danach stand. Nachdem ich ausgezogen bin, habe ich selten Süßes gebacken, zumindest nicht in meiner Wohnung. Dafür koche ich aber leidenschaftlich gern. Es macht mir Spaß, neue Rezepte zu kreieren und mit Gewürzen zu experimentieren. Meine Mutter hat das immer gewundert. Sie meinte, bei meinem Faible für Zahlen müsste Backen mir eigentlich mehr Spaß machen, da man hier meistens genau nach Rezept arbeiten muss. Aber ich genieße es, beim Kochen meiner Fantasie freien Lauf zu lassen und dabei nicht in geraden Bahnen denken zu müssen.

Ich habe die erste Hälfte des Brötchens gerade aufgegessen, da sehe ich mein Handy aufleuchten und einen Anruf ankündigen. Es steht immer noch auf lautlos, beinahe hätte ich es wieder nicht mitbekommen. Es ist die Festnetznummer aus Barth. Ob der Notar etwas vergessen hat?

»Stauffenberg.«

»Hallo, Sarah, hier ist Mandy. Ich wollte mal fragen, wie es dir geht.«

»Ach, Mandy, du bist das.« Und da dämmert es mir. »Rufst du aus deinem Café an?«

»Ja, mein Handy spinnt mal wieder. Ich habe ständig Gesprächsabbrüche. Deswegen rufe ich dich vom Festnetz an. Und? Alles gut so weit?«

»Ja.« Ich seufze. »Du weißt ja, wie das ist. Hin und wieder sprudeln die Gefühle hoch. Samstagnacht war schlimm. Aber von Sonntag auf Montag habe ich erstaunlich gut geschlafen. Meinen ersten Schultag habe ich auch hinter mir. Ich war sehr müde danach, aber bald sind ja Sommerferien. Und bei dir ist auch alles in Ordnung?«

»Ja, mir geht es gut. Ich habe heute Sharbah angesetzt. Klara hat von einer Freundin wilde Pfirsiche bekommen, die sie mir überlassen hat. Ich setze eine Hälfte pur an, die andere mit Thymian.«

Da ist er wieder, der gute alte Thymian … »Das schmeckt bestimmt super. Mit Vanille könnte ich es mir auch vorstellen, zumindest, wenn man damit Limonade oder Cocktails mixt.«

»Oh ja, das versuche ich beim nächsten Mal. Schön, dass du klarkommst. Das freut mich.«

»Du hast einen der guten Momente erwischt, es kommt immer in Schüben.«

»Ja, das war bei mir auch so. Ich bin froh, dass ich damals Unterstützung hatte.«

»Die Zeit mit euch in Nisdorf hat mir sehr gutgetan. Ich bin froh, dass ich euch kennengelernt habe, dich und Bernd.«

»Das finde ich auch sehr schön. Übrigens soll ich dir liebe Grüße von Konstantin ausrichten. Er hat mich nach deiner Telefonnummer gefragt. Ich habe sie ihm natürlich nicht gegeben. Aber wenn du möchtest, gebe ich dir seine.«

»Möchte ich nicht.«

»Hab ich mir schon gedacht.«

»Momentan bin ich zu sehr mit mir selbst beschäftigt. Ich muss erst mal wieder zu mir kommen. Und außerdem tausend Dinge regeln. Sagst du ihm das bitte? Ich weiß, es klingt wie ein abgedroschener Spruch, aber hier stimmt er. Es hat nichts mit ihm zu tun. Es ist schlicht nicht der richtige Zeitpunkt.«

»Oh, ach so, und ich dachte ...« Sie klingt irritiert.

»Was?«

»Na gut, dann frage ich mal ganz direkt. Was ist denn mit Doreen?«

»Steht auf blonde Männer mit sanften braunen Augen«, erkläre ich. »Aber das wird sie dir bestimmt demnächst selbst erzählen.«

Einen Moment lang sagt sie nichts. Anscheinend hat es Mandy die Sprache verschlagen, und das heißt was bei ihr.

»Bist du noch da?«, unke ich.

»Ja – und ich platze jetzt gleich vor Neugierde. Verrätst du mir, was da am Sonntag zwischen euch passiert ist?«

»Nicht viel, wir haben uns zweimal umarmt. Einmal, weil er mich getröstet hat, das andere Mal beim Verabschieden. Irgendwas war zwischen uns. Es hat schon ein bisschen geknistert. Aber interpretier da bloß nicht so viel rein. Ich bin nämlich momentan emotional nicht zurechnungsfähig, wie du ja weißt. Das wäre vielleicht auch mit jemand anderem passiert.«

»Hm«, macht sie.

»Was?«

»Ach nix. Du hast es schon gesagt, du hast momentan anderes im Kopf. Da fühle ich mit dir. Die Sachen, die man nach einem Todesfall alle erledigen muss, erschlagen einen geradezu.«

»Du sagst es. Hier ergeben sich ständig neue Aufgaben. Aber sei mir nicht böse, ich habe heute noch nichts gegessen, und außerdem …«

»Kein Problem«, unterbricht mich Mandy mitten im Satz. »Ich muss sowieso wieder in die Küche. Wann sehen wir uns denn? Kommst du demnächst mal wieder nach Nisdorf?«

»Na klar, aber wann, weiß ich noch nicht. Vielleicht am Wochenende, nach der Schule heute war ich am Ende, ich bin wie ein Stein ins Bett gefallen.«

»Okay, melde dich, wenn du was brauchst. Ich spiele auch gern das Kuchentaxi.«

»Das ist lieb. Bis bald.« Ich beende das Gespräch, und plötzlich weiß ich, was da noch zwischen mir und Konstantin war – Vertrautheit.

Die zweite Hälfte vom Marmeladenbrötchen lacht mich an. Erst Erdbeere, dann Aprikose, so war das immer schon. Eine andere Reihenfolge käme bei mir nicht infrage. Ich esse sie genüsslich auf, trinke meinen Kaffee und rufe endlich Doreen an.

So kann man auch einen Tag verbringen, denke ich. Arbeiten, schlafen, telefonieren. Es ist schon halb sieben, als ich mir das Notebook meiner Mutter hole und mich damit auf die Couch setze. Er ist mit einem Passwort geschützt, aber sie hat es nicht geändert. Ich kann mich ohne Probleme anmelden. Wohl fühle ich mich dabei nicht. Es fühlt sich nicht richtig an, in den privaten Dokumenten meiner Mutter zu stöbern. Aber Doreen hat recht. Vielleicht gibt es etwas Wichtiges, das ich nicht übersehen sollte.

Beim Anblick des Bildschirmschoners wird mir warm ums Herz. Meine Mutter hat dafür ein Bild von mir ausgewählt. Ich lächle mir mit zerzaustem Haar und sonnengebräuntem Gesicht entgegen. Das Foto hat sie während eines Badeausflugs nach Rügen geknipst. Das war vor zwei Jahren, denke ich, da hat meine Mutter mich abends angerufen und gesagt: »Ich hol dich morgen früh ab, wir fahren ans Wasser. Um neun Uhr bin ich da, Proviant bringe ich mit. Du musst nur die Badesachen einpacken.«

Sie hat sich so voller Energie angehört, dass ich nicht

Nein sagen konnte, obwohl ich an dem Tag eigentlich Lernpläne schreiben wollte. Morgens stand ich mit meiner gepackten Tasche vor dem Haus und habe auf sie gewartet. Meine Mutter war immer pünktlich.

»Gibt es einen besonderen Grund für unseren Ausflug?«, habe ich sie gefragt.

»Das Meer zaubert alle Sorgen weg«, hat sie geantwortet.

Ich bin davon ausgegangen, dass die Antwort auf mich gemünzt war, da ich mich damals wegen der Kinderlosigkeit so sehr unter Druck gesetzt habe. Jetzt bin ich mir da allerdings nicht mehr so sicher. Das dürfte in etwa zu der Zeit gewesen sein, in der meine Mutter Julias Erbteil ausgezahlt hat. Ich weiß nicht, was da passiert ist und warum die beiden keinen Kontakt mehr zueinander hatten, aber leicht war das für meine Mutter sicher nicht.

Den Tag haben wir beide sehr genossen. Wir haben ihn überwiegend träge in der Sonne liegend am Strand verbracht. Meine Mutter kannte überall die besten Badestellen. Meistens sind wir nach Zingst oder Ahrenshoop gefahren, diesmal aber nach Rügen, weil meine Mutter unbedingt ein Fischbrötchen aus ihrer Lieblingsräucherei essen wollte. Also haben wir uns in Binz an den feinen weißen Sandstrand gelegt. Wir sind baden gegangen, haben gelesen, den Proviant verputzt, und vor dem Heimweg haben wir uns das Fischbrötchen gegönnt.

Ich bin viel zu selten am Meer, und dabei ist es doch so nah, denke ich und entsperre den Bildschirm.

Schmunzelnd betrachte ich die vielen Dokumente und

Ordner auf dem Desktop. Im Gegensatz zu mir hatte meine Mutter weder einen Sinn für noch Interesse an Symmetrie. Sie hat alles wahllos abgespeichert.

Ich entdecke einen Ordner mit Fotos, einen mit süßen Rezepten, einen mit herzhaften, wieder einen mit süßen ... Aber auch Dokumente und Rechnungen hat sie dort abgespeichert.

Die Dokumente interessieren mich am meisten. Ich öffne den Ordner und staune nicht schlecht. Meine Mutter hat einige Vorlagen für Testamente hier abgespeichert. Außerdem Texte über die verschiedenen Möglichkeiten, jemandem außerhalb der Familie etwas vermachen zu können. Doreen hat ihr viel bedeutet. Ich finde es schön, dass sie ihr auch etwas vermacht hat. Wie hoch die Summe des Sparvertrags sein wird, wissen wir natürlich nicht. Ich weiß überhaupt sehr wenig, denke ich. Und hier werde ich auch nicht schlauer. Auf dem Desktop finde ich keine Hinweise auf meine Schwester. Und auch im Dokumentenordner des Explorers entdecke ich auf den ersten Blick nichts. Vielleicht hatten sie Mailkontakt, überlege ich und versuche, mich in ihren E-Mail-Account einzuloggen. Doch der Mailverkehr meiner Mutter bleibt vorerst für mich verborgen. Das Passwort ist falsch, obwohl ich mir so sicher war. Und auch die beiden Varianten, die sie sehr gern benutzt hat, stimmen nicht.

Sie wollte nicht, dass ich ihre Mails lese, denke ich und bekomme ein schlechtes Gewissen. Das bleibt, als ich mich in ihr Bankkonto einlogge. Hierfür hat sie das Passwort nicht geändert. Flink gehe ich die letzten Abbuchungen durch: Miete, Tanken, Versicherungen, Mobilfunk, Einkäufe … Hier gibt es nichts Ungewöhnliches zu entdecken.

Ich warte, beschließe ich, auf das Gespräch mit Rosa und das Testament. Morgen bringe ich die vorbereiteten Briefe an die Versicherungen und das Kündigungsschreiben für die Wohnung per Einschreiben auf den Weg. Auflösen werde ich sie nach und nach in den Sommerferien. Ich schließe die Kontoübersicht meiner Mutter und öffne den Ordner mit den Fotos. Die werde ich auf jeden Fall sichern, ich möchte nicht, dass sie verloren gehen.

Meine Mutter hat gern fotografiert. Früher hatte sie eine klassische Spiegelreflexkamera. Aber nachdem sie sich ein Smartphone zugelegt und gesehen hat, wie gut die Fotos damit werden, ist die alte Kamera aussortiert worden.

Bei der Durchsicht der Fotos werden Erinnerungen wach. Mal lächelnd, dann wieder den Tränen nahe klicke ich mich durch die Bilder. Die meisten Fotos sind von mir, aber auch von Doreen entdecke ich viele. Einige wurden am Meer aufgenommen, andere in der Wohnung meiner Mutter. Beim Anblick des Weihnachtsbaumes, den sie vor zwei Jahren geschmückt hat, wird mir ganz wehmütig zumute. Meine Mutter mochte die klassischen Kugeln nicht, den Schmuck haben wir immer selbst gebastelt. In jenem Jahr haben wir im Herbst einen ganzen Eimer Eicheln gesammelt, die möglichst groß sein mussten, und dazu kleine Kiefernzapfen. Am ersten Advent haben wir winzige Schrauben mit Ösen in die Hütchen gedreht und sie mit goldener Farbe angemalt. Die Früchte haben einen silbernen Anstrich bekommen. Die Zapfen durften in ihrem natürlichen Zustand bleiben. Wir waren den ganzen Tag beschäftigt, und am Ende hing der Baum voller Kiefernzapfen und wunderschöner Eicheln, die im Licht der Kerzen geglitzert haben.

Das wäre auch was für Leonie, denke ich. Und dass ich die schönen Ideen meiner Mutter unbedingt schriftlich festhalten muss, damit sie nicht in Vergessenheit geraten.

Ich stöbere weiter, bis ich bei einem Foto lande, das meine Mutter im Jahr 2018 abgespeichert hat. Gesehen habe ich es noch nie, aber ich weiß sofort, um was es sich hier handelt.

Es ist ein weiß getünchtes Fachwerkhaus mit roten Holzverstrebungen, das an einem dicht bewachsenen Hügel steht. Davor steht eine Frau mit langem grauem Haar. Sie trägt ein weinrotes langes Kleid, das bis zu ihren Knöcheln herabfällt. In ihrer Armbeuge baumelt ein Korb mit Pilzen. Ich vergrößere das Foto etwas und betrachte das Gesicht genauer. Trotz des grauen Haares wirkt die Frau noch jung. Ich schätze sie auf ein paar Jahre jünger als meine Mutter, Ende fünfzig, Anfang sechzig. Rosa ist es nicht, die hätte ich sofort wiedererkannt. Schnell klicke ich mich durch die restlichen Fotos, aber weder das Haus noch die Frau tauchen wieder auf.

19

Von Stralsund bis nach Nürnberg sind wir knappe acht Stunden mit dem Auto unterwegs. Die Hälfte haben wir schon geschafft. Wir fahren abwechselnd, momentan sitzt Doreen hinter dem Steuer.

»An deiner Stelle würde ich mir das noch mal überlegen«, sagt sie. »Dir gefällt Konstantins Haus, er könnte bestimmt was richtig Schönes aus dem alten Schuppen zaubern. Leisten könntest du dir das jetzt.«

»Du hast recht, ich frage ihn, wenn wir wieder zurück sind.«

»Nein sagen kannst du ja dann immer noch.«

»Wenn er überhaupt Ja sagt. Und außerdem ist es immer noch eine Frage des Preises, auch wenn ich es mir vielleicht momentan leisten kann. Ich muss das Geld doch nicht direkt aus dem Fenster rauswerfen.«

»Stimmt auch wieder«, sagt Doreen und schimpft los: »So ein Idiot, muss der die ganze Zeit so dicht auffahren? Fahr doch rüber, du Spinner, wozu gibt es hier drei Spuren?«

»Einatmen, ausatmen ...«, schlage ich vor.

»Ist doch wahr«, mault Doreen. »Kannst du mir bitte noch eine Stulle geben? Ich brauche Nervennahrung.«

»Ich auch«, feixe ich. Mit Doreen im Auto ist es immer spannend. Sie fährt sehr sicher und in moderatem Tempo, zumindest, wenn ich neben ihr sitze. Aber wenn ihr jemand von hinten auf die Pelle rückt oder einfach vor ihr einschert, sodass sie deswegen abbremsen muss, wird sie, zumindest verbal, gefährlich. Einmal wäre sie im Stadtverkehr in einer Dreißigerzone beinahe ausgestiegen, um die Fahrerin des Fahrzeugs hinter uns »rundzumachen«, wie sie so schön gesagt hat. Das hat sie dann aber doch gelassen, dafür hat sie das Tempo auf fünfundzwanzig reduziert. Zum Glück sind wir dann rechts abgebogen, die andere Fahrerin nach links, wobei sie Doreen einen Stinkefinger gezeigt hat.

»Hat die ein Glück, dass du gerade neben mir sitzt«, hat meine Freundin damals gesagt.

Ich kenne Doreen jetzt schon über zwanzig Jahre. Sie ist noch nie handgreiflich geworden. Sie tobt sich in ihrem Kampfsporttraining aus, ist aber ansonsten sehr ausgeglichen und friedfertig – bis sie ins Auto steigt.

Ich halte ihr grinsend ein Käsebrot hin. »Möchtest du auch Kaffee?«

»Jetzt nicht, lass uns später mal an einer Raststätte anhalten und einen vernünftigen trinken. Aus der Thermoskanne schmeckt er mir nicht so gut.

»In Ordnung.«

Ich nehme mir auch ein Brot, und während ich es esse, denke ich an Konstantin. Doreen hat recht. Er ist Architekt, und zwar ein verdammt guter. Ich bin mir sicher, dass es genau nach meinem Geschmack sein wird, wenn er den Umbau plant. Gesehen habe ich ihn seit dem Tag, als ich bei ihm Kaffee getrunken habe, nicht mehr. Hin und wieder habe ich mich dabei ertappt, dass ich tatsächlich an ihn gedacht habe. Aber letztendlich war ich zu beschäftigt, um der Sache mehr Raum in mir zu geben. Ich habe gearbeitet, Behördengänge erledigt und bin jeden Tag zum Baumgrab meiner Mutter gefahren. Anschließend bin ich im Ruheforst noch mindestens eine Stunde spazieren gegangen. Die Zeit im Wald hat mir gutgetan. Dort habe ich mich meiner Mutter nahe gefühlt und den Kopf freibekommen nach dem anstrengenden Tag in der Schule.

Das Testament ist bisher noch nicht eingetroffen. Aber ich habe mich trotzdem dazu entschieden, jetzt schon nach Nürnberg zu fahren. Ich möchte einfach wissen, warum ich bisher nichts von der Existenz meiner Schwester erfahren habe. Für das Haus in Nisdorf wird gerade der offizielle Kaufvertrag aufgesetzt. Ich kann es kaufen, ohne einen Kredit aufnehmen zu müssen, ganz egal, was im Testament steht. Die Versicherung hat, anders als das Nachlassgericht, schneller reagiert. Mit der Unfallversicherung hatte Bernd recht, ich habe fünftausend Euro ausgezahlt bekommen. Aber bei der Lebensversicherung hat er sich geirrt, ich habe die volle Summe erhalten, zweihunderttausend Euro. Meine Mutter hat den beliehenen Betrag wieder eingezahlt. Wie sie das geschafft hat, weiß ich nicht. Ich vermute, dass es was mit dem Haus in Nürnberg zu tun haben könnte. Vielleicht hat sie es vermietet. Dass es all die Jahre leer stand, kann ich mir nicht vorstellen.

Doreen seufzt wohlig auf. »Das war gut.« Sie schiebt ihren Hintern tief in den Sitz hinein. »Erst war ich skeptisch wegen der Lordosenstütze, aber bei so langen Strecken taugt sie doch was.«

Ich habe darauf bestanden, meiner Freundin den Betrag für die Anzahlung eines neuen Wagens zu schenken, nachdem ihrer vor zwei Wochen nicht mehr angesprungen ist. Sie hat sich für einen zwei Jahre alten Kombi entschieden, in dem wir jetzt unterwegs sind. Was meine Mutter ihr vermacht hat, wissen wir noch nicht. Ein Sparbuch haben wir nicht gefunden. Wir haben noch einmal die ganze Wohnung durchsucht und dabei direkt Pläne für die Räumung gemacht. Der Vermieter hat mir angeboten, sie schon vorher zu vermieten, da er bereits Interessenten hat. Aber ich habe abgelehnt. Ich möchte mir Zeit lassen und es in Ruhe angehen.

Hinter Leipzig halten wir noch einmal an, trinken Kaffee und tauschen danach die Plätze. Von hier aus sind es nur noch etwa zweihundertachtzig Kilometer bis zu Rosa. Sie wohnt etwas außerhalb von Nürnberg, in einem Ortsteil namens Fischbach. Ich habe im Internet ein wenig recherchiert und herausgefunden, dass Fischbach mit seinen fünftausend Einwohnern bis 1972 Fischbach bei Nürnberg hieß und erst seit 1972 als Stadtteil von Nürnberg zählt.

Nun sitze ich hinter dem Steuer. Dabei merke ich, dass ich langsam unruhig werde. Bisher war ich erstaunlich gefasst, aber nun bin ich nervös.

»Irgendwo vor Nürnberg würde ich gern noch mal tauschen«, sage ich. »Mir wäre es lieber, wenn du das letzte Stück fahren könntest.«

»Ich kann auch jetzt schon übernehmen«, bietet Doreen sofort an.

»Nein, es ist gut, dass ich mich auf das Autofahren konzentrieren muss, es lenkt mich ab.«

Nach zweieinhalb Stunden blinke ich und halte an einem Rastplatz an. »Noch fünf Kilometer. Jetzt bist du dran«, sage ich. »Die Autobahn führt fast bis Fischbach, nach der Ausfahrt sind wir nur noch sechs Minuten unterwegs bis zu Rosa.«

Wir vertreten uns etwas die Beine, dann setzen wir uns auf eine der Bänke und essen unser letztes Brot. Wir sind gut in der Zeit. Für die Fahrt haben wir, inklusive Pausen und eventuellen Verkehrsstörungen, acht bis neun Stunden eingeplant. Bei Rosa haben wir uns für sechs Uhr abends angekündigt. Um neun sind wir losgefahren, wir standen kein einziges Mal im Stau, und der Verkehr hielt sich glücklicherweise auch in Grenzen. Es ist erst zwanzig nach fünf, also noch genügend Zeit.

»Mir graut ein bisschen vor dem, was ich gleich erfahren werde«, sage ich.

»Mir auch. Aber weißt du was? Letztendlich ändert es nichts. Deine Mutter hat dich sehr geliebt, und du sie auch. Ich habe sie immer bewundert, und egal, was wir da jetzt erfahren werden, das wird sich nicht ändern.«

»Das sowieso nicht«, sage ich. »Ich hoffe nur, dass ihr nichts Schlimmes widerfahren ist.« Obwohl ich mir immer wieder vorgenommen habe, keine Mutmaßungen mehr anzustellen, fange ich doch wieder damit an. »Vielleicht hat sie Julia auch schon kurz nach der Geburt weggegeben und hatte dafür ihre Gründe.«

»Ja, vielleicht.« Doreen lächelt mich an. »Gleich wissen wir mehr. Und weißt du was? Egal was kommt, wir haben immer noch uns.«

»Ja. Fahren wir weiter?«

Doreen greift zu ihrem Handy. »Ich schreib Florian kurz, dass wir so gut wie da sind.«

Ich beobachte sie schmunzelnd. Meine Freundin schwebt auf Wolke sieben. Sie ist mächtig verliebt. Ich würde mich sehr für sie freuen, wenn aus der Verliebtheit eine langfristige Beziehung würde. Ich mag Florian, und natürlich auch Leonie und Daisy. Doreen hätte dann endlich das, was ihr immer so sehr gefehlt hat, Familie.

»Fertig.« Sie sieht mich ernst an. »Erst hat deine Mutter dich in mein Leben gebracht, und durch dich habe ich nun Florian kennengelernt.«

»Durch mich und Daisy«, sage ich.

Wir steigen wieder ins Auto, Doreen steckt den Schlüssel ins Schloss und dreht sich zu mir: »Bereit?«

»Ja!«, antworte ich.

Rosas Haus sieht ähnlich aus wie das auf dem Foto, ist aber wesentlich größer. Allerdings sind die Balken rot, nicht braun. Es ist weiß getüncht und hebt sich kontrastreich vom dunklen Grün des Kiefernwaldes ab, der an den Garten hinter dem Haus angrenzt. Die Tür ist rot gestrichen, ebenso die große Sitzbank, die unter einem der Fenster steht. Das

Eindrucksvollste aber sind die vielen Büsche, Stauden und anderen Pflanzen, die an den Seitenwänden des Hauses ranken. Wilder Wein, Efeu, Passionsblumen klettern an den Wänden empor. In großen Tonkübeln und Beeten wachsen die unterschiedlichsten Kräuter.

»Ein Kräutergarten«, sagt Doreen. »Das passt zu ihr.«

»Ja.« Ich schnalle mich ab, atme tief ein, wieder aus und öffne die Tür. »Die Taschen holen wir gleich. Lass uns erst mal Hallo sagen.«

Rosa hat uns eingeladen, bei ihr zu übernachten. Ich wollte für Doreen und mich ein Hotelzimmer buchen, aber sie bestand darauf, dass wir bei ihr schlafen.

R.J. Landauer, steht auf dem großen geschwungenen Eisenschild an der Wand neben der Tür. J. dürfte dann wohl Rosas Mann sein, denke ich und drücke entschlossen den Klingelknopf. Doch anders als erwartet bleibt es still, wir hören weder ein Schrillen noch einen Gong. Ich drücke noch mal.

»Kaputt!«, sagt Doreen und klopft kräftig gegen die Haustür. Gerade als sie zum zweiten Mal ansetzen will, wird die Tür geöffnet.

Vor uns steht ein dunkelhaariger Mann in Jeans und blauem Shirt. »Hi.« Er lächelt. »Ihr müsst Sarah und Doreen sein. Ich bin Bene, kommt rein, meine Oma ist noch hinten im Garten, sie kommt aber gleich.«

»Danke, ich bin Sarah, das ist Doreen.«

»Hab ich mir schon gedacht. Ich habe euch von Weitem im Ruheforst gesehen, als ich meine Oma abgeholt habe. Sie hat mir gesagt, wer von euch wer ist.« Er sieht zu mir. »Mein Beileid.«

»Danke.«

Wir gehen hinter ihm ins Haus. Unter unseren Füßen knarren alte Holzdielen, in der Luft hängt der Duft von Kiefernnadeln, und ich schnuppere auch etwas Citronella heraus. Bene führt uns in eine sehr große Küche, die wie aus einer anderen Zeit zu sein scheint. Die Mitte bildet ein langer Eichentisch, auf dem jede Menge Töpfe, Keramikdosen und Gläser stehen. An der Wand entdecke ich gleich zwei Gasherde. Kupfertöpfe hängen an Eisenketten von der Decke.

»Omas Kräuterküche«, erklärt Bene. Er öffnet eins der Fenster, pfeift schrill durch die Finger und ruft: »Besuch ist da!« Dann dreht er sich zu uns. »Möchtet ihr was trinken? Könnte sein, dass es eine Weile dauert, bis sie hier ist. Im Garten habe ich sie nicht gesehen, das bedeutet, dass sie in den Wald ist.« Er sieht auf die Uhr. »Allerspätestens um sechs ist sie aber wieder da, sie weiß ja, dass ihr kommt.«

»Wasser wäre nicht schlecht, am liebsten still«, sagt Doreen, und ich stimme ihr zu.

Er reicht zuerst mir das Glas. »Bisher wusste ich nicht, dass Oma eine Nichte hat.«

»Und ich nichts von einer Tante meiner Mutter.«

»Dann sind wir also Großcousin und Großcousine.« Er kräuselt die Stirn. »Zweiten Grades, vermute ich. Aber wie auch immer, herzlich willkommen in der Familie, Sarah.«

»Das ist lieb, danke«, antworte ich automatisch, obwohl ich mich hier seltsam fremd fühle, fast unwohl.

»Wie war die Fahrt, seid ihr gut durchgekommen?«

»Ja, wir hatten Glück ...«

Während Doreen sich mit Bene unterhält, schaue ich mich in der Küche um und schließlich zum Fenster raus in den Garten. Rosa hat gesagt, ich sei drei Jahre alt gewesen, als sie mich das letzte Mal gesehen hat. Da war ich noch sehr jung und kann mich deswegen nicht erinnern, aber ich hatte gehofft, dass sich das ändert, wenn ich vor Ort bin. Aber das ist nicht der Fall.

»Da kommt sie ja«, sagt Bene. Und in dem Moment entdecke ich Rosa auch. Ihre türkisfarbene Tunika ist nicht zu übersehen. Sie geht am Wald entlang auf den Garten zu, der von einem Holzzaun umgeben ist.

»Besuch ist da«, ruft Bene wieder.

Meine Großtante dreht kurz den Kopf zum Haus und verschwindet im Wald.

»Sommersteinpilze«, erklärt Bene. »Oma riecht sie förmlich. An denen kann sie nicht vorbeigehen.«

Er hat recht. Als Rosa ein paar Minuten später in der Küche steht, hat sie einen großen Korb Pilze bei sich.

»Da seid ihr ja schon. Herzlich willkommen.« Sie stellt den Korb auf den Tisch. »Abendessen. Ich hoffe, ihr mögt Pilze.«

»Mmh«, macht Doreen. »Ich liebe sie. Danke für die Einladung.«

»Ja, vielen lieben Dank.«

»Aber das muss jetzt nicht zur Gewohnheit werden«, sagt sie. »Das Dankesagen, meine ich. Fühlt euch hier wie zu Hause.« Sie sieht zu mir und lächelt. »Du siehst gut aus, traurig, aber geerdet.«

»Es wird von Tag zu Tag etwas besser«, erkläre ich. »Aber es tut natürlich noch immer sehr weh.«

Sie legt den Kopf leicht schief und mustert mich. »Meine Energie hat dich wohl erreicht. Ich habe sie dir in der Nacht geschickt, damit sie in Ruhe wirken kann.«

»Echt? Dann habe ich vielleicht deswegen nichts gemerkt.« Somit bin ich aus dem Schneider. Dass ich daran nicht glaube, muss sie ja nicht unbedingt wissen.

Doch Rosa lässt nicht locker. »Du hast nichts gespürt, bist nicht aufgewacht?«

»Doch ...« Und zwar, weil mir plötzlich heiß geworden war unter der viel zu warmen Decke. »Ich war sehr traurig und habe heftig geweint. Danach war ich aber ehrlich gesagt noch kaputter.«

»Gut, dann hat es also gewirkt.« Rosa nickt zufrieden. »Tränen reinigen die Seele, das hat unsere Mutter früher immer zu uns gesagt.«

Und meine zu mir. »Danach ging es mir wirklich besser«, gebe ich zu. »Ich habe mich etwas freier gefühlt.«

»Das ist schön.« Sie sieht sich in der Küche um. »Wo ist euer Gepäck?«

»Das wartet im Kofferraum«, sagt Doreen. »Wir holen es jetzt.«

»Benedict«, sagt Rosa, »geh und hilf.«

»Das ist nicht nötig, danke, aber wir haben beide nur eine kleine Tasche«, erkläre ich, »und außerdem noch ein paar Kleinigkeiten im Cockpit, die wir einsammeln müssen. Wir gehen eben selbst.«

20

Doreen kennt mich verdammt gut. »Was ist los?«, fragt sie leise, sobald wir das Haus verlassen haben.

»Weiß ich nicht. Sie sind beide sehr nett, aber irgendwie fühle ich mich unwohl.«

»Wir können auch woanders schlafen. Pensionen gibt es hier wie Sand am Meer.«

»Nein, lass uns hierbleiben. Wer weiß, vielleicht brodelt da eine ganz alte Erinnerung in mir, immerhin war ich ja schon mal hier. Das gibt sich bestimmt noch.«

Sie öffnet den Kofferraum. »Kann durchaus sein, dass es unbewusst ist.«

»Gut, dass du mitgekommen bist.« Ich greife nach meiner Tasche. »Das Haus ist sehr schön, und die Küche ist ein Traum. Bestimmt bilde ich mir das nur ein.«

Doreen hängt sich ihre Tasche über die Schulter. »Sehr speziell, aber schön. Mach du den Kofferraum zu, ich nehme noch die Kiste mit dem Sharbah.«

Im Flur wartet Bene auf uns. »Oma spricht kein Wort mehr mit mir, wenn ich nicht wenigstens eine der Taschen trage. Ich soll euch euer Zimmer zeigen. Es ist oben im

Dachgeschoss. Wenn ich über Nacht bleibe, schlafe ich auch dort.« Er grinst. »Es ist immer besonders lustig, wenn ich meine Lebensgefährtin dabeihabe. Meine Oma besteht auch heute noch auf Einzelbetten.«

Doreen reicht ihm ihre Tasche. »Ist nicht wahr! Wie alt bist du?«

»Dreiunddreißig.« Er schmunzelt. »Wir heiraten in zwei Monaten. Aber die Betten bleiben so stehen. Wenn meine Schwester Mone mit ihrem Mann hier ist, müssen sie auch in getrennten Betten schlafen. Nicht, weil Oma prüde ist. Wir dürfen die Betten nicht verrücken, weil sie nicht über Wasseradern stehen dürfen.«

»Und das glaubst du?«, fragt Doreen ganz direkt.

»Ich glaube, dass meine Oma mehr spürt als viele andere Menschen. Aber als Anwalt brauche ich in der Regel Beweise. Sagen wir mal so: Bei meiner Oma bin ich immer wieder aufs Neue hin- und hergerissen. Sie hat eine faszinierende Persönlichkeit und einen sehr starken Willen. Und man sagt ja so schön: Glaube versetzt Berge.« Er sieht zu mir. »Und du? Denkst du, dass du in der Nacht wach geworden bist, weil Oma dir Energie geschickt hat? Oder hat sich vielleicht eine Mücke auf deine Nase gesetzt?«

»Ich unterrichte Mathe, mir geht es da wie dir. Meine Decke war zu warm, deswegen bin ich wach geworden. Und ich habe geweint, weil meine Mutter gestorben ist. Das passiert immer noch, manchmal ohne triftigen Grund. Auf der anderen Seite ... es war echt plötzlich verdammt heiß unter der Decke.« Ich grinse. »Könnte auch Energie gewesen sein.«

Lachend gehen wir die Treppen nach oben. Die Stufen knarzen wie die Dielen unten im Flur.

»Das Gästezimmer hat früher meiner Mutter gehört«, sagt Bene.

»Heimlich hier hoch- und runterzugehen war da wohl nicht drin«, sagt Doreen. »Hier hört man ja im ganzen Haus, wenn jemand kommt.«

»Nicht jede Stufe knarrt.« Bene tritt bei der nächsten bewusst etwas weiter links auf. »Und manche nur an bestimmten Stellen. Mit ein bisschen Übung bekommt man es sehr gut hin.«

Wir sind mittlerweile oben angekommen. Bene öffnet die Tür: »Hereinspaziert!«

»Schön!«, sagt Doreen.

Und das finde ich auch. Das Zimmer ist sehr spartanisch eingerichtet, aber gerade das und der besondere Platz, an dem die Betten stehen, machen es besonders. Eins der Betten befindet sich mitten im Raum, das andere steht etwa einen Meter entfernt im rechten Winkel dazu. Die Bettdecken und die Kopfkissen sind schneeweiß. Sie liegen auf dicken Matratzen, die mit dunkelbraunen Spannbettlaken in der Farbe der Balken bezogen wurden. Neben jedem Bett steht ein kleiner Schemel, darauf ein leeres Glas. Unter dem Schemel steht ein halb gefüllter Wasserkrug, der mit einer weißen Stoffserviette abgedeckt wurde. Einen Schrank gibt es hier nicht, das würden die Schrägen nicht zulassen, dafür aber zwei schöne alte Kommoden, neben denen jeweils ein Kleiderständer steht.

»Mir gefällt es, dass die Betten in einem rechten Winkel

stehen«, erkläre ich und grinse Doreen an. »Und immerhin liegen wir Kopf an Kopf. Wir können uns also unterhalten.«

»Es hat seinen Charme«, sagt Bene. »Das Bad ist nebenan. Handtücher liegen auf dem kleinen Holzschrank.« Er reibt sich die Stirn. »Müsst ihr sonst noch was wissen? Ach ja, ich soll euch von meiner Oma ausrichten, dass es um sieben Uhr Essen gibt.«

»Pilzpfanne, ich freue mich«, sagt Doreen.

»Mit selbst gebackenem Brot und hausgemachter Butter«, erklärt Bene.

»Klingt nach einem Festmahl.« Doreen hebt die Kiste Sharbah hoch, die wir als kleine Aufmerksamkeit für Rosa mitgebracht haben. »Sag mal, weißt du, ob deine Oma Sharbah kennt?«

»Habe ich hier zumindest noch nie gesehen.« Er geht zur Tür, bleibt aber im Rahmen noch mal stehen. »Ach, fast hätte ich es vergessen. Bringst du dann direkt das Testament mit runter, Sarah?«

»Das Testament?«, frage ich perplex. Das habe ich total vergessen, Rosa hat mich am Telefon darum gebeten, es mitzubringen.

Er nickt. »Deswegen bin ich doch hier, meine Oma hat mich gebeten, mal einen Blick darauf zu werfen.«

»Ich verstehe nicht ...«

Bene zuckt mit den Schultern. »Im Alter wird sie immer skeptischer. Das Haus, das du erbst, liegt ihr sehr am Herzen. Ich denke, sie will sichergehen, dass du es auch wirklich bekommst.«

»Der Brief vom Nachlassgericht ist bisher noch nicht eingetroffen«, erkläre ich. »Aber ich habe das Testament, das wir in der Wohnung meiner Mutter gefunden haben, abfotografiert.«

»Das reicht. Ich schaue es mir kurz an, beruhige meine Oma und fahre nach Hause. Ich wohne gar nicht weit weg von deinem zukünftigen Haus. Es ist zwar etwas klein, aber sehr schön. Es wird dir gefallen.«

»Noch gehört es mir nicht. Aber wir fahren morgen auf jeden Fall vorbei und schauen es uns an«, sage ich. »Ich bin schon ganz gespannt.«

»Die Mieterin ist etwas eigenbrötlerisch, aber im Grunde genommen ganz nett.«

»Es ist also vermietet ...«

Bene nickt. »Soweit ich mich erinnern kann, wohnt darin seit Jahren dieselbe Frau. Aber darüber kann meine Oma dir sicher gleich mehr erzählen.«

»Okay, bis gleich.«

»Da geht er«, sagt Doreen. »Das Knarzen der Treppen ist echt nicht normal. Ich glaube, das würde ich nicht aushalten, wenn ich hier wohnen würde.« Sie zeigt auf die Betten. »Welches willst du?«

»Darfst du entscheiden.«

Doreen lässt sich auf das Bett plumpsen, das ihr am nächsten steht. »Dann ist das meins.« Sie wippt hoch und runter. »Gemütlich. Und weißt du, was das Beste ist? Wenn ich auf dem Rücken liege, kann ich durch die Dachfenster in den Sternenhimmel schauen. Du musst dich dafür zur Seite drehen, aber da du dich eh beim Schlafen immer zusammenrollst, passt das ja.« Sie springt auf. »Jetzt muss ich aber erst einmal ins Bad. Viel Zeit ist nicht mehr bis um sieben. Gehst du nach mir?«

»Ja.« Ich ziehe meine Schuhe aus und lege mich auf mein Bett. Bene hat sich ganz unbekümmert angehört, als er nach dem Testament gefragt hat. Und auch über das Haus hat er sehr offen gesprochen. Ich frage mich nur, warum Rosa befürchtet, irgendjemand könnte mir das Erbe streitig machen. Ob sie damit meine Schwester gemeint hat? Mir hat sie erzählt, dass ich das Testament mitbringen soll, damit ich einen Nachweis habe, um mir das Haus ansehen zu dürfen. Ich stehe auf und öffne das Fenster. Von hier aus hat man einen herrlichen Blick über den Garten und den Wald, der dahinter liegt. Er scheint sich endlos weit zu ziehen. Ein Meer aus Bäumen, denke ich. Ich habe bisher nur einmal Urlaub in den Bergen gemacht. Kai hatte sich in den Kopf gesetzt, wandern zu gehen. Er wollte mal etwas anderes sehen. Wir haben uns auf den Chiemsee geeinigt, weil ich mir wenigstens etwas Wasser in der Nähe gewünscht habe. Beim Baden haben mir die Wellen und der leichte Salzgehalt der Ostsee gefehlt. Aber ich war überrascht, wie viel Energie ich gespürt habe, wenn ich nach einer längeren Wanderung oben auf einem Berg stand und ins Tal hinabsah. Aber wenn ich wählen müsste, würde ich mich immer für das Meer entscheiden.

Eine Biene fliegt in das Zimmer und setzt sich auf die Scheibe. Ich schiebe sie sanft wieder nach draußen und schließe das Fenster.

Da kommt Doreen zurück. »Der Honig schmeckt bestimmt gut hier«, sage ich. »Wir sollten Rosa fragen, wo wir welchen kaufen können.«

»Würde mich nicht wundern, wenn sie selbst irgendwo ein paar Bienenkästen stehen hätte.« Sie sieht auf die Uhr. »Noch acht Minuten bis sieben.«

Ich lache. »Du bist scharf auf die Pilzpfanne.«

»Aber so was von!«

Schon auf dem Weg nach unten strömt uns der herzhafte Duft entgegen.

»Mir läuft das Wasser im Mund zusammen.« Doreen bleibt auf der Stufe vor mir stehen. »Mist, hoffentlich hat sie keinen Speck reingemacht.«

Ich schnuppere durch die Luft. »Riecht nicht danach. Los, geh weiter.«

Schon auf der nächsten Stufe hält Doreen wieder an. »Die knarzt nicht.« Die wippt hoch und runter. »Die ist sicher.«

»Los jetzt, ich will essen!«

Sie schnuppert durch die Luft. »Ich glaube, dass es verdammt lecker wird.«

Um Punkt sieben kommen wir unten in der Küche an. Rosa hat für uns am schweren Eichentisch gedeckt. An unseren Plätzen stehen cremefarbene flache Keramikschüsseln und Weingläser, in der Mitte des Tisches eine hohe Dose mit Besteck, im gleichen Stil getöpfert wie die Schüsseln. Die Dosen, Töpfe und Schüsseln, die hier vorher gestanden haben, stehen auf der Arbeitsplatte aus Massivholz verteilt und einige einfach auf dem Fußboden. Das hätte meine Mutter auch so gemacht, schießt es mir durch den Kopf.

»Bitteschön«, sagt Bene und bietet zuerst mir einen der Stühle an.

Ich setze mich und stelle die Sharbah-Kiste etwas seitlich von mir.

Doreen, die neben mir Platz nimmt, begutachtet sofort das Geschirr. »Das ist richtig schön – und sehr gut gearbeitet. Wer stellt es her?«

»Eine Nachbarin«, sagt Rosa und stellt einen Korb mit Brot auf den Tisch. »Sie verkauft es auch. Ihre Werkstatt ist nicht weit weg von hier.«

»Doreen ist auch Töpferin«, sage ich.

»Das ist ein schöner Beruf, sehr kreativ. Und du, Sarah, du hast mir am Telefon erzählt, du bist Lehrerin. Welche Fächer unterrichtest du?«

»Mathe, Deutsch, Sachkunde, in einer Förderschule.«

»Dann ist bei dir also eher die soziale Ader durchgeschlagen.«

»Ich habe die Berufe meiner Eltern vereint. Mein Vater war Lehrer, meine Mutter Altenpflegerin«, erkläre ich.

Rosa geht darauf nicht ein. »Die Pilze können auf den Tisch, Benedict«, sagt sie. »Und die Butter fehlt auch noch.«

»Ja, Oma.« Er grinst uns an. »Außerdem Wein und Wasser, wird sofort erledigt.«

»Können wir etwas helfen?«, frage ich.

Doch Bene schüttelt den Kopf. »Ist nicht mehr viel.«

Rosa brummelt leise etwas vor sich hin, nimmt die

große Kupferpfanne vom Herd und bringt sie selbst zum Tisch.

Mir läuft auf der Stelle das Wasser im Mund zusammen. Die Pilze duften nicht nur herrlich, sie sehen auch so aus. Rosa hat sie relativ groß belassen und in dicke Scheiben geschnitten, man kann bei den meisten noch ganz deutlich die Form erkennen, in der sie gewachsen sind.

Bene bringt Butter, Wasser und Wein auf einmal. »Was möchtet ihr trinken?«

»Ich nehme gerne einen Weißwein«, sage ich. Er passt zu dem Essen, und außerdem habe ich schon lange keinen Alkohol mehr getrunken. Deswegen gönne ich mir heute ein Glas.

»Ich auch, bitte.« Doreen zeigt auf die Pilzpfanne. »Bene hat gesagt, im Wald wachsen Sommersteinpilze. Sind das welche, Rosa?«

»Sommersteinpilze und die ersten Fichtensteinpilze.« Rosa nimmt einen großen Servierlöffel und streckt ihre Hand aus. Dazu Butter, etwas Knoblauch, Salz und frische glatte Petersilie. »Gib mal deine Schüssel.«

Sie füllt uns allen eine ordentliche Portion in unsere Schüsseln. »Fangt an, sie schmecken am besten heiß. Guten Appetit.«

Bene reicht den Brotkorb herum. Ich bestreiche meine Scheibe dick mit Butter und schließe einen Moment später genussvoll die Augen. »Deine Pilze sind ein Gedicht, Rosa!«

Wir putzen die komplette Pfanne leer.

»So viel habe ich schon lange nicht mehr gegessen«, sage ich und lege meine Hand auf meinen vollen Bauch.

»Möchtest du vielleicht einen Kräuterschnaps?«, fragt Bene. Es klingt verlockend, aber ich lehne trotzdem ab. Vor mir steht das zweite Glas Wein. Das reicht mir. Ich möchte nüchtern sein bei dem Gespräch, das wir gleich führen. Auch Doreen schüttelt den Kopf, sie sieht das anscheinend auch so.

Beim Abräumen dürfen wir mithelfen. Dabei fällt mir auf, dass wir Rosa den Sharbah noch gar nicht überreicht haben.

Damit warte ich, bis wir alle wieder am Tisch sitzen.

»Das ist für dich, Rosa. Ich weiß nicht, ob du es kennst, es nennt sich Sharbah. Es ist ein Sirup, der aus Früchten, Essig und Zucker angesetzt wird. Meine Mutter hat ihn selbst hergestellt. Es sind ihre letzten Flaschen.«

Rosas Hand zittert leicht, als sie eine davon aus der Kiste nimmt.

»Es schmeckt in Wasser, aber man kann auch andere Getränke damit verfeinern oder auch Salatsoßen machen«, erkläre ich.

Rosa hat sich wieder gefasst. »Ich werde jeden Tropfen genießen.« Sie schüttelt den Kopf. »Barbara hatte ein solches Talent. Sie hätte damals mit mir mitgehen müssen, dann wäre all das nicht passiert.«

»Wie meinst du das?«, hake ich nach. Doch Rosa winkt ab. »Das erzähle ich später. Jetzt lass Benedict erst einmal das Testament anschauen. Du hast es doch dabei?«

Ich öffne die Fotogalerie meines Handys und halte es Bene hin.

Seine Stirn legt sich leicht in Falten beim Lesen, doch

schließlich nickt er. »Das hört sich alles sehr schlüssig an. Es kommt nicht selten vor, dass ein Geschwisterteil schon vorher seinen Erbteil erhält. Du bist ihre Tochter und als Alleinerbin eingesetzt, was bedeutet, dass der Besitz und das Vermögen deiner Mutter an dich übergehen. Somit auch das Haus.« Er wendet sich an Doreen. »Dir hat sie etwas vermacht. Als Nicht-Familienmitglied kann man nicht erben, das können nur die Angehörigen. Aber auch hier sehe ich rechtlich keine Bedenken.«

»Das hat der Notar auch gesagt. Und dass das Testament beim Tode meiner Mutter schon beim Amtsgericht vorlag und zeitnah eröffnet wird.«

Er zieht gleich beide Augenbrauen hoch. »Zeitnah ist dabei immer relativ. Manchmal ziehen sich solche Angelegenheiten Ewigkeiten hin. Wie lange ist es jetzt her?«

»Knapp vier Wochen.«

»Dann dürfest du jetzt langsam damit rechnen.« Er sieht zu Rosa. »Es ist also alles in Ordnung, Oma.«

Sie lächelt – aber ich habe das untrügliche Gefühl, dass ihr Lächeln nicht echt ist.

21

Rosa hat kleine Schüsseln mit Nüssen und gedörrtem Obst auf den Tisch gestellt, dazu ein Brett mit Käsewürfeln. Die Häppchen sehen so appetitlich aus, dass ich zugreife, obwohl ich satt bin. Ich bin von Wein auf Wasser umgestiegen, gemischt mit etwas Aprikosen-Sharbah. Doreen genehmigt sich noch ein halbes Glas Wein, Rosa trinkt Tee. Sie rührt mit dem Löffel in ihrer Tasse und sagt: »Ich habe lange darüber nachgedacht, und ich denke, dass ich am besten ganz von vorne anfange.«

Gespannt höre ich zu.

»Meine Mutter kommt aus Nürnberg, mein Vater aus Rostock. Die eine liebte die Berge, der andere das Meer. Sie haben sich im Zweiten Weltkrieg in einem Lazarett kennengelernt, in dem meine Mutter gearbeitet hat. Nach dem Krieg hat sie ihm zuliebe ihre Heimat verlassen und ist zu ihm nach Rostock gezogen, und von dort aus nach Güstrow. Ich wurde 1949 geboren, vier Jahre später kam meine Schwester zur Welt.« Sie sieht mir direkt in die Augen. »Deine Mutter.«

»Ihr wart Schwestern?« Mein Gehirn braucht einen Moment, bis es diese Information verarbeitet hat. »Dann bist du meine Tante, nicht meine Großtante.«

»Warte ab. Lass mich am besten erst einmal alles erzählen.«

»Aber warum ...«

»1961 war die Mauer da und die Grenze dicht. Unsere Mutter hat sehr darunter gelitten. Sie hatte Sehnsucht nach den Bergen. Ihre Familie entstammt einer alten Baderlinie. Das Haus hier war im siebzehnten Jahrhundert ein Badehaus, und in dem, welches Barbara dir vererben möchte, hat der Bader mit seiner Frau gelebt. 1969 ist meine Mutter an einer verschleppten Lungenentzündung gestorben. Ich schätze, dass sie einfach keine Kraft mehr hatte. Unser Vater hat sich immer mehr verändert, er konnte den Krieg nicht vergessen, wurde sehr unleidlich und auch gewalttätig. Bei Todesfällen naher Familienangehöriger war es Westdeutschen erlaubt, in die DDR einzureisen. Unsere Großmutter kam zur Beerdigung. Sie hat mir und Barbara nahegelegt, die DDR zu verlassen und nach Nürnberg zu kommen. Sie hat uns eintausend D-Mark dagelassen, damit wir einen Fluchthelfer bezahlen können. Doch Barbara war verliebt und konnte sich ein Leben ohne ihren Freund nicht vorstellen.«

Damit meint sie meinen Vater, schießt es mir durch den Kopf.

»Ich habe gehofft, sie würde sich noch umentscheiden, doch sie wollte ihn unbedingt mitnehmen. Ich sollte ihr die Hälfte des Geldes geben, sie war davon überzeugt, es allein mit Thomas zu schaffen. Aber das Risiko war mir zu groß.

Am Ende hätten sie uns alle drei geschnappt. Also bin ich ohne sie gegangen, mit einem teuer bezahlten gefälschten westdeutschen Pass. Ich war damals zweiundzwanzig. Von Barbara habe ich lange Zeit nichts gehört. Die Kommunikation war schwierig und nur über Umwege möglich. Dass sie eine Tochter auf die Welt gebracht hat, habe ich erst erfahren, als Julia schon zwei war. Über die Jahre hinweg haben wir kaum noch etwas voneinander gehört. Aber im Jahr 1989 stand Julia plötzlich vor meiner Tür.« Sie schüttelt den Kopf. »Die Grenze war offen, Reisen wieder möglich. Als ich sie gefragt habe, ob Barbara weiß, dass sie bei mir ist, hat sie gesagt, sie sei volljährig und dass sie gute Gründe habe, von zu Hause weggegangen zu sein. Sie hat damit gedroht, sofort abzureisen, wenn ich ihrer Mutter Bescheid sage. Ich hatte Angst, sie könnte vom Weg abkommen, also habe ich ihr versprochen, nichts zu sagen. Es hat zwei Monate gedauert, bis Barbara auf die Idee kam, mich anzurufen. Sie hat mir erzählt, Julia sei verschwunden, und sie ginge davon aus, dass ihr etwas zugestoßen sein müsse – denn sie habe ihre nur wenige Monate alte Tochter zurückgelassen.«

1989, mein Geburtsjahr! Mein Herzschlag setzt für einen Moment aus, und ich fühle, wie alles in mir zusammensackt.

Doreen greift nach meiner Hand, aber ich schüttle sie ab.

Rosa gibt mir keine Zeit, diese Information zu verdauen. Sie erzählt weiter. »Deine Mutter war sehr wütend auf mich, weil ich mich nicht bei ihr gemeldet habe. Sie hat zwei Monate mit dem Gedanken gelebt, Julia könne etwas Schlimmes passiert sein. Drei Tage später war sie hier, mit dir. Aber da war Julia nicht mehr da. Sie wollte ihre Mutter nicht sehen und auch nicht ihr Kind, sie hatte Pläne, sie wollte die Welt entdecken, etwas erleben. Deine Mutter hatte dafür kein Verständnis. Sie war auch in jungen Jahren schwanger geworden und ist in ihrer Mutterrolle aufgegangen, trotz ihres jungen Alters. Allerdings scheint da ja irgendwas nicht richtig gelaufen zu sein, sonst wäre Julia nicht davongelaufen. Ich nehme an, Barbara hat sie mit ihrer Mutterliebe erdrückt. Julia hat mir mal gesagt, sie wolle nicht so werden wie ihre Mutter, sie erwarte mehr vom Leben. Aber Barbara wollte davon nichts hören. Stattdessen hat sie mir die Schuld gegeben, weil ich sie nicht gleich benachrichtigt hatte. Sie ist mit dir zurück nach Güstrow gefahren und hat den Kontakt zu mir so gut wie abgebrochen. Sie hat nur mit mir gesprochen, wenn ich mich bei ihr gemeldet habe. Von sich aus wäre sie nie auf die Idee gekommen, mal anzurufen.

Drei Jahre später stand Julia plötzlich wieder vor meiner Tür. Ihr Freund hatte sie verlassen, sie hatte keine Wohnung, bat mich um Hilfe, und ich steckte wieder im gleichen Dilemma. Aber diesmal habe ich Barbara Bescheid gesagt. Sie ist wieder nach Nürnberg gekommen. Diesmal hat sie nicht nur dich mitgebracht, sondern auch ihren Mann, Julias Vater – und somit deinen Großvater.«

Großvater? Ich zucke zusammen und will widersprechen, bin aber unfähig, etwas zu sagen.

»Sie haben beide mit ihr geredet und sie bekniet, nach Hause zu kommen. Sie haben gehofft, dass sie vielleicht Muttergefühle entwickelt, wenn sie dich sieht. Und es schien auch so. Julia hat sich dir angenähert. Sie hat mit dir gespielt, hat dir Geschichten vorgelesen ... Doch dann hat sie sich dazu entschieden, lieber ihren eigenen Weg zu gehen. An den Tag kann ich mich noch ganz genau erinnern. Schon seit dem Morgen hatte der Himmel sich zugezogen, ein Gewitter hing in der Luft.

Es kam zum Streit zwischen Julia und deiner Mutter. Dabei hat Julia auch erwähnt, dass ich ihr damals gesagt habe, dass Barbara mit dir nach Nürnberg kommen würde. Deswegen sei sie nicht da gewesen. Und wenn sie es diesmal gewusst hätte, hätte sie wieder so gehandelt. Sie hat ihren Eltern gesagt, dass sie dich adoptieren sollen. Und dann ist sie gegangen. Deine Eltern haben das Haus nur wenig später verlassen. Mittlerweile hatte es angefangen, zu gewittern und zu stürmen, ich konnte sie nicht dazu überreden hierzubleiben. Sie haben dich ins Auto gesetzt und sind mit dir zurückgefahren. Den Kontakt zu mir hat Barbara abgebrochen. Wir haben uns zwei Jahre später noch einmal gesehen, bei der Beerdigung unserer Großmutter. Barbara hat das kleinere Haus geerbt, ich dieses hier, wobei das gerecht war, da ich viel Arbeit und Geld hier hineingesteckt habe. Ich bat sie, mir zu verzeihen. Sie hat geantwortet, das habe sie, aber sie könne nicht vergessen, wie ich mich verhalten habe, damals wie heute. Sie hatte immer schon sehr hohe moralische Ansprüche, insbesondere an andere. Wie ich mich dabei gefühlt habe, war ihr egal, immerhin war es auch nicht einfach für mich, mich ganz allein durchschlagen zu müssen. Außerdem war sie doch glücklich mit ihrem Thomas und ist ganz schnell Mutter geworden. Und dass Julia vor meiner Tür stand, dafür kann ich auch nichts. Sie ist nicht die Einzige, die nach der Grenzöffnung in den Westen ist. Warum sie mich dafür verantwortlich gemacht hat, weiß ich nicht. Ich habe nur daran gedacht, was das Beste für Julia ist. Deswegen habe ich Barbara nicht Bescheid gegeben, dass sie bei mir ist.«

»Sie hat zwei Monate gedacht, ihrer Tochter sei etwas zugestoßen«, sagt Doreen. »Das muss sehr schlimm für sie gewesen sein.«

Rosa wischt mit der Hand durch die Luft. »Barbara hat ein noch ausgeprägteres Gespür für Menschen als ich. Sie hat gefühlt, dass es Julia gut geht, da bin ich mir sicher.« Sie sieht zu mir: »Übrigens wurdest du auf den Namen Sarah Tilda getauft. Es ist auch mein Zweitname, meine Großmutter, deine Urgroßmutter, hieß so.«

Mein Mund fühlt sich sehr trocken an. Ich trinke einen Schluck Wasser, bevor ich frage: »Hast du noch Kontakt zu Julia?«

Sie nickt. »Deine Mutter lebt mittlerweile in München. Eine Zeit lang hat sie in Zürich gewohnt, dann in Frankfurt. Aber letztendlich hat es sie wieder in die Berge zurückgezogen. Möchtest du ein Foto sehen?«

»Nein, das möchte ich nicht«, sage ich und bin selbst erstaunt, wie ruhig ich mich anhöre, denn innerlich brodelt es in mir. »Und meine Mutter lebt auch nicht in München. Sie ist vor fünf Wochen von einem Auto angefahren worden und gestorben.«

Rosas Augenbraue wandert nach oben. »Es ist schön, dass du das so siehst, aber es ändert nichts an der Tatsache, dass Barbara in Wirklichkeit deine Großmutter war. Insofern hat es gestimmt, was ich bei ihrer Beisetzung zu dir gesagt habe. Ich bin deine Großtante.«

»Puh!«, sagt Doreen neben mir. »Jetzt wird es aber ungemütlich.« Sie sitzt aufrecht, die Arme vor der Brust verschränkt, und blitzt Rosa böse an.

Die lässt sich davon nicht beeindrucken. »Wie ich bereits gesagt habe, der Tod ordnet die Welt neu. Barbara hat dich aufgezogen wie ihr eigenes Kind, Sarah, das ist verständlich, du warst ja erst wenige Monate alt. Ich bin mir sicher, dass sie die Mutterrolle perfekt übernommen hat. Aus dir ist eine durchaus patente Frau geworden.«

»Habt ihr euch noch mal gesehen?«, frage ich.

»Ende 2018. Sie hat sich hier mit Julia getroffen. Deine Mutter wollte Eigentum kaufen, aber ihr fehlte das nötige Kleingeld, also bat sie Barbara darum, ihren Erbteil vorzeitig ausgezahlt zu bekommen.«

Wut schwappt in mir hoch. »Ich verstehe nicht, dass du Julia immer wieder als meine Mutter bezeichnest. Sie war es nicht und wird es nie sein.«

Sie nickt. »Dann nennen wir sie also Julia. Sie hat zwei Kinder, beides Mädchen, du hast also Schwestern.«

Ich erwidere darauf nichts. Aber da mischt sich Doreen wieder ein.

»Was ist eigentlich mit dem Erzeuger? Du sprichst die ganze Zeit nur von Julia.«

»Den leiblichen Vater kenne ich nicht. Den hat Julia nie verraten. Barbara hat mir damals erzählt, sie vermutet, dass es während eines Aufenthalts in einem Sommercamp passiert ist. Julia hat sich geweigert, den Namen preiszugeben. Oder besser gesagt: Sie hat behauptet, sie wisse es nicht. Wie gesagt, sie lebt in München. Das müsstest du sie selbst fragen, Sarah. Vielleicht möchtest du sie irgendwann mal kennenlernen.«

»Warum sollte ich mich für Menschen interessieren, die nie etwas von mir wissen wollten?«, frage ich.

»Weil deine leiblichen Eltern ein Teil von dir sind«, antwortet Rosa. »Du hast zumindest die Gene geerbt.«

»Dann hat meine Mutter ja alles richtig gemacht. Sie hat mich so erzogen, dass davon nichts durchgekommen ist«, erwidere ich und stehe auf. »Das waren sehr viele neue Infos, die ich erst einmal verarbeiten muss. Lass uns hochgehen, Doreen.«

Sie springt sofort auf.

»Ich kann verstehen, dass dich das alles sehr mitnimmt«, sagt Rosa. »Möchtest du einen Quendeltee vor dem Zubettgehen trinken?«

»Nein«, antworte ich. »Ich brauche einfach etwas Ruhe.« Die letzten Worte bleiben mir fast im Hals stecken, aber meine Mutter hat mir beigebracht, höflich zu sein. »Vielen Dank für das offene Gespräch.«

»Ich bin froh, dass wir das geklärt haben«, sagt Rosa. »Es musste endlich mal ausgesprochen werden. Barbara hätte es dir längst erzählen müssen. Geh nicht zu hart mit ihr ins Gericht, sie hat es nur gut gemeint.«

»Gute Nacht.« Doreen greift nach meinem Arm und zieht mich mit.

Rosa schenkt sich eine Tasse Tee ein. »Schlaft gut, ihr beiden.«

Wir sitzen im Schneidersitz auf unseren Betten.

»Was kann ich tun?«, fragt Doreen.

»Gib mir bitte einen Moment«, sage ich. »Ich muss die Details gedanklich erst einmal zu einem Ganzen zusammenfügen.«

»Okay.«

Manchmal hat es doch seinen Vorteil, wenn man komplexe Sachverhalte logisch durchleuchten und die Emotionen erst einmal außen vor lassen kann. Es dauert ein paar Minuten, dann sage ich: »Ich bin so weit.«

»Willst du zuerst oder soll ich?«

»Ich.« Ich atme tief durch und sage: »Jetzt weiß ich wenigstens, woher meine Angst vor Gewitter kommt.«

Meine Freundin lächelt mich an. »Du bist echt einmalig.«

»Habe ich in erster Linie meiner Mutter zu verdanken. Und auch meinem Vater, der mir während der Zeit, die wir gemeinsam hatten, sehr viel Liebe geschenkt hat.«

»Sie haben dich geliebt. Und zumindest in einem hat Rosa recht. Deine Mutter hat es gut gemeint – und auch gut gemacht, wenn du mich fragst.«

»Ja, das hat sie. Und weißt du was? Ich bewundere sie jetzt umso mehr. Und ich verstehe jetzt, warum sie den Kontakt zu Rosa abgebrochen hat. Wer weiß, was da damals noch alles passiert ist.«

»Du könntest dich mit Julia treffen«, sagt Doreen. »Oder ich könnte es machen, wenn du sie nicht sehen möchtest.«

»Nein. Auch wenn wir vielleicht nicht die ganze Wahrheit erfahren werden, eins steht fest: Sie wollte mich nicht, früher nicht und heute auch nicht. Aber weißt du was? Ich bin sogar froh, dass es so ist. Meine Mutter hat mir so unendlich viel mit auf den Weg gegeben. Ich wäre nicht die, die ich heute bin, wenn sie mich nicht adoptiert hätte.« Ich stutze. »Müsste das dann nicht auf meiner Geburtsurkunde stehen? Da sind aber meine Mutter und mein Vater als Eltern eingetragen.«

»Das stimmt.« Eine steile Falte bildet sich zwischen Doreens Augenbrauen. »Was, wenn doch nichts dran ist an der Sache?«

»Es fühlt sich für mich so an, als würde es stimmen. Außerdem hat der Notar mir erzählt, dass meine Mutter mit mir nach Nürnberg fahren wollte.«

»Vielleicht hat sie dich als ihr Kind ausgegeben«, mutmaßt Doreen. »Und das warst du ja auch.«

»Du meinst, sie hat die Daten gefälscht?«

»Könnte doch sein.«

»Kann ich mir nicht vorstellen. Auf der anderen Seite weiß ich momentan überhaupt nicht mehr, was ich glauben soll.«

»Dass sie dich geliebt hat«, sagt Doreen.

Ein Lächeln huscht über mein Gesicht. »Ich sie auch.«

»Und es interessiert dich wirklich nicht, wer deine leiblichen Eltern sind? Vielleicht hat Rosa da nicht ganz unrecht. Sie haben ihre Gene an dich weitervererbt.«

Ich überlege einen Moment, bevor ich antworte: »Ich weiß, wer ich bin, das muss ich nicht rausfinden. Es interessiert mich also wirklich nicht. Vielleicht ändert sich das eines Tages. Im Moment trauere ich um meine Mutter, da möchte ich mich nicht mit einer Person auseinandersetzen, die nichts weiter getan hat, als mich auf die Welt zu bringen. Sehen wir es doch mal so: Sie lebt in München, sie hat selbst zwei Kinder. Aber sie hat es all die Jahre nicht für nötig gehalten, nach mir zu sehen.«

»Sie hatte vielleicht auch ihre Gründe.«

»Das ist mir klar. Vielleicht hat sie mich abgelehnt, weil sie ungewollt schwanger geworden ist. Vielleicht hat sie meinen Erzeuger sogar gehasst. Vielleicht war sie aber auch einfach nur egoistisch und wollte ihr Leben leben, in Freiheit, wie Rosa so schön gesagt hat. Wie auch immer, das interessiert mich nicht. Oder besser gesagt, ich möchte es lieber gar nicht wissen. Ich bin die Tochter meiner Mutter. Sie hat mir das Wichtigste gegeben, das man einem Kind geben kann: Sie hat mir jeden Tag gezeigt, dass sie mich liebt. Und sie hat mir das Gefühl gegeben, immer für mich da zu sein. Sie hat mir Liebe und Sicherheit gegeben.« Ich blinzele eine Träne weg. »Sie fehlt mir sehr.«

Doreen setzt sich zu mir aufs Bett. Ich lasse meinen Kopf gegen ihre Schulter sinken, und wir schweigen einen Moment.

Da sagt sie plötzlich: »Sollen wir uns eine Pension nehmen? Wir können zwar beide nicht mehr fahren, aber wir könnten uns ein Taxi rufen. Wir packen einfach unsere Sachen und verschwinden heimlich.«

»Heimlich?« Ich lächle schief. »Die Treppen knarzen.«
»Stimmt!«

»Lass uns hierbleiben, ich würde gern morgen früh noch mal ganz in Ruhe mit Rosa sprechen. Diesmal bin ich vorbereitet. Ich würde zum Beispiel gern wissen, was es mit dem Haus auf sich hat, das ich bekommen soll.«

»In Ordnung.«

Ich grinse meine Freundin an. »Was für ein Scheiß!«

»Aber so was von!« Sie grinst nun auch. »Wenn das deine Mutter gehört hätte.«

Bei Kraftausdrücken war sie empfindlich. Wenn uns doch mal einer in ihrer Gegenwart rausgerutscht ist, haben wir uns sofort einen bösen Blick eingefangen, einen echten.

22

Am Morgen bin ich wie gerädert. In der Nacht bin ich immer wieder aufgewacht, habe mich auf die Seite gerollt und aus dem Fenster gesehen. Ich habe an meine Mutter gedacht und daran, wie schwer das alles für sie gewesen sein muss. Und dass ich die Last gern mit ihr geteilt hätte, wenn sie mit mir darüber gesprochen hätte. Es wäre gut gewesen, von ihr zu erfahren, wer meine leibliche Mutter ist. Sie hätte es mir schonender beigebracht. Groll gegen sie hege ich nicht. Ich kenne sie gut genug, um zu wissen, dass sie triftige Gründe hatte, um den Kontakt zu ihrer Schwester abzubrechen. Ein wenig überrascht bin ich über meine Gefühle. Dass sie nicht meine leibliche Mutter ist, stört mich gar nicht. Im Gegenteil, es rückt uns nur noch ein Stück enger zusammen. Rosa kann ich immer noch nicht richtig einschätzen. Aber wieder einmal hat sich gezeigt, dass ich mich auf mein Bauchgefühl verlassen kann. Von Anfang an habe ich mich hier unwohl gefühlt. Und es gab Momente, in denen sie mir einfach nicht echt vorkam. Aber ich bin froh, dass ich nun in etwa weiß, was damals vorgefallen ist. Und so merkwürdig sich das vielleicht auch anhören wird: Meine

Angst vor Gewitter hat für mich an Bedeutung verloren. Nun weiß ich, woher sie kommt, und werde damit umzugehen lernen.

Ich rolle mich zur anderen Seite und schaue rüber zu meiner Freundin. Sie liegt auf dem Rücken, die Arme hinter dem Kopf verschränkt.

»Du bist ja schon wach«, sage ich.

Sie dreht sich zu mir. »Du auch, ich dachte, du schläfst noch. Und, wie geht es dir?«

»Müde, aber ganz gut.«

»Das war alles ziemlich heftig gestern Abend. Ich bin immer noch geschockt«, erklärt sie.

»Ich komischerweise nicht. Egal, was Rosa noch aus dem Hut zaubern wird, meine Mutter wird immer meine Mutter bleiben.«

»Das meine ich gar nicht, ich meine Rosa. Sie tut so freundlich, verteilt Taschentücher, schickt Energie durch die Luft, kocht Pilzpfanne ...« Sie rümpft die Nase. »Ich kann verstehen, dass deine Mutter den Kontakt zu ihr abgebrochen hat. Schon allein, dass sie ohne sie geflüchtet ist, finde ich ein Unding. Sie hätte ihr wenigstens die Hälfte des Geldes geben müssen. Dann sagt sie ihr nicht, dass Julia bei ihr ist – und beim nächsten Mal warnt sie Julia vor. Du kannst mir sagen, was du willst. Die Frau ist berechnend.«

»Aber meine Mutter wollte mit mir zu ihr fahren. Vielleicht wollte sie sich mit ihr versöhnen«, erwidere ich. »Wie gesagt, ich rede gleich noch mal mit ihr. Rosas Trauer am Baumgrab war echt. So was kann man nicht spielen. Und gestern haben ihre Hände gezittert, als ich ihr eine Flasche

Sharbah gegeben habe. Ich glaube schon, dass meine Mutter ihr etwas bedeutet hat. Und vielleicht hat sie selbst auch nur Gutes gewollt.«

Meine Freundin runzelt die Stirn. »Du wieder! Bis zum bitteren Ende an das Gute in den Menschen glauben. Aber du hast recht. Sie schien gerührt zu sein, das habe ich auch gemerkt. Andererseits hat mein Vater uns auf seine kaputte Art auch geliebt, aber das hat ihn nicht davon abgehalten, uns zu schlagen. Also, auch wenn deine Mutter ihr was bedeutet hat, heißt das noch lange nicht, dass sie ihr nichts Schlechtes angetan hat.«

»Das ist auch wieder wahr.« Ich seufze. »Es könnte so einfach sein ...«

»Isses aber nicht ...«, sagt Doreen sofort.

»Wir waren schon lange nicht mehr auf einem Fanta-Konzert. Das müssen wir ändern. Überhaupt muss sich einiges ändern in meinem Leben«, überlege ich laut.

»Du bist gerade dabei. Du ziehst nach Nisdorf, du fängst neu an. Apropos ... Fahren wir heute wieder zurück?«

»Auf jeden Fall! Nachdem ich mit Rosa gesprochen habe, fahren wir kurz am Haus vorbei – und dann geht es wieder zum Meer.«

Doreen sieht auf ihr Handy.

»Hat er geschrieben?«, frage ich.

»Ja auch, aber deswegen habe ich nicht draufgeschaut, ich wollte wissen, wie spät es ist. Es ist kurz nach acht.«

»Zeit, um aufzustehen. Diesmal gehe ich zuerst ins Bad. Und du kannst in der Zeit mit Florian flirten.«

Das Badezimmer ist ebenso spartanisch eingerichtet wie

das Gästezimmer. Neben der Toilette gibt es ein großes Waschbecken, über dem ein Spiegel hängt. Auf zwei Schemeln stehen Körbe mit Handtüchern und Waschlappen. Ich würde gern duschen, um auf klare Gedanken zu kommen, aber da ich keine Lust habe, Rosa zu fragen, ob ich das Bad unten benutzen darf, rubbele ich mich ordentlich mit kaltem Wasser und einem Frotteelappen ab. Ein paar Minuten später bin ich fertig und gehe zurück zu Doreen. Sie sitzt lächelnd im Schneidersitz und tippt etwas in ihr Handy.

»Du siehst glücklich aus«, sage ich.

»Es fühlt sich einfach so verdammt gut an«, erwidert sie. »Ich hoffe nur, dass da nicht doch noch der dicke Hammer kommt.«

»Glaube ich nicht, ich habe ein gutes Gefühl dabei. Außerdem war eine Daisy an eurem Kennenlernen beteiligt.«

»Der Züchter hat einen neuen Wurf geplant, mit einer anderen Hündin, aber der Rüde darf noch mal ran. Das dauert aber noch ein paar Monate.« Sie grinst. »Ich habe Florian gesagt, er soll uns auf die Welpenliste setzen lassen. Er kennt den Züchter.«

»Noch eine Daisy?«

»Daisy Nummer zwei? Nein, das geht nicht. Ich würde vorschlagen, wir schauen sie uns an, wenn sie da sind, und entscheiden dann. Ich hätte auch nichts gegen einen Rüden einzuwenden.«

»Henry«, sage ich spontan.

Doreen nickt. »Perfekt!«

Ich schaue zum Fenster. »Während du ins Bad gehst, gehe ich einen Moment an die frische Luft.«

»Okay, ich komme gleich nach.«

Aus der Küche ertönt Lärm. So, wie es sich anhört, läuft da gerade ein Mixer. Rosa ist also schon wach. Das habe ich auch nicht anders erwartet. Ich zögere einen Moment, entscheide mich aber schließlich doch dazu, ihr Guten Morgen zu sagen und Bescheid zu geben, dass ich eine kleine Runde spazieren gehe.

Ich bin schon im Flur, da geht der Mixer aus, kurz darauf ertönt eine männliche Stimme, die ich schon mal gehört habe. Es ist Bene.

»Oma, davon rate ich dir dringend ab. Du hast doch ein Haus. Was willst du mit einem zweiten?«

Wie angewurzelt bleibe ich stehen. Mir ist sofort klar, dass es sich um das Haus meiner Mutter handeln muss.

Und da sagt Rosa auch schon: »Darum geht es doch gar nicht. Das Haus war schon immer in Familienbesitz, und so sollte es endlich wieder sein.«

»Sarah gehört zur Familie, Oma! Davon mal ganz abgesehen hättest du mir sagen müssen, dass es Julias Tochter ist. Und noch mal: Sie gehört zur Familie.«

»Pf!«, macht Rosa. »Du hast sie doch kennengelernt. Sie ist wie meine Schwester. Sie wird dieser penetranten Person erlauben, weiter in dem Haus zu wohnen. Das wäre endlich die Gelegenheit, sie loszuwerden.«

»Schön, dann tu, was du nicht lassen kannst. Ich mach da nicht mit. Was ist nur in dich gefahren? Im Übrigen wirst du wenig Aussicht auf Erfolg haben. Deine Schwester hat Sarah adoptiert, sie ist somit rechtlich gesehen ihre Tochter. Außerdem steht sie als Alleinerbin im Testament.«

»Sie hat sie nicht adoptiert, sie hat die Papiere gefälscht«, erwidert Rosa. »Das hat Julia mir erzählt. Nach der Wende hat da wohl niemand so genau darauf geachtet.«

Mein Herz hört für einen Moment auf zu schlagen, bevor es zu rasen anfängt. Deswegen wurden auf meiner Geburtsurkunde nicht meine leiblichen Eltern genannt.

»Du willst deine Schwester im Nachhinein des Betrugs bezichtigen – wegen eines Hauses?«

»Es steht ihr nicht zu«, sagt Rosa störrisch.

»Na gut, mal angenommen, du würdest das Testament anfechten, und Sarah würde tatsächlich ihren Status als Alleinerbin verlieren, was meinst du, wer dann das Haus erbt? Du etwa?«

»Ich bin alt, aber nicht doof. Danach erben die Enkel, also Julias Kinder und Sarah. Sie würde also immerhin noch einen Teil bekommen und nicht leer ausgehen.«

»Und was hast du dann davon?«

»Julia schuldet mir noch was. Sie würde dafür sorgen, dass ihre Kinder mir das Haus zu einem guten Preis verkaufen.«

»Lass es sein, Oma, mach das nicht!«

Mein Herzschlag hat sich wieder verlangsamt. Ich straffe die Schultern und beschließe, dem Spuk ein Ende zu setzen.

»Guten Morgen«, sage ich, gehe an den beiden vorbei zum Schrank neben dem Kühlschrank, wo Rosa gestern den Sharbah verstaut hat. Ich bücke mich und hole die Kiste heraus.

»Guten Morgen, hast du gut geschlafen?«, fragt Rosa. Die Unsicherheit steht ihr ins Gesicht geschrieben. Aber sie schafft es trotzdem, ein Lächeln hinzubekommen.

Bene fährt sich nervös durch das Haar. Auch er versucht zu lächeln, aber das gelingt ihm nicht ganz.

»Geht so«, sage ich. »Aber das war ja auch nicht anders zu erwarten, nach dem, was ich gestern alles erfahren habe.« Ich halte die Kiste hoch. »Den Sharbah hat meine Mutter gemacht. Als ich ihn dir geschenkt habe, wusste ich noch nicht, dass er zu schade für dich ist.« Ich wende mich an Bene. »Danke, dass du dich für mich eingesetzt hast.«

»Sarah, es tut mir wirklich leid …«, beginnt er den Satz, bricht dann aber ab. »Ich weiß echt nicht, was ich dazu sagen soll …«

»Gar nichts«, entgegne ich.

Rosa steht da und schweigt. Sie hat jeden Glanz für mich verloren.

»Weißt du, was ich nicht verstehe, Rosa? Du hättest mich auch einfach fragen können. Ich kenne das Haus nicht, und es bedeutet mir nichts. Was mir etwas bedeutet hätte, wäre gewesen, wieder Teil einer Familie zu sein. Hättest du mich darum gebeten, hätte ich dir das Haus zu einem sehr guten Preis verkauft.«

Rosa bleibt beharrlich bei ihrer Meinung: »Es steht dir nicht zu«, sagt sie.

»Ich habe mich die ganze Zeit gefragt, warum meine Mutter den Kontakt zu dir abgebrochen hat, denn das passte so gar nicht zu ihr. Jetzt weiß ich es.« Ich schaue zu Bene.

»Tut mir leid, das musste raus. Es war aber schön, dich kennenzulernen. Pass auf dich auf!«

Ich drehe mich um und gehe. Im Flur kann ich die Stufen knarzen hören. Doreen kommt gut gelaunt die Treppe runter. Ich warte, bis sie mich sehen kann, und sage: »Kannst du bitte unsere Sachen von oben holen? Wir fahren, jetzt sofort! Ich warte draußen.«

Sie reagiert sofort. »In fünf Minuten bin ich bei dir.«

Ohne mich noch einmal umzudrehen, gehe ich nach draußen, lehne mich gegen das Auto. Meine Beine zittern, und mir ist schwindelig. Lang habe ich mich nicht mehr unter Kontrolle, der Kloß im Hals wird immer größer. Doch da kommt Doreen schon aus der Tür gestürmt. Sie schmeißt das Gepäck in den Kofferraum, während ich mich auf den Beifahrersitz setze, die Kiste Sharbah sicher auf meinem Schoß verstaut.

Sie startet den Wagen. »Nix wie weg hier!«

Sie hat den Wagen noch nicht ganz ausgeparkt, da schießen mir die Tränen in die Augen, und ich schluchze los. »Ich ... ich ... ich habe den Sharbah gerettet.«

»Gut gemacht!« Sie fährt drei Straßen weiter, blinkt, biegt rechts ab, parkt am Straßenrand und beugt sich zu mir rüber. »Komm her, lass dich drücken.«

»Ich bin nicht traurig, ich bin wütend«, erkläre ich, als ich mich wieder einigermaßen gefasst habe. »Oder doch, vielleicht auch ein wenig traurig – weil ich es schlimm finde, dass es Menschen gibt, die so missgünstig und berechnend sind.«

»Erzähl!«

»Rosa hat ...«

»Unfassbar«, sagt Doreen, als ich meinen Bericht beendet habe. »Aber ich bin stolz auf dich.« Sie streicht eine tränenfeuchte Strähne aus meinem Gesicht. »Am besten setzt du dich direkt mit dem Notar in Verbindung, sobald wir zu Hause sind.«

»Auf einen Rechtsstreit habe ich so was von keine Lust. Das Haus bedeutet mir nichts. Soll sie es sich doch unter den Nagel reißen.«

»Das meinte ich nicht. Aber du solltest dich vielleicht generell beraten lassen. Wenn deine Mutter dich nicht adoptiert hat, bist du dem Gesetz nach Julias Tochter. Du weißt nicht, was da noch auf dich zukommen kann. Ich weiß, das ist jetzt weit gedacht, aber was ist, wenn sie hilfsbedürftig wird? Wenn du Pech hast, musst du dann für sie sorgen.«

Ich lasse Doreens Befürchtung einen Moment in mir wirken. »Du hast recht, ich gehe auf jeden Fall zu ihm«, stimme ich zu.

»Und außerdem solltest du das Haus nicht so leicht aufgeben. Immerhin hat deine Mutter es dir vererbt. Sie wollte, dass du es bekommst.«

»Ich gehe zu ihm«, wiederhole ich noch mal. »Jetzt lass uns bitte zum Haus fahren. Ich möchte es wenigstens einmal kurz sehen.«

Wir sind nur ein paar Minuten unterwegs. Doreen hält auf einem kleinen Schotterparkplatz gegenüber dem Haus. Es sieht ganz genauso aus wie auf dem Foto und tatsächlich wie eine Miniatur von Rosas Haus.

»Hübsch ist es schon«, sagt Doreen.

»Sehr hübsch sogar.« Ich zucke mit den Schultern. »Was für ein Schlamassel.«

»Das kann man wohl sagen.« Sie grinst. »War ganz schön viel los die letzten Wochen.«

»Und demnächst kommt noch mehr Trubel auf mich zu, aber darauf freue ich mich schon.« Ich schnalle mich ab und öffne die Tür. »Ich stelle den Sharbah in den Kofferraum, dann können wir fahren.«

Gerade, als ich wieder ins Auto steige, ertönt eine laute Stimme. »Hallo!«

Ich schaue zum Haus und sehe eine grauhaarige Frau winkend auf uns zukommen.

Doreen hat sie auch entdeckt, sie steigt sofort aus und stellt sich neben mich.

»Ich hoffe, das ist eine von den Guten«, flüstert sie.

Die Frau hat schulterlanges graues Haar. Viele kleine Fältchen durchziehen ihr Gesicht, aber ich würde sie mit ihren hellen blauen Augen und dem fein geschnittenen Gesicht noch immer als schön bezeichnen. Auf dem Foto habe ich sie jünger geschätzt, aber es könnte auch sein, dass die Aufnahme früher gemacht wurde und meine Mutter sie erst 2018 abgespeichert hat.

»Guten Tag.« Sie schiebt sich eine Haarsträhne aus dem Gesicht. »Es tut mir leid, dass ich Sie so überfalle, aber ich habe Ihr Auto gesehen und gedacht, Sie kommen vielleicht aus Barth.«

»Das stimmt«, sage ich. »Mein Name ist Sarah Stauffenberg. Das Haus, in dem Sie wohnen, gehörte mal meiner Mutter.«

»Barbara, ja, ich weiß. Ich fühle mit Ihnen, mein herzliches Beileid.«

»Wir wollten nur mal eben einen Blick darauf werfen, fahren aber jetzt schon wieder weiter.«

»Sie möchten es sich nicht von innen anschauen? Es gehört doch jetzt Ihnen.«

»Das steht noch nicht fest«, erkläre ich ganz offen. »Da gibt es noch andere, die Ansprüche darauf erheben.«

Ihre Augen blitzen auf. »Rosa funkt dazwischen! Das hätte ich mir denken können. Sie gibt erst Ruhe, wenn sie mich aus dem Haus hat.«

»Es bedeutet ihr wohl sehr viel ...«, beginne ich zu erklären, bringe den Satz aber nicht zu Ende. Wer oder was Rosa etwas bedeutet, weiß ich nicht. Wahrscheinlich weiß sie es noch nicht mal selbst.

»Es geht ihr nicht ums Haus, es geht ihr um mich. Ihr Mann hat sich damals in mich verliebt«, erzählt sie. »Aber obwohl ich immer wieder beteuert habe, nie ein Verhältnis mit ihm eingegangen zu sein, hat sie mir nicht geglaubt. Sie hat mir die Schuld gegeben, dass er sie verlassen hat.«

»Es geht hier um Eifersucht?«, frage ich fassungslos.

»Ich befürchte, ja. Joseph und ich hatten uns sehr gern, aber wir waren nie ein Liebespaar. Dafür waren wir beide zu anständig.« Sie zeigt hinter sich auf das Haus. »Möchten Sie nicht doch für einen Moment reinkommen?«

Ohne zu überlegen, schüttele ich den Kopf. »Wenn das Haus tatsächlich mir gehört, komme ich gern noch mal vorbei. Im Moment möchte ich ehrlich gesagt einfach nur nach Hause.« Zu meinen Freunden und ans Meer ...

»Das verstehe ich. Würden Sie sich bei mir melden, sobald Sie etwas erfahren? Ich möchte Sie nicht drängen, aber es interessiert mich natürlich, was aus dem Haus wird, weil ich darin zur Miete wohne. Haben Sie etwas zu schreiben? Dann gebe ich Ihnen meine Rufnummer.«

Doreen zückt schmunzelnd ihr Handy. »Ich gebe die Nummer direkt ein.«

»Vielen Dank. Ich habe Ihre Mutter sehr geschätzt, sie hatte eine gute Seele – ganz im Gegensatz zu ihrer Schwester, wenn ich das so offen sagen darf.«

»Dürfen Sie!« Ich lächle sie an. »Wir haben sie kennengelernt.«

Wieder im Auto, sagt Doreen: »Ich fasse es nicht, da geht es um verletzte Gefühle. Damit hätte ich nie im Leben gerechnet.«

»Ich auch nicht. Aber weißt du, was mich wundert? Warum meine Mutter ausgerechnet ihr das Haus vermietet hat.«

Doreen startet den Wagen. »Kleine Rache?«

Ich schmunzele in mich hinein. »Der Gedanke gefällt mir.«

23

Doreen parkt den Wagen direkt am Grasstreifen, so wie immer.

»Weißt du noch, Bernd ...«

»Oh ja, das werde ich so schnell nicht vergessen. Der war auf hundertachtzig.«

»Und jetzt ist er fromm wie ein Lamm.« Sie streckt sich. »Die Fahrt war ganz schön anstrengend.«

Doreen saß fast die ganze Strecke hinter dem Steuer. Kaum waren wir auf der Autobahn, bin ich eingeschlafen. Danach ging es mir etwas besser. Wir haben an einer Raststätte angehalten, Kaffee getrunken und eine Kleinigkeit gefrühstückt. Während der Fahrt hatten wir anfangs nur ein Thema: Rosa. Nach der Hälfte der Strecke habe ich mich hinter das Steuer gesetzt. Wir haben beschlossen, über andere Dinge zu sprechen, um Rosa nicht zu viel Raum in unserem Leben zu geben. Die letzten zweihundert Kilometer ist Doreen wieder gefahren. Wir haben uns dem Meer genähert, und unsere Themen sind noch leichter geworden. Sie hat von Florian erzählt, von Leonie und Daisy. Wir haben beschlossen uns tatsächlich einen Rüden zuzulegen, den wir

Henry nennen werden. Es soll in erster Linie mein Hund sein. Doreen wird auf ihn aufpassen, während ich in der Schule bin. So habe ich ihn an den Nachmittagen und den Abenden bei mir – und auch in den Nächten.

»So schnell fahren wir da nicht mehr hin, vielleicht sogar nie wieder.«

»Warten wir ab.« Sie sieht auf die Uhr. »Zehn nach acht. Pizzataxi und Couch?«

»Perfekt!« Wir haben entschieden, heute bei ihr zu schlafen, damit ich noch einmal an meinem zukünftigen Haus vorbeispazieren kann und mit positiven Gedanken einschlafe.

»Wir wollten ja eigentlich heute nicht mehr darüber sprechen«, sagt sie, als wir das Gepäck aus dem Kofferraum holen. »Aber ich hätte zu gern gesehen, wie du an den beiden vorbeimarschiert bist, um die Kiste zu holen.«

»Sie haben beide ziemlich doof aus der Wäsche geguckt. Wobei ich sagen muss, dass es bei Bene wohl eher Verlegenheit war.«

»Ich fand ihn von Anfang an nett.«

»Und ich war skeptisch, aber so kann man sich eben täuschen.«

Im Garten begrüßt uns Lucifer. Er streicht um unsere Beine, folgt uns ins Haus und macht es sich auf der Fensterbank bequem.

»Schön!«, sage ich. »Endlich wieder zu Hause.«

Doreen zückt ihr Handy. »Was möchtest du essen?«

»Irgendwas Ungesundes mit viel Käse.«

»Dann bestelle ich eine große Pizza Mozzarella und einmal Gemüselasagne mit doppelt Käse.«

Ich deute mit dem Kopf zum Fenster. »Warte lieber noch mit dem Bestellen. Bernd ist im Anmarsch.«

»Ihr seid schon wieder da?«, fragt er, anstatt uns zu begrüßen. »Ist irgendwas passiert?«

Das war's dann wohl mit Couch und Pizza. »Erzählen wir dir gleich. Was möchtest du essen? Doreen wollte gerade bestellen.«

Sein Gesicht leuchtet auf. »Ach, eigentlich bin ich ja auf Diät, aber wenn ihr mich so fragt ...«

Er bleibt bis halb elf. Wir begleiten ihn bis nach Hause und bleiben kurz vor meinem zukünftigen Haus stehen. Ein kleines Glücksgefühl erfasst mich. »Habe ich euch schon gesagt, dass ich mich wahnsinnig darauf freue, bald ganz in eurer Nähe zu wohnen?«

Diese Nacht schlafe ich tief und fest und wache morgens erholt auf. Doreen werkelt schon unten in der Küche herum.

»Porridge?«, fragt sie.

»Gern.«

»Um eins habe ich einen Termin mit einer Einzelhändlerin in Rostock, die vielleicht demnächst meine Werke in ihrem Laden verkaufen will. Willst du heute noch hierbleiben? Ansonsten könnte ich dich vorher noch nach Hause bringen.«

»Nach Hause bringen klingt gut. Was ist das für ein Laden? Du hast bisher gar nichts davon erzählt.«

»Wohnaccessoires und Deko, sehr hochwertig. Sie hat

schöne Sachen, du könntest auch mitkommen, vielleicht findest du was für dein Haus.«

»Nein, ich möchte lieber nach Hause. Ein bisschen Zeit ganz für mich wird mir guttun.«

»Dann lass uns gleich losfahren. Ich bin lieber zu früh da als zu spät.«

Der Postbote steht vor der Tür.

»Ist das der gut aussehende Nette, von dem du erzählt hast?«, fragt Doreen.

»Ja, aber er ist verheiratet, hat er mir letztens erzählt.«

Nun hat auch er uns entdeckt. »Frau Stauffenberg.« Er wedelt mit einem Brief in der Luft herum. »Ich habe Post für Sie, ein Einschreiben.«

»Ich komme!«

Der Brief ist vom Nachlassgericht. Nun ist es offiziell, denke ich und gehe damit zurück zum Auto.

Doreen macht einen langen Hals. »Das Testament?«

Ich setze mich wieder neben sie. »Ich glaube, ja.«

»Soll ich aufmachen?«

»Nein.« Ich nehme meinen Haustürschlüssel und reiße den Umschlag an der Kante vorsichtig damit auf. Wie der Notar mir schon erklärt hat, habe ich das Eröffnungsprotokoll erhalten. Dahinter finde ich das Testament.

»Das ist ein anderes«, sagt Doreen. »Das sieht viel offizieller aus.«

Sie hat recht. »Das hat bestimmt der Notar mit ihr aufgesetzt.«

Wir überfliegen die notariellen Hinweise nur flüchtig und lesen direkt den Letzten Willen meiner Mutter.

Ich, Barbara Stauffenberg, geboren am 03.02.1954, setze hiermit meine Enkeltochter, Sarah Stauffenberg, geboren am 18.08.1989, als Alleinerbin ein. Ich habe Sarah geliebt wie mein eigenes Kind und sie als solches erzogen. Es ist mir ein Herzenswunsch, sie in der Zukunft gut versorgt zu wissen.

Zu meinem Besitz gehört auch ein Haus in Nürnberg-Fischbach. Es ist zum heutigen Tag vermietet an Frau Evelyn Meisenberg. Sie zahlt eine nur geringe Miete, pflegt das Haus und das Grundstück aber dafür und hält es instand.

Es ist mir wichtig zu betonen, dass das Haus mir persönlich nie etwas bedeutet hat und dass es meiner Enkeltochter freisteht, es jederzeit verkaufen zu können. Ich bin mir sicher, dass sie, wie immer, die richtige Entscheidung treffen wird.

Doreen Burland, geboren am 14.03.1989, soll den Sparvertrag ausgezahlt bekommen, den ich am 14.03.1999 bei der Sparkasse in Barth auf ihren Namen abgeschlossen habe und für den sie nach meinem Tode bezugsberechtigt ist. Die Unterlagen dazu befinden sich bei meinem Notar, Dr. Klaus Weber.

Meine Tochter, Julia Stauffenberg, geboren am 05.04.1971, enterbe ich aus moralischen Gründen. Der Pflichtanteil wurde bereits ausgezahlt, notariell beglaubigt von Dr. Klaus Weber am 02.08.2019.

Sollte eine dieser Anweisungen im Testament unwirksam sein, so behalten trotzdem alle anderen Anordnungen ihre Wirksamkeit.

Barbara Stauffenberg

»Das ist der Hammer!«, sagt Doreen. »Damit hat sie Rosa den Wind aus den Segeln genommen. Daran gibt es nichts zu rütteln.«

»Enkeltochter«, sage ich und schüttle mich. »Es fühlt sich komisch an, das in der Handschrift meiner Mutter zu lesen. Es ist ihr bestimmt nicht leichtgefallen.«

»Aber so bist du auf der sicheren Seite. Damit gehört das Haus dir. Sie hat gewusst, was sie da macht. Sie kannte ihre Schwester.«

»Ja.« Ich falte das Testament zusammen. »Es fühlt sich so endgültig an.«

»Dafür beginnt jetzt etwas Neues, Schönes.«

Ich lächle wehmütig. »Mir ist Abschied nehmen schon immer schwergefallen.«

»Das ist auch nicht einfach.« Doreen stupst mich in die Seite. »Komm schon, freust du dich nicht wenigstens ein kleines bisschen darüber, dass deine Mutter Rosa voll eins ausgewischt hat?«

Ich lächle. »Weißt du, was ich jetzt mache? Ich rufe Evelyn Meisenberg an und sage ihr, dass alles beim Alten bleiben kann. Ich vermiete ihr das Haus, so wie meine Mutter das auch gemacht hat.«

»Richtig so!« Doreen tippt auf die Uhr im Armaturenbrett. »Aber sei mir nicht böse, ich muss jetzt los. Es ist schon halb zwölf.«

Ich schaue die Straße entlang, bis Doreens Wagen um die Ecke gebogen ist. Und ich bin froh, dass meine Mutter so umsichtig gehandelt und vorgesorgt hat.

Nur zwei Tage später sitze ich mit Doreen beim Notar und schaue lächelnd auf den wuchtigen Schreibtisch, der zwischen uns steht. Die Unterlagen liegen alle auf gleicher Höhe und haben den gleichen Abstand zueinander.

»Dann wollen wir mal«, sagt er.

Wie schon am Telefon empfinde ich seine Stimme als angenehm tief. Ich lehne mich in den gemütlich gepolsterten Stuhl und lausche seinen Worten.

»Es tut mir leid, dass Sie auf diesem Weg erfahren mussten, dass Sie nicht die leibliche Tochter Ihrer Mutter sind. Wie schon gesagt hatte sie vor, mit Ihnen darüber zu sprechen. Und dann war plötzlich keine Zeit mehr dazu. Ich kann mir nicht im Entferntesten vorstellen, wie es Ihnen damit geht. So etwas zu erfahren kann einem schon mal den Boden unter den Füßen wegreißen. Aber vielleicht ist es ein Trost für Sie, dass Ihre Mutter dabei in erster Linie an Sie gedacht hat. Ich hoffe, Sie kommen irgendwann darüber hinweg. Leicht ist es sicher nicht.«

»Meine Mutter wird immer meine Mutter für mich bleiben.« Ich lächle sanft. »Ich weiß, was damals geschehen ist, und ich bin ihr sehr dankbar. Sie war das Beste, was mir damals passieren konnte.«

»Das freut mich zu hören. Sie hatten da enormes Glück

mit Ihrer Mutter. Anderen Kindern ist es weniger gut gegangen. Nach dem Mauerfall waren einigen DDR-Bürgern ihre Kinder lästig. Sie machten sich sofort auf in die Freiheit und sind rüber in den Westen. Ihre Kinder ließen sie allein zurück. Manche wurden in Heime gebracht, andere zu den Großeltern, so wie Sie. Wieder andere traf es besonders schlimm, sie wurden einfach in den Wohnungen zurückgelassen und manchmal erst nach Tagen von Nachbarn gefunden. Genaue Zahlen gibt es nicht, aber man schätzt, dass es Hunderte verlassener Kinder gab.«

»Das wusste ich nicht. Davon habe ich noch nie gehört, und dabei ist es mir selbst so ergangen.«

»Sie hatten Ihre Mutter, sie hat dafür gesorgt, dass Sie davon nichts mitbekommen.« Er rückt seine Brille zurecht. »So, nun aber zum Kern der Sache, Ihrem Erbe. Das Testament haben Sie ja schon erhalten. Demnach gehören der Besitz und das Vermögen Ihrer Mutter nun Ihnen – bis auf einen Sparvertrag, welchen Ihre Mutter Ihrer Freundin vermacht hat. Er hat aktuell den Wert von sechzehntausend Euro.«

»Wahnsinn.« Doreen ist sichtlich ergriffen. »Ich weiß gar nicht, was ich sagen soll.«

Ich lege meine Hand auf ihre. »Sie hat dich sehr gerngehabt.«

»Und nun zu Ihnen. Neben dem Haus in Nürnberg gibt es wohl noch ein Mietkonto, auf das die monatliche Miete von nunmehr sechshundert Euro eingegangen ist. Dafür müssten Sie sich mit der Hausbank Ihrer Mutter in Verbindung setzen. Mit dem beglaubigten Testament und der Sterbeurkunde wird das kein Problem werden. Erwarten Sie aber nicht zu viel, vergessen Sie nicht, dass Ihre leibliche Mutter sich hat auszahlen lassen.«

»Ich habe schon mehr als genug erhalten …«

Wir sind ganze zwei Stunden beim Notar. Unsere Wangen sind rot, als wir wieder an der frischen Luft stehen.

»Sollen wir direkt zur Bank gehen?«, frage ich.

»Ich glaube, es ist besser, wenn man da vorher einen Termin vereinbart.«

»Du hast recht, das wird so sein.«

»Wir könnten zu Mandy ins Café gehen«, schlägt Doreen vor. »Du warst immer noch nicht da.«

»Kuchen essen, gute Idee!«

Waldbeer-Käsetorte, Himbeer-Sahnetorte, Stachelbeer-Eierlikör-Torte, Espresso-Torte … Wir stehen vor der Theke und bewundern die Tortenauswahl. Mandy hat uns noch nicht gesehen. Sie unterhält sich angeregt mit einem Gast.

»Was nimmst du?«, frage ich.

»Von jeder Sorte eins«, antwortet Doreen. »Mit Schoko-Birne fange ich an.«

»Die wollte ich auch nehmen.« Ich schürze die Lippen. »Dann nehme ich Nougat-Kirsch, und wir können teilen.«

Doreen schüttelt den Kopf. »Ich glaube nicht, dass ich dir von meiner was abgebe.«

»Dann nehme ich auch Schoko-Birne!« Ich schaue mich im Café um. Mandy hat es maritim eingerichtet. Blau- und Weißtöne lassen den Raum freundlich wirken. Von den Decken baumeln verschieden große Möwen aus Pappmaschee, in den Ecken stehen Leuchttürme.

Doreen zeigt auf ein hohes Regal, gefüllt mit Gläsern, Flaschen, spitzen Tüten und Dosen. »Sharbah, Marmelade, Traumstücke. Und bald hängen auch meine Muschelengel dort.«

Plötzlich steht Mandy neben uns. »Warum habt ihr nichts gesagt? Dann hätte ich mir etwas Zeit freigeschaufelt.« Sie umarmt uns. »Aber ich freu mich natürlich, dass ihr hier seid. Habt ihr euch schon was ausgesucht?«

»Alles«, antworte ich.

»Kein Problem, ihr seid eingeladen. Womit wollt ihr anfangen?«

Ich entscheide mich spontan um. »Such du mir bitte was aus.«

»Solche Gäste habe ich am liebsten.« Mandy verschwindet hinter die Theke – und befördert ein riesiges Stück Nougat-Kirsch-Torte auf meinen Teller. »Und du, Doreen? Schoko-Birne, wie immer?«

»Ach was!« Ich knuffe sie in die Seite. »Du kennst schon alle und weißt, was dir schmeckt.«

»Das liegt daran, dass Mandy viel zu oft was mitbringt und wir es aufessen müssen, damit sie es nicht wegwerfen muss. Bernd heult auch schon rum. Das wird so nie was mit dem Abspecken.«

»Sucht euch einen Platz aus, hinten sind noch zwei Tische frei. Kaffee dazu? Ich bringe ihn euch gleich.«

Wie nicht anders zu erwarten schmecken Kuchen und Kaffee köstlich. Bevor wir uns verabschieden, inspiziere ich das Regal mit den Köstlichkeiten zum Mitnehmen. Meine Augen bleiben an den Traumstücken hängen. Ich war immer noch nicht bei Konstantin. Dabei wollte ich ihn längst gefragt haben, ob er mir die Pläne für den Hausumbau erstellt. Ich nehme eine Tüte und gehe damit zu Doreen und Mandy, die wieder vor der Theke stehen.

»Ich würde gern eine Tüte davon mitnehmen«, sage ich. »Was bekommst du dafür?«

Mandy zieht eine Augenbraue nach oben. »Aber du willst die jetzt nicht bezahlen, oder? Die schenke ich dir. Du hast eine Traumstück-Flatrate. Wenn dir danach ist, komm vorbei und hol dir welche, oder sag mir, wenn ich dir welche mitbringen kann. Das Gleiche gilt auch für dich, Doreen. Meldet euch einfach, auch wenn ihr was anderes wollt.«

»Ich hätte gern Konstantins Handynummer«, sage ich.

Mandy grinst wie ein Honigkuchenpferd. »Die gebe ich dir gerne. Warte ...« Sie greift in ihre Schürze, in der vorne ihr Telefon steckt. »Ich schicke dir den Kontakt.«

Kurz darauf macht es »Pling«. Die Nachricht ist bei mir angekommen, und wir verlassen das Café.

»Ich schreibe ihm jetzt gleich, sonst mache ich es wieder nicht«, sage ich. »Warte kurz, dauert nicht lang.«

Hey, hier ist Sarah, hast du irgendwann Zeit für mich?, tippe ich. *Ich würde gern etwas Berufliches mit dir besprechen. Liebe Grüße und hoffentlich bis bald.*

Ich sende die Nachricht ab und lasse das Handy in meiner

Tasche verschwinden. »Was machen wir jetzt? Fahren wir zu dir und gehen noch eine Runde spazieren?«

»Ein bisschen Bewegung nach den zwei Tortenstücken würde mir guttun.«

Heute spiele ich den Chauffeur. Doreen hat mich die letzten Wochen oft genug durch die Gegend kutschiert. Wir sind noch nicht ganz in Nisdorf, da höre ich mein Handy piepen.

»Konstantin hat geantwortet«, sagt Doreen.

»Guck mal nach, was er geschrieben hat.«

Sie nimmt grinsend mein Handy aus meiner Tasche. »Weinschorle, heute Abend, gegen sieben?«

»Wow …«

»Soll ich antworten?

»Ja, schreib ›sehr gern‹.«

Kurz darauf piept mein Handy wieder. »Er freut sich«, sagt Doreen. »Gehst du zu Fuß oder fährst du? Ich frage nur, wegen des Weins.«

»Ich würde gern am Wasser entlanggehen, holst du mich ab, wenn es später wird? Wenn es dunkel ist, möchte ich ungern den Weg am Bodden zurück nehmen.«

»Hätte ich jetzt auch vorgeschlagen.«

Eine Weile sage ich nichts. Aber dann bricht es doch aus mir heraus. »Kannst du mir mal bitte erklären, warum ich so aufgeregt bin?«

Doreen ist bis zur Pferdekoppel mit mir mitgegangen.

»Hier hat alles angefangen«, sage ich. »Erst hat Daisy die Schafe aufgemischt, dann die Pferde.«

»Und jetzt mischt sie uns auf.« Sie umarmt mich. »Viel Spaß, und funk SOS, wenn ich dich retten soll.«

»Mach ich.«

Einen Moment schaue ich den Pferden beim Spielen auf der Weide zu, dann gehe ich weiter.

Konstantin steht vor dem Haus und unterhält sich mit einer älteren Frau. Klara, schießt es mir durch den Kopf, Mandys Großtante. Die beiden haben mich noch nicht bemerkt, doch als Klara geht, sieht Konstantin in meine Richtung. Er bleibt auf der Straße stehen und wartet, bis ich da bin.

»Hey«, sage ich und bin auf einmal unsicher.

»Hey!« Er legt den Kopf leicht schief und lächelt mich an. »Schön, dass du da bist.«

Wir gehen gemeinsam ins Haus. »Möchtest du eine Weinschorle oder lieber etwas anderes?«, fragt er.

»Weinschorle bitte.«

Konstantin geht in die Küche. »Setz dich ruhig schon.«

Stattdessen gehe ich zur großen Fensterfront und schaue nach draußen. Heute ist der Bodden nicht so still. Ein leichter Wind ist aufgekommen. Das Schilf wiegt sich sanft hin und her, das Wasser des Boddens kräuselt sich.

Konstantin stellt sich neben mich. »Die Weinschorle steht auf dem Tisch. Du hast gesagt, du möchtest etwas Berufliches besprechen. Ich nehme an, es geht um das Haus, das du gekauft hast. Mandy hat mir davon erzählt.«

Ich nehme all meinen Mut zusammen. »Ja, auch, aber da ist noch etwas anderes. Ich würde gern etwas ausprobieren. Könntest du mich vielleicht noch mal umarmen?«

»Sehr gern sogar.« Er streckt seine Hand aus, ich lege meine in seine, und er zieht mich ganz nah an sich ran.

Ich lasse meinen Kopf auf seine Brust sinken, und er schließt fest seine Arme um mich.

Mein Herz rast, aber trotzdem fühle ich mich plötzlich ganz ruhig. Vertrautheit war das richtige Wort, schießt es mir durch den Kopf.

»Gut so?«, fragt er leise.

»Ja.«

Wir bleiben eine gefühlte Ewigkeit so stehen, bis wir uns voneinander lösen.

»Jetzt mache ich mir wirklich keine Sorgen mehr«, sagt Konstantin und lächelt.

»Das Ding mit Nora. Erzählst du es mir jetzt, oder spannst du mich weiter auf die Folter?«

»Nora ist mir eine sehr gute Freundin geworden«, erklärt er. »Ich habe befürchtet, dass es sich mit dir genauso entwickelt, weil ihr so verdammt viele Gemeinsamkeiten habt.«

»Ah, ich verstehe.« Ich lächle schelmisch. »Du willst also nicht, dass ich dir auch eine gute Freundin werde.«

»Möchtest du das denn?«, fragt er und klingt dabei sehr ernst.

»Ja«, antworte ich. »Aber ich wünsche mir noch mehr.«

Traumstücke

500 g Mehl
5 Eigelb
250 g Butter
1 TL gemahlene Vanille oder Zimt, Anis oder gemahlene Fenchelsamen
150 g Zucker
200 g Puderzucker

Mehl, Eigelb, Butter, Vanille und Zucker zu einem Teig kneten. In Frischhaltefolie wickeln und eine Stunde im Kühlschrank kühlen.
Aus dem Teig etwa fingerbreite Rollen formen. (Nicht größer, sie gehen noch etwas auf und sollen klein bleiben.)
In 1-cm-breite Stücke schneiden und mit etwas Abstand auf das mit Backpapier belegte Backblech legen. Der Teig reicht für zwei Bleche.
Etwa 10 bis 12 Minuten bei 160 °C Umluft backen.
Aufpassen, sie dürfen nicht zu braun werden!
Während die Traumstücke backen, den Puderzucker in eine Schüssel sieben.
Wenn die Traumstücke fertig sind, auf einem Gitter abkühlen lassen, bis sie lauwarm sind. Erst dann mit dem Puderzucker bestäuben.
Statt der Vanille kann man auch Zimt, Anis oder gemahlene Fenchelsamen in den Teig geben.

Sharbah

500 g Himbeeren, am besten frisch, oder tiefgefroren
250 ml Apfelessig
250 g Zucker

Den Essig mit dem Zucker kurz aufkochen.
Den Topf vom Herd nehmen und die Himbeeren hineingeben.
In ein großes Weckglas geben und an einem dunklen Ort vier Wochen stehen lassen.
Den Sharbah durch ein feines Sieb gießen und die Flüssigkeit in Flaschen abfüllen.

Tipps:
Die Himbeeren können gegen beliebige andere Obstsorten ausgetauscht werden.
Nach Geschmack können frische oder getrocknete Kräuter hinzugegeben werden.
Anstatt Apfelessig kann man auch weißen Balsamico nehmen.
Und auch der Zucker lässt sich ersetzen. Durch braunen Zucker bekommt der Sharbah eine Karamellnote. Honig gibt ihm einen besonderen Geschmack.

Salatdressing mit Himbeer-Sharbah

4 EL weißer Balsamico
2 EL Rapsöl
2 EL Sharbah
2 Frühlingszwiebeln
Salz
Pfeffer

Frühlingszwiebeln klein schneiden.
Alle anderen Zutaten miteinander verrühren.
Die Frühlingszwiebeln dazugeben.

Thymian-Hustensaft

1 Bund (50 g) Thymian
250 ml Wasser
250 g Honig
1 Bio-Zitrone

In einem Topf das Wasser mit dem Thymian aufkochen und bei niedriger Temperatur eine halbe Stunde sieden lassen.
Durch ein Mulltuch abgießen und die Flüssigkeit auffangen.
Die Zitrone auspressen und zusammen mit dem Honig in den Thymiansud geben.
In kleine sterile Flaschen abfüllen.

Der Duft von Sommer und Lavendel

Sarahs Verlobter bietet ihr Drehbuch unter seinem Namen an. Das ist für sie schlimmer als seine Untreue. Aufgelöst fährt sie zu ihrer französischen Freundin Cleo. Lavendelbewachsene Hügel, Mandelbäume, blauer Himmel – die wilde Landschaft der Provence inspiriert Sarah. In der alten Remise vom jungen Weinhändler Lucien beginnt Sarah, einen Roman zu schreiben, das wollte sie schon immer. Wenn nur Luciens blaue Augen sie nicht so ablenken würden. Doch Blau scheint Sarahs Glücksfarbe zu sein und Lavendel der Duft ihres neuen Lebens.

Hannah Juli
Liebe, lavendelblau
Ein Sommer in der Provence

Taschenbuch
Auch als E-Book erhältlich
www.ullstein.de

Süße Erdbeeren, wahre Freundschaft und die große Liebe – ein Sommer in Bella Italia

Enttäuscht und wütend sitzen Luisa und Mona in ihrem VW-Bus auf dem Weg in Richtung Süditalien. Nach einem missglückten Heiratsantrag und einem handfesten Ehekrach brauchen die beiden Freundinnen dringend einen Ortswechsel. Da ist Tante Giulias idyllischer Erdbeerhof mit dem kleinen mediterranen Ristorante genau das Richtige. In Süditalien warten jedoch nicht nur zuckersüße rote Erdbeeren: Luisa trifft ihre Jugendliebe Matteo wieder und stößt auf ein Geheimnis, das sich um ein altes Kochbuch rankt. Sie taucht immer tiefer in ihre Familiengeschichte ein, die sie bis in die turbulenten 50er Jahre zurückführt …

Anja Saskia Beyer
Erdbeeren im Sommer
Roman

Taschenbuch
www.ullstein.de

ullstein